JAGAE《ジャガエ》

織田信長伝奇行

夢枕 獏 Baku Yumemakura

祥伝社

JAGAE

目次

装幀　クラフト・エヴィング商會
装画　寺田克也

JAGAE

織田信長伝奇行

序ノ巻　幻術師

（一）

得体《えたい》の知れない漢《おとこ》だった。

人体《にんてい》不明──

齢《とし》は四〇前後に見える。

しかし、面《つら》の皮一枚めくれば、もっと経《へ》た老人の顔が現われてきそうでもあった。

髪を頭の後方で束《たば》ね、紐《ひも》で結んでいる。

百姓ではない。

しかし、武士とも商人とも、見えない。腰に脇差《わきざし》一本を差しているが、それでその漢の何が見えてくるといったものでもない。ただ差している。

高野聖《こうやひじり》の中には、このような雰囲気の者はいるかもしれないが、むろん、高野の勧進《かんじん》坊主ではない。

土地の者でないとはわかる。

が、ただそれだけだ。

にこやかに笑《え》みを浮かべているが、いったんその漢から眼をそらせると、その顔や表情が思い出せない。

奇妙と言えば奇妙な漢であった。

「さあ、ごろうじよ、ごろうじよ」

漢が笑みを浮かべ、白い歯を見せて言うのである。

秋の午後だ。

小さな寺の前である。

すぐ向こうに見える田には、稲が実っている。

青い空に白い雲が浮いて、風の中を蜻蛉《とんぼ》がすいすいと泳いでいる。

寺の前で、道が、ふた筋に分かれるところ。

そこに、地蔵《じぞう》が立っていて、その傍《そば》に、散り残った何本かの野薊《のあざみ》が咲いている。その横に松が生《は》えている。

その松の上に、七歳くらいの子供が登り、枝のひとつに腰をかけて、人だかりを見下ろしているのである。

二十数人からの人がそこに集まって、その奇妙な漢の口上《こうじょう》を聴《き》いている。旅姿の者もいれば、僧の姿もあり、近在の者らしい人間の姿もあった。

漢の横には、一頭の黒い牛がいて、道端《みちばた》の草を食《は》んでいる。

「これから、みどもが、これなる牛をひと口に呑《の》んでみせよう」

笑みを浮かべた口で漢が言う。

「まさかよ」

「できるわけなかろう」

という声が、見物人からあがる。

「呑んだらどうする？」

漢が問う。

問われたとて、見物している者たちもすぐには答えられない。

空《あ》いた間《ま》はわずかであった。

たれかが、どうするかを口にする前に、

「呑んだら、銭《ぜに》を投げてもらおう。幾《いく》らでもよい。米《よね》でも干《ほ》した魚でも、他の食い物でもよい。

それをこれへ置いてゆきゃれ――」

漢はそう言った。

それを、人だかりの後ろから眺《なが》めている者がいた。

少年である。

齢は、一四、五歳であろうか。

湯帷子《ゆかたびら》を片肌脱ぎにして着ている。

髪を茶筅髷《ちゃせんまげ》にして、それを紅《あか》い糸で巻き立てて結《ゆ》っている。

半袴《はんばかま》の腰から、火打ち袋やら何やらを無造作《むぞうさ》に幾つもぶら下げ、朱鞘《しゅざや》の小刀を一本だけ差している。

右手に、まだ赤くなりきっていない柿を握り、それをしきりと白い歯で齧《かじ》っている。

種ごと齧り取り、嚙《か》みながら種だけを口の中で取り分けて、その種を、四方の土の上に吐いて飛ばす。

肌は黒く、眼は細くて鋭い。

その細い眼が、さっきから漢を睨《にら》むように見つめている。

「どこから呑もうかのう」

漢は、言いながら、牛の周囲を回った。

「頭からひと呑みにしてやってもよいが、それだと、角《つの》が喉《のど》のあたりにひっかかりそうじゃ——」

うーむ、と唸《うな》りながら牛の尻の方へ回って、

「なれば、尻から呑んでくれようか」

牛の腰のあたりを両手で摑《つか》み、

「おい、呑んでやるによって、呑んでる最中に糞《くそ》をひるでないぞ」

かあっ、
と口を開けてみせ、

「さあ、呑むぞ」

「さあ、呑むぞ」

言いながら、牛の尻にかぶりついた。

見物している者たちが、

「おう」

と、声をあげてどよめいたのは、漢の顎《あご》が蛇《へび》のように上下に開いたからである。

呑んだ。

漢の顔が、ゆっくりと前へ動いてゆく。

その動くのにしたがって、牛が、尻から漢の口の中に消えてゆくのである。

牛が、呑まれてゆく。

「なんと」

「おそろしや」

見物している者たちが、驚愕《きようがく》して声を洩《も》らす。

その間も、牛は、尻から腰、腹と、漢の口の中に呑まれてゆくのである。

「いや、まことじゃ」

「本当に、牛を呑んでおる」

見物人たちが驚いているところに、ふいに、けらけらという笑い声があがった。

子供の笑い声だ。

その声が、皆の頭上から降ってきた。

見れば、松の枝に座っていた子供が、漢の方を指差して、

「おじさん、喰《く》ってないよ」

笑った。

松の枝から身軽に飛び降りて、

「手に持った布で、牛を尻から隠していってるだけじゃないか——」

そう言った。

その声を耳にした途端《とたん》、見物していた者たちは、あっ、と驚いた。

その子供の言う通りだったからである。

漢は、両手に褐色《かつしよく》の布を持ち、それで牛の身体《からだ》を尻から隠しながら、それが自分の口の中へ

消えていっているように見せているだけだったのである。

「なんじゃ、手妻《てづま》か――」

「幻戯《めくらまし》ではないか」

見物している者たちから、そういう声があがった。

「いやあ、しくじったか――」

漢は、悪びれた風もなく、そう言った。

「いやいや、童《わっぱ》の眼は正直じゃ。あのような高いところから見ている者のいることを忘れておったわ」

漢は、言いながら両手で布をたたみ、それを懐《ふところ》へ入れて、
頭を掻《か》いた。

「これでは、銭はとれぬなあ……」

「銭をもろうたら、場所を使わせてもろうた礼に、そこの地蔵に、銭の一枚も寄進《きしん》してゆこうかと思うていたのだが、それもできぬ」

漢は、地蔵の横に視線を移し、

「おう、なればせめて、そこに咲いてる花なりともたむけて、退散するとしようかの――」

右手で、すらりと脇差を抜いた。

きらり、
と、刃《やいば》が光った。

地蔵の横に咲いていた野薊の花が、はらりと地に落ちた。その時にはもう、刃は鞘におさまっている。

漢は、斬《き》り落としたばかりの野薊をひろいあげて、それを、地蔵の頭の上に載《の》せ、

「おとなしゅう退散じゃ……」

言いながら、背を向け、分かれ道の一方に足を向けて歩き出した。

「なあんだ」

「本当に、牛を尻から呑んだと見えたのじゃがのう」

集まっていた人の輪が崩れ、散りはじめた。

その時——

「わっ」

と、声をあげた者がいた。

「く、首じゃ。あそこに首が——」

その者が指差す方を見れば、なんと、さっき漢が野薊を置いたはずの地蔵の頭の上に、子供の首が載っているではないか。

その首から流れた血が、地蔵の顔を赤く染めている。

「わわわわっ」

と声をあげて飛びのいた者の足元に、首のない子供の屍《かばね》が転《ころ》がっていたのである。

（二）

蜻蛉が、風の中を泳いでいる。

実った稲の香りが、乾いた風の中に溶《と》けている。

右手にその稲を眺めながら、漢はゆるゆると歩いている。

時おり、稲の間から蝗《いなご》が飛び出して、漢の背や脇にたかる。

のどかな秋の風景であった。

と——

一匹の蝗が、漢の顔に向かって飛んできた。

その蝗を、漢はひょいと右手の指でつまみ、そこに立ち止まった。

「おい、何故《なぜ》、おれの後をついてくる?」

漢は、そう言って振り返った。

漢の前に、青い空と白い雲を背負って、ひとりの少年が立っていた。

右手に、まだ熟《じゅく》しきっていない柿が握られていた。

その柿に齧り跡があり、少年の口が動いている。

さっき、漢が牛を喰うと言っているのを、見物人の後ろから眺めていた少年であった。

細く、鋭い眼をしていた。

刃物で、眼頭《めがしら》のあたりから蟀谷《こめかみ》に向かって跳《は》ねあげるように切れ目を入れたら、このような眼になるかもしれない。

「何か用事か」

漢が問う。

少年は、口から、ぶっ、と種を吐き出し、齧りかけの柿を放り捨てた。

右手の甲で口のあたりをぬぐい、

「凄《すご》かったな……」

やけに大人びた口調で言った。

「何のことじゃ」

「おれには、本当に、あんたが牛を喰っているように見えた」

「そのことか」

「あの子供が、布のことを言うまで、おれは真実《まこと》のことかと思うていた」

少年の口振りからすると、漢が、その子供の首を斬って殺したことを、咎《とが》めだてているような様子はない。

「教えてくれ、どうすれば、あのようなことができるのじゃ」

真《ま》っ直《す》ぐに問うた。

「馬鹿か、おまえ」

「馬鹿？」

「あれは、おれの飯の種じゃ。それを人に教えると思うか――」

「それもそうじゃ」

少年はうなずき、

「しかし、知りたい」

そう言った。

「ふうん……」

漢は、その少年に興味を覚えたように、少年の身体を上から下まで舐《な》めるように見下ろした。

「たれじゃ、ぬし？」

漢が問う。

「人に名を問う時は、自分から名のるものじゃ」

少年が言うと、漢は笑った。

「その風体《ふうてい》からすると、織田《おだ》のたわけ吉法師《きつぽうし》か――」

「今は信長《のぶなが》じゃ」

「そうか、昨年、元服《げんぷく》したのであったな」

漢は言った。

漢の目の前に立っている少年は、那古野《なごや》城の城主織田信長であった。

昨年、一三歳のおり、父信秀《のぶひで》の住む古渡《ふるわたり》城にゆき、元服した。

「おれが、たわけか?」

少年――信長が問うた。

「たわけの大うつけと評判じゃ」

「そうか、評判か」

けろりとした顔で、信長はうなずいた。

「城の主《あるじ》が、そんななりで、柿を齧りながら独《ひと》りでこんなところをほっつき歩いている」

「いけないか」

「首を取られるぞ」

「首を取ったとて、別の者が城の主に座るだけじゃ。首だけでは銭にもならぬぞ」

「生きたまま捕らえて、今川《いまがわ》あたりにでも売り払うか」

「その方が銭になる」

信長は笑った。

「おもしろい小僧じゃ」

漢は微笑して、

「特別じゃ、我が名を教えてやろう」

右手に持っていた蝗を持ち上げ、

「加藤段蔵《かとうだんぞう》じゃ」

その蝗を口の中に放り込み、噛んで、それを呑み込んだ。

「飛び加藤と人は言う」

にいっと嗤《わら》った。

「妖怪だな」

信長は言った。

「そのようなものじゃ」

「何故、あのようなことができる」

「今、ぬしが言うた通りじゃ」

「おれが……」

「妖怪だからよ」

「――――」

「おれは、人の心を啖《くろ》うて生きる妖物《ようぶつ》じゃ。なればこそ、あのようなことができる――」

「ほう」

「小僧、よう覚えておけ」

「何をじゃ」

「人の世とはな、もともと、あのようなものでできているということじゃ」

「あのようなもの？」

「このおれが、あの時、牛を喰うたように見えたろう」

「しかし、喰うてはいなかった」

信長が言うと、
か、
か、
か、
と、段蔵は嗤った。

「子供が教えねば、ぬしの心の中では喰うたことになっていたであろう」

「うむ」

「ぬしが、那古野城の主であるというのも、所詮《しょせん》は、似たようなものであるということじゃ」

「――――」

「わからぬでよい。しかし、いずれわかる。わからぬのなら、それでもよいさ」

段蔵は、口の中に右手の指を入れ、何かを取り出した。

蝗の脚《あし》であった。

それが、歯の間にはさまっていたらしい。

指先で、段蔵はそれをはじいた。

「かわった小僧じゃ」

段蔵は言った。

「いつか、ぬしのために、ひと働きしてやろう」

「ひと働き？」

「おれはな、たれであろうと、殺すことができる」

「そういう芸があるのか」

「ある」

「今川義元《よしもと》の首を取ってこいと言えばできるのか――」

「できる」

「ほう」

「しかし、できるのはそれだけじゃ。首は取ることはできても、国を盗《と》ることはできぬ」

「国は盗れぬか」

「ああ。たとえ、城の主の首を取ったところで、それはそれだけのことじゃ。国を盗るのは戦《いくさ》じゃ。戦でのうては、国は盗れぬ――」

「なるほど」

「しかし、たれかを殺したいと思うこともあろう」

「あるだろうな」

「その時は、おれの身体と同じ重さほどの黄金《くがね》を用意せよ。それで、おれが、ぬしが殺してほしいと思う人間を殺してやろうではないか――」

「いつでもよいのか」

「おう。たった今でもよいぞ。ぬしの親父《おやじ》殿、信秀の首でもよいぞ――」

「一〇年後、二〇年後でもよいのか――」

「よい」

「頼みたい時には、どうすればよい」

「そうさなあ」

段蔵は、天を見あげた。

青い風の中を、悠々《ゆうゆう》と雲が動いている。

「清洲《きよす》に、松井友閑《まついゆうかん》という男がいる」

風を眺めながら、段蔵は言った。

「松井友閑……？」

「そうじゃ」

段蔵は、天から信長に視線をもどした。

「幸若舞《こうわかまい》の太夫《たゆう》をやっている」

「ほう」

「この友閑の『敦盛《あつもり》』はよいぞ――」

「『敦盛』？」

信長が問うと、

「そうじゃ」

段蔵はうなずき、

〽人間《にんげん》五十年
下天《げてん》のうちをくらぶれば

夢幻《ゆめまぼろし》の如《ごと》くなり

節《ふし》をつけて謡《うた》った。

さびさびとした、妙に味わいのある声であった。

「この友閑を訪ねて、飛び加藤に会いたいと、そう言えばよい」

「ほう」

「さすれば、早ければ五日のうち、遅くともひと月のうちには、ぬしの前に姿を見せてやろう」

言い終えた時には、段蔵は、もう信長に背を向けていた。

段蔵は歩き出している。

〽一度生《ひとたびしよう》を得て
滅《めつ》せぬものの
あるべきか

段蔵の声が、風の中に遠くなってゆく。

信長は、追わなかった。

「妖怪め……」

小さくつぶやいて、信長もまた背を向けていた。

〽人間五十年

下天のうちをくらぶれば
夢幻の如くなり

信長もまた、小さく、今耳にしたばかりのその詞《ことば》をつぶやいていた。

一ノ巻　河童淵《かっぱぶち》

（一）

可愛《かわい》げがない。

可愛げはないが、しかし、風貌《ふうぼう》として、そこに、人に嫌われるような要素があるわけではなかった。

名は、竹千代《たけちよ》。

顔は、ふくよかである。

体軀《たいく》も、どちらかと言えばころりとしていて、人好きのする外見をしていた。笑えばそれなりに、愛敬《あいきよう》もある。

では何がよろしくないのかと言えば、その言葉づかいがよろしくない。

七歳の子供だというのに、言葉づかいが妙に大人びているのである。

たとえばたれかにものを頼んでおいて——わかりやすいことで言えば水でよい——その水を飲みたいと竹千代が言って、近くに控《ひか》えていた者がその水を椀《わん》に入れて持ってくると、

「うむ」

とうなずき、無造作《むぞうさ》に椀をとって飲む。

この時の言葉づかいや態度に、子供らしさがないのである。

三河《みかわ》は岡崎《おかざき》城の城主、松平広忠《まつだいらひろただ》の子であることを考えれば、それもしかたのないことであるのかもしれないが、織田家の人質になっているという身分を思うと、言葉づかいに多少の可愛げのあった方が、得と言えば得なのである。

その可愛げのない子供、松平竹千代――つまり、後《のち》の徳川家康《とくがわいえやす》が、織田家の人質となったのは、昨年のことであった。

そもそも、竹千代は、人質として、織田家ではなく、駿府《すんぷ》の今川義元のところへ行くはずであったのだ。

天文《てんぶん》一六年（一五四七）八月――

六歳であった竹千代は、西郡《にしのこおり》から船で渥美《あつみ》郡田原《たはら》に出て、そこから陸路で駿府へ向かう予定だったのだ。ところが、田原城主戸田康光《とだやすみつ》が裏切って、竹千代の乗った舟を、尾張《おわり》の熱田《あつた》につけてしまうのである。

それで、竹千代は、そのまま織田家の人質となってしまったのである。

この竹千代を愛したのが、織田信長であった。

竹千代が預けられていたのは、那古野城の南にある万松寺《ばんしようじ》である。

信長が来る時は、いつも笑顔であった。

馬で寺に駆け込んできて、

「竹千代、竹千代はあるか」

叫《おら》びながら馬を廻《まわ》す。

竹千代が出てくれば、馬上に引きあげ、

「ゆくぞ」

そのまま走り出す。

どこへゆくとも、何をするとも言わない。

最初の頃は、三河から付《つ》き添《そ》ってきた従者が、慌《あわ》てて付いてくることもあったが、信長にはそれがわずらわしいらしく、この頃は、

「いらん」

ひと言、言い捨てて、竹千代ひとりを連れ出すということがしばしばであった。

いったい、竹千代のどこが気に入ったのか。

それは、周囲の者もわからない。

本人の信長にも、それは、よくわかっていなかったに違いない。

ただ、

「泣き顔がよい」

近習《きんじゅ》の者に、そう洩《も》らしたことがある。

信長が、である。

泣かぬ子であった。

子供のくせに、その子供らしさが抜け落ちていて、竹千代は尾張に来てから泣いたことがなかった。

尾張に来た時、竹千代は六歳であった。数えで六歳であるから、満年齢で言えば五歳である。

いくら三河の岡崎城城主の子であると言っても、その年齢ならば、泣いて不思議《ふしぎ》はない。親元

から離れて、他国で人質になっている身分であり、人前では泣かずとも、身近な者の前で泣くことがあっても不思議はない。しかし、竹千代は泣かなかった。

それを、泣かしたのが、信長であった。

泣かぬ子供、竹千代の話を耳にして、

「見たい」

そう言ったのは信長であった。

会いたいと言ったのではない。まるで、人ではなく、珍奇な獣《けもの》を見たいと言うような口調で、

「見たい」

と、言ったのである。

可愛げのない、大人びた口調でものを言う、竹千代という人質がいる――それを耳にした信長が、その子に好奇心を覚えたのである。

城へ呼んだ。

会ったのは、庭であった。

信長は、いつもと同じように、湯帷子《ゆかたびら》を片肌脱ぎにした、半袴《はんばかま》姿である。髪は茶筅髷《ちやせんまげ》。腰に、火打ち袋をぶら下げ、朱鞘《しゆざや》の小刀を一本だけ差している。

「松平竹千代にござります」

泣かぬ子供は、一緒にやってきた石川数正《いしかわかずまさ》とともども、地へ片膝《かたひざ》をついて、そう告げた。

石川数正――この若者は、今川家に人質になる竹千代と共に三河からやってきた者だ。人質と言っても、ただひとりで、人質になる土地へゆくのではない。身の回りの世話をする者たちが、人質の年齢や好みに合わせて、何人か付き添うことになる。

石川数正は、そのうちのひとりであった。

齢《よわい》、一五。

信長より、一歳歳上《としうえ》である。

信長も、その場には、何人かの家来を従わせている。

石川数正と竹千代を、値踏みするようにしばらく見下ろし、

「馬」

信長は言った。

「は」

その場にいた平手五郎右衛門《ひらてごろうえもん》が走った。

馬をどうするのか、そういうことは問わなかった。

信長が、何かを命ずる時の言葉は、いつも短い。

ここで、

「馬でござりまするか」

とか、

「馬をどういたしましょう」

このように問い返すと、信長はたちどころに不機嫌となる。

信長にしてみれば、配下たる者は、その機能として常に主《あるじ》の意を慮《おもんぱか》ることができねばならぬ——そのように考えていた。

ほどなく、馬が二頭引き出されてきた。

二頭とも、すでに鞍《くら》が載《の》せてある。

「乗れ」

言うなり、信長は自《みずか》らの馬に跨《また》がった。

「さ、馬へ――」

と、竹千代に、馬に跨がるよううながしたのは、平手五郎右衛門である。

六歳の竹千代が、馬に乗ることができるのか、できぬのか、そういうことも、信長は何ひとつ問わなかった。

否《いや》も応《おう》もない。

武家の棟梁《とうりよう》の息子であれば、たとえ六歳であろうが、当然馬に乗ることができるに決まっている――信長は、そう思い込んでいるようであった。

「おそれながら……」

と、石川数正は言いかけたのだが、

「よい、乗ろう」

竹千代がそれを遮《さえぎ》って、馬の横に立った。

石川数正に助けられて、竹千代は、ようやく馬に跨がった。

手綱《たづな》を握る。

「どうすればよいのじゃ」

竹千代が言った時、

「ゆくぞ」

ひと声叫び、信長は、馬にひと鞭《むち》入れて、走り出している。

それにつられたのか、竹千代の乗った馬が、走り出した。

信長の後に続いて、駆ける。

「あっ」

と声をあげて、竹千代が馬から転《ころ》げ落ちた。

背と腰を、したたかに打った。

石川数正が走り寄った。

先まで駆けた信長が、馬を返してもどってきた。

竹千代は、息ができないらしく、

「むむん……」

「むむむう……」

顔をしかめて、呻《うめ》いている。

竹千代を抱《かか》えながら、石川数正は信長を見あげ、

「我が殿は、まだ――」

そこまで口にしたのだが、

「わかっている」

信長の言葉に、口をつぐんだ。

この、若き、那古野城の主が、こういうことでいちいちたれかが口出しするのを嫌う性格であるというのは、すでに石川数正も理解している。

我が殿はまだ馬に乗れませぬ――

そう言おうとしたのだが、それくらい、信長は百も承知のことであろうと考えたからだ。

信長は、それこそ、今の竹千代の歳には、もう、馬に乗って駆けていた。毎日馬に乗り、駆

け、水があればそこで泳ぐ。その信長は、たれかがどれだけ馬に乗れるか、乗った姿を見れば、ひと目でわかる。

しかし、たとえそれでも、石川数正としては、言うべきことは言わねばならない。

自分は、松平家に仕《つか》える者であり、信長に仕える者ではない。たとえ、ここが敵国の城であろうと、自らの城主の御曹子《おんぞうし》を守らねばならない。石川数正は、そのために、竹千代と共にやってきた人間である。

「わかっていながら、何故《なにゆえ》、かようなお戯《たわむ》れを——」

石川数正の言葉を、信長は無視して、

「やはり、泣かぬか？」

学者のような顔つきでそう言った。

周囲の者の思いなどに、信長は頓着《とんちやく》していないようであった。

泣かぬ子供、竹千代が本当に泣くか泣かぬか、自分の好奇心を満足させる——それしか、信長の頭にはなかったようである。

「殿、竹千代様にもしものことあらば、三河が……」

そう口にしたのは、平手五郎右衛門であった。

「三河が何だというのだ」

「は……」

「三河はな、こやつらを見捨てたではないか——」

信長は言った。

「おい竹千代、ぬしのお父殿《でい》は、ぬしらを、煮《に》るなと焼くなと好きにせよと、そう言うてきたそうじゃな」

竹千代を人質としてとった時、信長の父織田信秀は、書状を三河の松平広忠に送っている。

――息子竹千代の身柄はあずかっている。生命《いのち》を助けてほしくば、今川を捨てて織田側へつくがよい。

このような意の書状である。

竹千代の父広忠の返事は次のようなものであった。

――竹千代は、もともと今川への人質として差し出したものである。煮るなと焼くなと好きにしてかまわぬ。

だからといって、竹千代を殺していいものではない。

今川への手前、広忠はそう言っているだけかもしれず、いざ、三河と戦《いくさ》ということになれば、敵国の城主の息子が、こちらの手にあるというのは、戦略上大事なことであり、もしもこちら側のたれかが、今川か三河の人質となった時には、竹千代と交換という手にも使えるからである。

事実、これより二年後、信長の庶兄《しょけい》である信広《のぶひろ》が今川方に生け捕りにされ、竹千代はこの信広と人質交換ということで、岡崎城にもどっているのである。

だが、それは先の話だ。

しかし、それにしても――

そういった国と国とにおける駆け引きの機微《きび》を、この大うつけの信長は理解しているのか。

平手五郎右衛門は、その思いを嚙《か》み殺した。

平手五郎右衛門のそういう心を知ってか知らずか、信長は、馬上から、好奇心で光らせた眼を竹千代に向けている。

「泣かぬな」

妙に、感心した声で信長は言った。

ようやく呼吸がもどってきた竹千代は、そこに正座して、

「ようござりましたな」

信長を見あげた。

「何がよかったのじゃ」

「もしもわたしが馬から落ちて死んでおれば、困ることになるのは、信長さまにござりましょう」

しれっとした顔で言った。

「ああ、困る」

信長の返事は短い。

「では竹千代は、生きていることによって、信長さまをお救い申しあげたことになりまするな——」

「そういうことになるか」

信長は、おもしろそうにうなずいた。

これが、信長と竹千代——徳川家康との最初の出会いであった。

そして、いったいどういうかげんであるのか、信長はこの竹千代を気に入ってしまい、このふくよかな顔をした子供を、自分の日常の中に組み入れてしまったのである。

自分が出かける時や鷹《たか》狩りをする時、川へゆく時などに、竹千代に声をかけ、一緒に連れてゆくようになってしまったのである。

ある時——

それは、今年の春のことであった。

信長は、竹千代を連れて、川へ出かけている。

三月のことだ。

竹千代は七歳、信長は一五歳になっている。

信長は、城にいるより、野へ出ることを好んだ。

川へゆけば、泳ぎ、河原で相撲《すもう》を取る。

このことでも、信長は、竹千代を容赦《ようしゃ》しなかった。

信長が、こういうおり、供《とも》に連れて歩くのは、家臣の息子たちであり、近在の同じ歳くらいの人間たちである。信長は、城勤めの家臣の子であれ、百姓の子であれ、区別しなかった。

皆、平等にあつかったのである。

もっとも、この頃はまだ、百姓と武士の区別ははっきりしていなかった。

日常的に、鍬《くわ》を持ち、畑を耕《たがや》し、米を作っていた人間が、戦となれば、そのまま槍《やり》や刀を手にして戦場へ出てゆく時代であった。

ともあれ、信長は、その出自《しゅつじ》のみならず、年齢においても、他の仲間と竹千代を区別しなかったのである。人質であるから、岡崎城の主の子であるから、七歳であるからといって、特別な扱いはしなかった。

相撲を取る時でも、本気でやらせた。

竹千代にも、他の人間にも。

相手が、七歳で身体《からだ》も小さいからといって、

「ひとたび戦となれば、歳に関係はない」

これが信長の考えであった。

だから、自身が相撲を取る時、城主だからといって、相手が手をぬいたりすると、烈火《れつか》の如《ごと》くに怒った。

「うぬは、おれを殺す気か⁉」

戦場で、敵は、おれを城主だからといって、殺すのをためらったりはせぬ。そればかりか、おれが城主信長と知られれば、懸命《けんめい》になって生命を取りに来るのじゃ。うぬがここで手をぬくということは、おれが、戦場で油断をすることに繋《つな》がってしまう。さすれば、おれの首は、たやすく敵に取られてしまうであろう。

これが、信長の理屈であった。

竹千代も、例外ではない。

相撲を取れば、竹千代は、いいように投げられ、転がされ、身体中に痣《あざ》を作った。

それでも、竹千代は泣かなかった。

「竹千代、その袋は何じゃ」

その時、河原で、信長は竹千代に問うた。

竹千代が、いつも腰から下げている金襴《きんらん》の小さな袋のことであった。金襴という布は、唐《から》渡りの錦《にしき》で、まだこの国では作られてはいない。

その金襴でできた小さな袋を、いつも竹千代が腰から下げているのが、前から信長は気になっていたのである。

「父上からもろうたものじゃ」

この頃には、竹千代も、信長に対して対等であるかのようなしゃべり方をするようになっている。

「ほう、ぬしのお父《でい》がくれたか」

信長は、眼を光らせた。

「中身は何じゃ」

「薬じゃ」

「薬？」

「腹痛《はらいた》を起こした時に、飲めばなおる」

「よく、腹が痛くなるのか」

「なる」

「では、その薬は、竹千代にとって必要なものじゃな」

「そうだ」

「では、その金襴の袋を、おれにくれぬか」

「いやじゃ」

「何故じゃ。その薬をくれぬというのならわかる。しかし、必要なのはその薬であり、その袋ではないであろう」

「――――」

「それをくれれば、かわりに、別の袋をやろう。それでどうじゃ――」

「いやじゃ」

「それが惜《お》しいか」

「惜しくはない」

「なんだと、惜しくない⁉」

「ああ」

「なら、人にくれてやってもよいのではないか――」

「いやじゃ」

「何故じゃ、この信長にくれてやるのがいやか――」

「そうではない」

「では何だ」

「たれであろうと、自分以外の者が、これを持っているのがいやなのじゃ」

「それを、惜しいと言うのではないか」

「惜しくない」

「言うたな」

信長は、
しい、
と笑って、

「では、その袋、その川へ捨てよ」

きっぱりと言いきった。

「さすれば、その袋、たれのものにもならぬ。しかも、惜しくないと言うた竹千代の言葉を証明することにもなるではないか」

信長の理屈である。

「どうじゃ。いくら童《わっぱ》でも、武士に二言《にごん》があってはならぬぞ」

「わかった」

竹千代は、川岸まで小走りに駆けてゆき、金襴の袋をはずして、薬の入ったまま、それをためらわずに、川へ投げ捨てた。

それは、しばらく川面《かわも》に浮いていたが、たちまち瀬に流され、沈んで見えなくなった。

むろん、竹千代は泣いたりしなかった。

可愛くなかった。

信長は、生《は》えてきたばかりの草をちぎり、その先を口に咥《くわ》え、

「べっ」

とそれを吐き出して、

「どうじゃ、おれと取らぬか」

竹千代に、信長は言った。

「取る?」

「相撲じゃ」

信長に言われて、それを断るわけにはいかない。

竹千代は、下帯《したおび》を身につけただけの裸になった。

信長も、同じ姿になった。

「十番勝負ぞ」

組む。

信長は、竹千代を、顔から、河原の地面に叩《たた》きつけた。

河原の地面は、砂だけではない。小石も混じっていれば、拳《こぶし》ほどの大きさの石もある。そこへ、おもいきり叩きつけたのだ。

容赦のない勝負であった。

竹千代は、ふらふらになって、額《ひたい》や鼻、肘《ひじ》からも血を流しながら、ついに九番を取った。

そして、十番目——

組もうとした信長の顔面を、竹千代の右拳が打った。

がつん、
と、音がした。

見物していた者たちが、

「あっ」

と、声をあげたのも、無理はない。

信長の鼻から、血が流れ出てきて、河原の石に滴《したた》ったからだ。

竹千代は、右手に、河原の石を握っていた。

九番目で投げ飛ばされた時、それを拾い、それで信長の顔を打ったのである。

信長を見る竹千代の顔は、泣きそうになっていた。

信長は、鼻を拳でぬぐい、手の甲についた血を見て、

「それでよい」

嗤《わら》った。

「これは戦だからな」

信長は、竹千代を捕らえ、おもいきり河原の砂の上に叩きつけていた。

それでも、竹千代は泣かなかった。

（二）

稲が、青あおと風に動いている。

その稲を馬上で左右に眺《なが》めながら、信長は北へ向かっている。

湯帷子を片肌脱ぎにしているのはいつもの通りだが、腰に一本だけ差している朱鞘の刀が、常よりも短い。

風が、信長の頬《ほお》をなぶっている。

空が青い。

長かった梅雨《つゆ》が、四日前、嵐の去るのと同時に終わったのだ。

信長の頭上に、まぶしいほどに白い雲が流れてゆく。

向かっているのは、庄内川《しようない》だ。

庄内川は、那古野城の北を西へ流れ、その後《のち》南へ下って伊勢《いせ》湾へ注いでいる。那古野城から西へ向かっても北へ向かっても、庄内川への距離はおよそ一里（約四キロメートル）。

信長の供をしているのは、平手五郎右衛門他、数名の家臣——というより遊び仲間である。

鉄砲を肩に担《かつ》いだ者二名、長槍を手にした者二名がその中にいる。あとは、いずれも腰に刀を差している。

それに、松平竹千代とその家来の石川数正が従っている。

向かっている場所は、庄内川へ、東から流れてきた矢田《やだ》川が合流している場所だ。

ふたつの河川がぶつかったところが、深い淵《ふち》になっていて、そこは、河童淵《かっぱぶち》と呼ばれている。昔から、河童が出て、人を水中へ引き込んだりすると言われている淵である。

「おるかな、河童め……」

信長が、馬上でつぶやいた。

どこで引き抜いたのか、その口には夏草の茎《くき》が咥えられている。そのため、信長のつぶやいた声は、低くくぐもっている。

草を吐き捨て、横を歩いている五郎右衛門を見下ろして、

「どうじゃ、五郎右衛門——」

信長が問うた。

言われた五郎右衛門、

「はは、それは、何とも……」

頭を下げる。

「しかし、土地の者が見たと言ったのであろう」

さらに信長が問うたのも、そもそも、この話を信長の耳に入れたのが、平手五郎右衛門であったからである。

昨日のことだ。

五郎右衛門が、信長に呼ばれてやってきた。

「稲の様子はどうであった」

そう問われたのである。

嵐が去った翌日、信長に命ぜられて、五郎右衛門は稲の様子を見に出かけていたのである。

嵐の最中、信長はいきなり召集をかけた。

大雨と風の中、家臣を連れて、信長は徒歩《かち》で走り、稲を見て回った。

「嵐の時に、敵が攻めて来ぬとも限らぬ」

いついかなる時でも――

信長のひと声で家臣は集まり、命ぜられたことをやらねばならない。

「これは、その訓練ぞ――」

信長は言った。

田や畑を見てまわり、

「このあたりがよかろう」

嵐の最中、濡《ぬ》れた泥で、皆に相撲をとらせたりもした。

その最中、五郎右衛門に、

「嵐が止《や》んだら、稲のことを見にゆけ――」

そう命じたのである。

斎藤道三《さいとうどうさん》が支配する美濃《みの》国と織田一族の支配する尾張国――濃尾《のうび》平野は、土地平《たい》らかで水が豊富である。

稲の栽培《さいばい》に適した土地であった。

稲の収穫量がそのまま国力となる。

信長も、常々、それは気にするところであった。

そういうことは、父信秀がやっていることではあったが、信長自身は、自分の息のかかった人間に、直接それを見させ、報告させたかったのである。

その報告のために、五郎右衛門はやってきたのである。

大雨が降ったにもかかわらず、稲はおおむね無事であった。

「であるか」

信長は五郎右衛門のその報告を受けて、そのようにうなずいたのである。

そして、報告の済んだその場で、

「稲は無事にござりましたが、河童が出たそうにござりますな」

五郎右衛門が、そう切り出したのである。

「河童じゃと⁉」

信長が身を乗り出した。

「いやいや、殿が気になさるようなことではござりませぬ。土地の噂《うわさ》にござります」

「かまわぬ、申せ」

信長は、その性《たち》として、怪異を信じない。

幽鬼《ゆうき》や霊魂の存在も、あの世のことも信じていない。

信じないながら、しかし、それへの興味は異様なまでにあった。

「怪異なるものの原因は、人の無知である」

信長は常々そう口にしている。

怪異の裏には、必ず、その理《ことわり》があり、それを知れば、怪異も怪異ではない。

もしも、本当に怪異というものがこの世に存在するなら、

「ぜひ見たいものだ」

そう思っている。

五郎右衛門は、こういう時、信長の体内から発せられる、むっとするような、焦臭《こげくさ》いような体臭を嗅《か》いだ。

うっかり口にしてしまったことに、少し後悔しながら、五郎右衛門は次のようなことを語ったのである。


那古野城の北――

庄内川と矢田川の合流するところに、河童淵という淵がある。

その淵、青く深く、底が知れない。

合流点のすぐ下流が落ち込みになっていて、その下流部の右岸が深く抉《えぐ》れていて、湾処《わんど》になっている。

大水が出ても、その淵は、流れが大蛇の塒《とぐろ》の如くに、ゆっくりと渦を巻くだけであり、上流から流れてきた魚――鮎《あゆ》や小魚、野鯉《のごい》などが溜《た》まる。

大水が去った後も、しばらくは魚もその河童淵から動かない。

そこへ、地元の弥平治《やへいじ》という者が、水が減り、澄《す》みはじめた時にやってきた。

弥平治は、川に潜《もぐ》り、野鯉の巨大なものを抱きとるのがたくみであった。

水が出るたびに、そういう鯉の集まる淵へ出かけて、鯉を抱きとってくる。

しかし、河童淵は、深すぎてこれまでそれを試したことがない。何しろ、鯉のいる淵の底まで潜らぬことには、この技は使えない。

水中を泳いでいる鯉を抱きとるわけではない。水の底で、動かずにいる鯉をねらうのである。

しかし、今回、河童淵で潜ることにしたのは、嵐の去った翌日、田の様子を見に来たついでに河童淵を覗《のぞ》いた時、そこに、ばしゃりと重い音をたてて跳《は》ねる巨大な魚を見てしまったからである。

鯉だった。

それも、これまで見たどんな鯉よりも大きかった。

大人、とは言わないが、充分子供ひとり分の大きさくらいはあった。

三尺（約九〇センチメートル）はある。

水は、まだ川から溢《あふ》れそうなほどの量が、音をたてて流れている。しかも濁《にご》っている。

明日だ。

そう思った。

明日になれば、水量も減り、川の濁りもとれる。

それで、翌日、出かけて行ったのである。

念のため、魚を突くためのヤスを持っていった。

朝、すでに、水はだいぶ減って、淵の下流右岸にある白い砂地も顔を覗かせていた。濁りもそこそこ取れて、水中での視界も利《き》くようになっている。

淵の横に大きな柳の古木《こぼく》が生えていて、青い水面《みなも》に、葉のついた枝を垂《た》らしている。

砂地から入った。

腰あたりの深さになるまで砂地を上流に向かって歩く。

すると、そこに、水面に突き出た岩がある。

その上に登った。

岩の向こう側——上流側が、もう、河童淵である。

左手にヤスを握り、弥平治は岩の上に立った。

深い。

底に大きな黒い岩のあるのは見てとれた。

すでに水の濁りはかなり取れている。水中で、鯉を探すことが充分できそうだった。

跳《と》び込んだ。

水を蹴《け》って、頭から潜ってゆく。

大岩が沈んでいるのがわかる。

大きな岩と、小岩——

大きな岩の一番上の部分まで、まず六尺潜る。そこから水の底まで、さらに六尺、いや、七尺、八尺あるか。

いた。

鯉だ。

信じられぬほど大きな魚影を見た。

それが鯉だった。

一尾ではない。

二尾、三尾……

一〇尾に余る巨大な鯉が、水底《みなそこ》近くで悠々《ゆうゆう》と尾鰭《おびれ》を動かしている。

ヤスを持ってきてよかった、そう思った。

一尾、二尾と数えるよりも、獣のように、一頭、二頭と数えたくなるほどの大きさの鯉の群れであった。

一度、水面に顔を出して、呼吸を整えた。

もう一度。

潜る。

だいたいの場所はわかっているから、ひと息に、迷わず潜ってゆく。

昔から、河童が棲《す》むと言われてきた淵だ。

河童が、尻の穴から手を突っ込んで、尻子玉《しりこだま》を抜くとも言われていて、それで、ここで泳ぐ者はめったにない。

耳が痛くなる。

耳抜きをする。

おそろしいほどの深さだ。

濃い青。

魔物でも潜《ひそ》んでいそうな青い色だ。

鯉がいる。

巨大な野鯉だ。

その野鯉のいる深さまで。

ようし、いいぞ。

まだ、息は続く。

鯉と同じくらいの深さに沈んで、水をゆるりと蹴って――

その、水を蹴った右足に、何かの感触があった。

ふいに、その右足を摑《つか》まれていた。

水中で、振り返った。

驚いた。

驚きのあまり、水中でわっと叫んで息を吐き出してしまった。

頭の白く光るもの。

河童だ。

河童が、水中で眼を開き、弥平治を睨《にら》んでいる。黒い河童だ。その河童が、右手を伸ばし、弥平治の右足首を摑んでいるのである。

河童の口が、ぱかりと開いて、歯の間から、毛むくじゃらの黒い舌が覗いた。

弥平治は、水中で総毛立った。

摑まれた右足を強く引かれた。

弥平治は、あばれた。

あばれて、河童の右腕をヤスで突いた。

ようやく、河童が手を放した。

それで、弥平治は、やっと水面に顔を出し、水音をたてて、砂地に這《は》いあがった。

いったん、そこで倒れ込んだ。

そのまま休みたかったが、まだ、足が水中にある。

その足を、また河童が摑んで引きそうであった。

蛇がのたうつように、砂地を動き、なんとか川から、七尺離れたところにたどりつき、そこで、ようやく動くのをやめた。

ごほごほと咳《せき》込《こ》んだ。

知らぬ間に飲み込んでいた水を、大量に吐いた。

足が、がくがくしていた。

足だけではない。

全身が震えているのだ。

しばらく、そこで動かなかった。

やっと動き出したのは、しばらくしてからであった。

家にもどり、弥平治は、このことを家の者に語った。

「河童淵に、河童がいた。あやうく引き込まれて殺されるところだった」

その河童をヤスで突いて逃げてきたのだと言う弥平治の話は、あっという間に近在に広まってしまったのである。

そこへ、五郎右衛門がやってきて、この話を聴《き》き込んだというわけなのであった。

（三）

河童淵の湾処の内側、下流側が、白い砂地になっている。

その砂地の川岸近くに床几《しょうぎ》を立て、信長はそこに座している。

すでに諸肌《もろはだ》脱いでおり、細いけれども逞《たくま》しい上半身が、陽光にさらされている。

鉄砲を担いだ者二名。長槍を持った者二名がその前に立っている。

他に、平手五郎右衛門、松平竹千代、石川数正の他、三人の武士が並んでいた。武士のひとりは、笊《ざる》を抱えている。

少し離れて、この淵で河童を見たという張本人の弥平治も立っている。

信長を入れて、総勢一二名。

「胡瓜《きゆうり》！」

信長が言った。

「はっ」

笊を抱えた者が、砂を散らして汀《みぎわ》に寄った。

その笊の中には、胡瓜が入っている。

「やれ」

信長の声に、

「はっ」

と頭を下げて、笊を左腕に抱え、右手で数本の胡瓜を鷲《わし》掴みにすると、それを河童淵に向かって投げ込んだ。

青い水面に、音をたてて胡瓜が落ちた。

ゆったりと巻く渦に乗って、胡瓜は、水面を一周、二周したが、一本、二本と淵から外に押し出され、三周する頃には全ての胡瓜が、下流に流れ去っていった。

「次」

「はっ」

二度、三度、同じことを繰《く》り返したが、何ごとも起こらない。

湾処の外へ出る流れに乗らなかった胡瓜が、水面に二本残った。

「竿《さお》！」

信長が言った。

「はっ」

胡瓜を投げている間に、竹竿の先から縄を垂らし、その縄に胡瓜を縛《しば》りつけたものを持った男が汀に立った。

胡瓜のすぐ上には、錘《おもり》の石が縛りつけてある。

男は、その竿を使って、胡瓜を淵の中心に沈めた。

「尻子玉」

信長が言うと、さっきまで胡瓜を川に投げ込んでいた男が、着ているものを脱ぎ、下帯を解《ほど》いて全裸になり、膝上まで水に入り、岸側へ向きなおり、淵に向かって尻を水中に沈めた。

「竹千代、数正、相撲」

信長が言う。

松平竹千代と石川数正が、着ているものを脱ぎ、下帯姿となって、砂地で相撲を取りはじめた。

いずれも、大真面目《おおまじめ》である。

笑っている者はたれもいない。

これは、河童の好きなものを用意して、河童をおびき出そうという信長の戦略であった。

河童は、およそ日本全国で知られる、川の妖怪である。

河の童《わらべ》——つまり河の童《わっぱ》、河童《かわわっぱ》が訛《なま》って河童と呼ばれるようになったというのが有力な説なのだが、もちろんそれだけではなく、様々な説がまだ無数にある。

身体には鱗《うろこ》が生え、背には甲羅《こうら》がある。

好きなものは、相撲であり、胡瓜である。

泳いでいる子供の尻から手を入れて、そこから尻子玉をぬいてしまう。

頭の皿に水が溜まっているうちは元気だが、そこの水が足らなくなると、元気を失い、時に人の手によって、捕らえられたりするということもあると言われているが、実際に、信頼できる記録が残されているわけではない。

別名、河太郎《かわたろう》——

信長は、これを大真面目で捕らえようとしているのである。

一刻《いっとき》（約二時間）近く、同様のことを続けたが、何ごとも起こらない。

「やめい」

信長が声をかけると、胡瓜をぶら下げていた者、尻を水に浸《つ》けていた者、相撲を取っていた者たちが、それをやめた。

「駄目だな」

信長がつぶやく。

「おそれながら——」

信長の前にやってきたのは、つい先ほどまで、竿の先にぶら下げた胡瓜を、水中に沈ませていた男であった。

「なんだ」

「釣りというものには、時合《じあい》というものがござります。魚によって、釣れる季節、釣れる刻限、このようなものがいずれも決まっております。時に、一日中竿を出したからとて、釣れぬこともござります。河童にもそのような——」

「くどい」

信長は、その男の言葉を遮った。

「弥平治」

信長が言った。

「はは」

五郎右衛門が、弥平治を連れてやってくると、信長の前で、片膝を折った。

「潜る」

信長の言葉に、男たちの間に緊張が走った。

「どのあたりじゃ」

弥平治は、立ちあがり、左手を持ちあげて、

「あのあたりでござります」

こわばった声で言い、そこを、指で示した。

「すぐ上《かみ》で、庄内川と矢田川の流れが合わさっております。その流れ、そこで落ち込み、渦を巻いておりますが、その中心より、わずかに下《しも》のあたりでござります」

言いながらも、弥平治は、ちらりちらりと、自分のすぐ右側にある汀に眼をやっている。

いつ、そこから河童の手が伸びてきて、自分の足を摑み、淵に引きずり込むかもしれない――

それを怖れているようであった。

「三郎三《さぶろうざ》、ゆけ」

信長が言った。

「はっ」

と言ったのは、さっきまで、尻を水に浸けていた男であった。

三郎三は、ざぶざぶと水の中に入ってゆく。

すぐに、腰まで水がきた。

その先が、急に深みになっている。

そこで、三郎三は、一瞬、躊躇《ちゅうちょ》した。

「ゆけ！」

信長の声が、大きくなった。

「はっ」

言いざま、三郎三は水に頭から突っ込んだ。

水面から、両足が空中に出、それが何度か宙を蹴った。

やっと、両足が水中に沈んだ時には、もう、流されていた。

下流の浅瀬まできて、ようやく三郎三は立ちあがり、こちらへ向かって歩きはじめた。

「作之進《さくのしん》」

信長が言った。

「は」

と言って前に出てきたのは、胡瓜を竿でぶら下げていた男であった。

「ゆけ」

この男——作之進もまた流された。

流されてもよいように、少し、上流部から渦に入ろうとしたのだが、わずかに潜ったところで、渦から外に押し出されたのである。

次々に、挑《いど》んだ者たちが、渦に流されてゆく。

渦の中心まで泳いでゆき、そこから潜ればよいのだが、皆、渦の中心まで泳ぎつけずに、途中で潜る。

そのため、途中にある、渦から外に向かう流れに捕まって、押し流されてしまうのである。ゆったりと流れているようだが、実際に水に入れば、水の押しは、想像以上に強かった。

「どうすればよい」

信長は、弥平治に問うた。

「あそこに、岩が突き出ております。あの岩まで、腰まである水の中を歩いてゆき、あの岩に立ってから、水に入ればようござります」

弥平治自身は、そうやって水中に潜ったのだ。

「ゆけ」

と、命ぜられて、また、何人かが同様のことに挑んだのだが、やはり、流されてしまう。

弥平治が口にしたことをやるには、弥平治と同様の体力と、技術《わざ》がなければできぬことであった。

「竹千代」

信長が、ついに、その名を呼んだ。

「ぬしがゆけ」

そこで、慌《あわ》てたのは石川数正であった。

「この数正が、かわりにまいりましょう」

これまで、何度か同じ人間が挑んできたのに、それができなかった。ここで、潜水者がたれに代わったからといって、たやすくできることではない。

しかも、ここで、竹千代が潜る役をやったからといって、上手《うま》くゆくわけもない。

竹千代のかわりに、仮に石川数正が潜ったところで、よい結果が出るというわけのものではない。

「竹千代がゆけ――」

信長が、重ねて言った。

「それは――」

「竹千代、ゆけ！」

信長が、声を高くしたところで、数正は退《さ》がるしかなかった。

「石を抱け、石を抱いて飛び込めばよい」

信長は言った。

竹千代は、両手に、大きな石をひとつずつ握って、岩の上に立った。

岩の上までは、石川数正が共に行った。

数正自身も、拳大の石を、やはりひとつずつ握って、竹千代と並んで岩の上に立った。

そこまでは、信長も赦《ゆる》したのである。

竹千代の顔は、青ざめている。

身体が、小刻みに震えている。

しかし、泣くというようなことはなかった。

竹千代も、それほど泳ぎが得意というわけではなかった。どちらかと言えば、下手――水に入った時の姿も、泳ぐというよりは、溺《おぼ》れているという表現のほうがあたっている。

両手両足をばたばたと動かして、やっとそこに浮いていることが可能なくらいであった。

「泳がぬでよい。潜るだけじゃ。竹千代なれば、ただ沈むだけでよい」

信長は、そう言って、竹千代を送り出したのである。

「だいじょうぶでございます」

数正が、竹千代に言った。

「気を確かにもって、呼吸《いき》を整えなされませ」

すると——

「怖《こわ》いのじゃ……」

歯を鳴らしながら、竹千代が言った。

「何かあれば、いつでもわたしが飛び込んで、お助けいたします」

数正の言葉に、竹千代は小さく首を振った。

「駄目と見たれば、すぐに手から石を離されませ。なに、人の身体は、自然《じねん》に水に浮くようになっておりまする。水など、怖るることはござりません」

「そうではない……」

歯を鳴らしながら、竹千代は言った。

「そうではない？」

「水も、怖ろしいが、もっと怖ろしいものがある」

それは信長さまにござりましょうか——

その言葉をあやうく数正は口にするところだったのだが、それを肚《はら》の中で止めて、

「何でござりましょう」

数正は問うた。

「河童じゃ。河童が怖ろしいのじゃ」

竹千代は、歯を喰《く》い縛った。

「いずれにいたしましても、わたしがついておりまする。ほれ、このように、剣も用意してござります」

岩の上に置かれた、抜き身の小刀を、数正は、手で竹千代に示した。

「何か現われたと見れば、わたしが、この剣を口に咥えて飛び込みます」

「わかった」

竹千代は言った。

言ったその後がはやかった。

いきなり深く息を吸い込み、眼を閉じて水中に飛び込んだ。

竹千代は、流されなかった。

が——

浮いてもこなかった。

通常であれば、もう、息をしたくて、水面にあがってくるような刻が過ぎても、竹千代はあがってこなかった。

何があったのか。

「いかん」

数正は、抜き身の小刀を口に咥え、両手に大ぶりの石を握り、

「いざ」

そう言って、深く息を吸い込んでから、水中に飛び込んだ。

潜ってゆくと、深みの青い底に、竹千代の身体が沈んでいるのが見えた。

糞《くそ》!

数正は、沈みながら、足で水を蹴って、ようやく、その深みに達していた。

見て、驚いた。

竹千代は、水中で砂の上に胡座《あぐら》をかき、石ふたつを腹に抱えて、もの凄《すご》い形相《ぎょうそう》で、眼を固く閉じていたのである。

数正は、持っていた石を捨て、竹千代の肩に手を掛けた。

すると、いきなり、激しく竹千代が暴れ出した。

数正を石で殴りつけてきた。

両手から、石が離れた。

素手になった手の爪で、竹千代は数正を引っ掻《か》いてきた。

そのまま、数正は、川底を蹴っていた。

ふたりの身体が浮きあがる。

水面に、ふたりの頭が出た。

浅瀬に流されていた。

足が立つところまで流されて、ようやく石川数正は立ちあがった。

竹千代の身体を引きずるようにして、川を歩き、砂地に竹千代を引きあげた。

竹千代は、両手両膝を砂地に突いて、激しくそこで咽《む》せていた。

「ふふん」

床几から、信長が腰をあげた。

「おれがやろう」

立ちあがった信長は、その場で着ているものを脱ぎ捨てた。

下帯ひとつとなった。

よく陽に焼けた、筋肉質の、しなやかな身体が風の中にさらされた。

弱冠《じゃっかん》、一五歳――

満で数えれば、信長、まだ一四歳である。

朱鞘から、小刀を抜き、それを口に咥えた。

河原を歩いて、人の頭部ほどの石を、両手に抱えた。

水中に入った。

歩いて件《くだん》の岩までゆき、いったん抱えていた石を岩の上に乗せ、それから岩の上に這いあがった。

再び、石を両手に抱え、岩の上に立った。

水がとぐろを巻く、青い水面をひと睨みして、無造作に、跳んだ。

陽光の中に、しぶきがあがった。

（四）

水は、冷たかった。

青い底に向かって、沈んでゆく。

水の押す力が強い。

大きな黒い岩が下に沈んでいる。

その周囲に、幾《いく》つかの岩がある。

岩のあちこちで、きらり、きらりと光るのは、鮎が、この水でも消えなかった残りアカを食《は》んでいるのである。

大きな、太い野鯉が、何尾も流れの中で悠々と尾を揺らしている。

そして、信長は、そこに河童を見つけたのであった。

（五）

少し下流に、まず、信長の頭があがった。

「殿！」

まず、五郎右衛門がそれを見つけて駆け寄った。

首、肩、胸と、信長の身体が水面からあらわれてくる。

信長が、右手を持ちあげた。

その手に小刀が握られている。

「捕らえたぞ、河童じゃ」

腰ほどの深さのところを、信長が歩いてくる。

「殿、御無事で⁉」

何人かが、ざぶりざぶりと、水の中へ入ってゆく。

信長の左手は、まだ、水中に沈んでいる。

その手に、何か握っている。

浅くなった。

左手に握ったそれを、ずるずると引きずりながら、信長は岸にあがってきた。

信長が、左手に握っているのは、僧衣の襟《えり》であった。

引きずられていたのは、眼を開いたまま死んでいる、僧の屍体《したい》であった。

僧は、右手に、ちぎれた数珠《じゅず》の紐《ひも》を握っていた。

砂の上に、腰を落とし、竹千代は信長を見つめていた。

その眼に、怯《おび》えの色があるのは、信長が、真《ま》っ直《す》ぐに竹千代の方へ向かって歩いてくるからだ。

立ちあがろうとした竹千代の上へ、信長が、僧の屍体を放り投げるように被《かぶ》せた。

僧の顔が、上から竹千代を睨み下ろした。

「わっ」

と、竹千代が声をあげた。

「それが、河童の正体じゃ」

信長が言った時、竹千代の顔の上で、死んでいるはずの僧の唇が、もごもごと動いた。

唇が開いた。

そこから出てきたのは、黒い、毛むくじゃらの舌——藻屑蟹《もくずがに》であった。

その蟹が落ちて、竹千代の顔の上を這った。

「あわっ!」

と、竹千代は、全身の力で、僧の屍体を振り落とし、立ちあがっていた。

竹千代の顔が歪《ゆが》んだ。
歯を見せ、鼻の周囲に皺《しわ》を作り、竹千代が泣き出した。
うえええぇん、
という、幼児《おさなご》のような泣き方であった。
その眼から、ほろほろと、透明な涙がこぼれ落ちた。
「やっと泣いたな……」
微笑した信長の白い歯に、陽光が光った。

（六）

こういうことであった。

庄内川、矢田川の合流する地点より、庄内川に沿《そ》って、一里半ほど上流に行ったところに、龍《りゆう》泉《せん》寺《じ》という寺がある。

寺の持つ田があり、嵐で水が出たおり、田が心配であると言って、様子を見に出ていった丹海《たんかい》という僧が、ずっと行方不明であったのだという。

河童淵で信長が見つけたのは、その丹海の屍体であった。

数珠を握って、見回りをしているおり、土手が崩れて流され、その屍体が河童淵の底にある岩に引っかかっていたのである。

弥平治の足首を摑んだというのは、丹海が握っていた数珠が、そこにからんだものであろうと思われた。

黒い舌と見えたのは、口の中に入った藻屑蟹であったことになる。

「河童など、この世にいるものか」

信長は、五郎右衛門から丹海のことを聴いて、そう言ったという。

松平竹千代は、その翌年天文一八年（一五四九）一一月、尾張から去っていった。

信長の庶兄信広が、今川方の人質となり、その信広と竹千代が、人質交換されたのである。

妙に、小憎《こにく》らしいところのあった竹千代であったが、

「あの、泣き顔が可愛かったに……」

信長は、しばらく、ことあるごとに、五郎右衛門にそう言っていたという。

二ノ巻　あざ丸《まる》

（一）

信長が、美濃の斎藤道三の娘、帰蝶《きちょう》を妻としたのは、天文一八年九月のことである。

信長一六歳、帰蝶一四歳。

美濃と尾張、和睦《わぼく》のための政略結婚である。

互いに顔も知らぬまま話が決まり、顔を見たのは婚儀の時である。

最初の夜の時、

「蝮《まむし》の娘か――」

灯火のあかりが揺れるその顔を見て、信長はそう言った。

「お濃《のう》よ、おまえはおれのものじゃ」

低いが、はっきりとした声音《こわね》でそう告げて、信長は帰蝶を抱いた。

美濃からやってきた女だからお濃――信長は帰蝶のことを最初からそう呼んだ。

ちょうど、竹千代は、信長が帰蝶を妻にしたふた月後に今川方の人質として、尾張を去っている。竹千代のかわりに、信長の興味の対象となったのがお濃であった。

女——有体《ありてい》に言ってしまえば、女という肉体への興味の全てを、信長は帰蝶で満たそうとした。

毎夜と言わず、朝でも、夜でも、場所もかまわず、信長は帰蝶の肉体《からだ》を、獣《けもの》が獲物の肉を喰らうようにほしいままに貪《むさぼ》った。

秘所は言うにおよばず、舌、口の中、歯、尻の穴まで、指で広げて眺《なが》めた。夜の灯《あか》りではよく見えぬと言って、昼の明りの中でも同じことをした。

はらわたがめくれ返るほど交《まぐ》わい、帰蝶という肉にのめり込んだ。

信長は、帰蝶が初めての女ではない。

それなりに、女というのがどういうものかという理解はある。

しかし、信長の発想としては、

〝これまでの女は自分のものではない〟

そういう思いがあった。

今回、初めて、帰蝶という自由になる女を手に入れた。

自分の女だ。

だから、おれの好きなようにしてよいのだ——そう思っているようであった。

帰蝶は、男は信長が初めてである。男と女がどういうことをするかは、もちろん知っていたし、美濃を出る前にわけ知りの女から、様々な絵図を見せられ手ほどきも受けている。

「あちらの若殿に、全ておまかせなさることです」

そのように言われた。

しかし——

男とは、皆、このようなものなのか。

その身が信長という暴風雨にさらされ、自分の上であばれるだけあばれて去ってゆくまで耐えねばならない。

「痛い……」

そう言えば、

「我慢せよ」

そう言われる。

苦痛である。

我慢をしても、痛いものは痛い。

それでも、我慢をした。

信長という男が奇妙であったのは、

「お濃、おまえはどうなのじゃ」

そう問うてきたことである。

「おまえも、おれを好きにしてよいのだぞ――」

と、裸体を仰向《あおむ》けにして、そう言ってきたこともあった。

困っていると、

「お濃は、おれに興味がないのか」

不満そうな顔をした。

子供のようだと思い、その不満そうな顔が可愛《かわい》くなって、その時、帰蝶はようやく信長という漢《おとこ》に愛情の如《ごと》きものを抱《いだ》くことができたのであった。

この漢は、子供のように、好奇心をそのまま剝《む》き出しにして生きる性《たち》なのであろう——そのように思うようになった。

「女子《おなご》は、いったいどのようにして、子種から子を孕《はら》み、子を産《う》むのじゃ」

ある時、信長は帰蝶にそう言ったことがある。

怖《おそ》ろしかったのは、その言葉の後に、

「いちど、孕み女の腹を裂《さ》いてみれば、それがわかるであろうかな——」

真面目《まじめ》な顔で、そう言ったことであった。

「お濃よ、早《はよ》うおれの子を孕め」

そう言われた時には、何やら背のあたりがぞくりとした。

帰蝶が、

「申しあげたきことがござります」

信長にそう言ったのは、嫁《か》してきてから、ひと月ほどたってからであった。

「なんだ」

信長が問うと、

「あれを——」

帰蝶が、美濃から、身の回りの世話をさせるために連れてきた、萩《はぎ》という女に持って来させたのは、錦《にしき》の布に包まれたひと振りの太刀《たち》であった。

信長が、抜いてあらためてみれば、みごとなこしらえの刀身が、ぎらりと光る。

「なかなかの業物《わざもの》じゃ——」

信長が言うと、

「あざ丸《まる》にございます」

お濃は、そう言った。

「なに⁉」

と、思わず信長が声を大きくしたのは、そのあざ丸という太刀のことを知っていたからである。

（二）

このあざ丸なる太刀、もともとは、平景清《たいらのかげきよ》という人物が持っていたものである。

信長が帰蝶を妻とした天文一八年から数えて、三五三年前（一一九六年）にこの世を去っている。

別名、藤原《ふじわらの》景清——悪七兵衛《あくしちびょうえ》とも呼ばれた。

源平《げんぺい》の合戦において、平家《へいけ》に仕《つか》えて戦った武者である。源氏《げんじ》方の美尾屋十郎《みおのやじゅうろう》の兜《かぶと》の錣《しころ》を素手《すで》で引きちぎったと伝わる剛の者だ。

壇《だん》ノ浦《うら》の戦いで敗れ、源氏方に捕らえられたのだが、源氏の総大将源頼朝《みなもとのよりとも》が、その気質《きしつ》を惜《お》しんで、死罪をまぬがれ、日向《ひゅうが》に流されて僧侶として余生を送った。

しかし、僧になってはみたものの、源氏の繁栄を見ることに耐えられず、

「この眼があるからいけないのじゃ」

と、その眼の玉を、自《みずか》らくり抜いてしまったのである。

この平景清が、戦場《いくさば》にある時、常にたずさえていたのが、あざ丸であった。

その刀を、信長の父織田信秀の家臣である千秋季光《せんしゅうすえみつ》が有していたのである。

千秋季光、熱田神宮の大宮司であり、同時に織田方の武将であった。

この季光、およそ二年前、天文一六年の九月二二日、俗に加納口《かのうぐち》の戦いと呼ばれる戦《いくさ》で、討死《うちじ》にしている。

どのような戦であったか。

一九日前の九月三日、織田信秀は尾張の国中から兵を集め、斎藤道三の美濃へ攻め入った。美濃の村々を焼き、九月二二日には、ついに道三の居城である稲葉山《いなばやま》城山麓の村まで焼きはらっている。

申《さる》の刻《こく》（午後四時頃）になる頃、信秀がいったん引きあげかけたところへ、討《う》って出てきたのが、道三率《ひき》いる美濃の軍勢であった。

織田軍は、さんざんに討ち破られ、信秀の弟信康《のぶやす》、織田因幡守《いなばのかみ》、織田主水正《もんどのかみ》、青山与三右衛門《あおやまよさうえもん》、毛利敦元《もうりあつもと》など、五千人の兵が討死にしたと太田牛一《おおたぎゅういち》の『信長公記《しんちょうこうき》』は伝えている。

この戦死した者の中に、件《くだん》の千秋季光の名も入っていたのである。

季光、その死因は、戦の最中、流れてきた矢に右眼を深ぶかと、後頭部まで射抜《いぬ》かれてしまったことである。

この時、季光が持っていた刀が、あざ丸であった。

こうして、このあざ丸、敵方である美濃の武将、陰山一景《かげやまかずかげ》の所有するところとなったのである。

同じ年の一一月上旬、道三は、大柿城《おおがき》を攻めた。

大柿城、もともとは美濃のものであったのだが、信秀に奪われたままになっており、道三は、この機会にこの城を取りもどしておこうと考えたのである。

陰山一景は、手に入れたあざ丸を腰に差して参陣《さんじん》した。

一景、大柿城の隣にあった牛屋山大日寺《うしやさんだいにちじ》に陣を構え、床几《しょうぎ》に腰を掛けて戦の状況をうかがっていたところ、城内から強弓《つよゆみ》にて、木鋒《きほう》を空に向かって射かけてきた。この矢が、大量に空から大日寺の境内《けいだい》に降りそそいできた。

「おう――」

と、天を見上げたその時、一景の左眼を矢の一本が貫《つらぬ》いた。

「うぬ」

と、それを引き抜き、

「小癪《こしやく》な」

と、また天を睨《にら》んだ時、今度は右眼に矢が突き立った。

陰山一景、両眼を、矢によって潰《つぶ》されてしまったのである。

「景清の祟《たた》りじゃ」

と、美濃はもちろん、この噂《うわさ》を伝え聴《き》いた尾張家中にまで、眼に祟るあざ丸のことは広まったのである。

ついでに記《しる》しておく。

信長が、一三歳で那古野城の主《あるじ》となった時、父信秀は、四人の家老をつけている。

一長《いちのおとな》が、林秀貞《はやしひでさだ》。

二長《にのおとな》が、平手政秀《まさひで》。

三長が、青山与三右衛門。

四長が、内藤勝介《ないとうしょうすけ》。

台所方の経理は、平手政秀が担当した。

信長の遊び仲間である平手五郎右衛門は、この平手政秀の息子であった。

平手政秀——教養人である。

尾張と美濃とが戦っているこの頃、尾張内部でも内乱があった。

清洲の坂井大膳《さかいだいぜん》、坂井甚介《じんすけ》、河尻与一《かわじりよいち》等清洲衆が信秀の古渡城を攻めたのである。

信秀は、こちらの方にも、時間と兵を割《さ》かねばならなくなったのである。

これを、ようやく和睦へとまとめあげたのが、政秀であった。

そのおり、政秀が、大膳、甚介、与一にあてて和睦を喜ぶ手紙を書いている。

その冒頭に、政秀、一首の古歌を添《そ》えている。

　袖《そで》ひぢて結びし水のこほれるを
　春立つけふの風や解《と》くらむ

袖を濡《ぬ》らして手にすくった水が冬に凍ってしまったのを、今日、立春のあたたかい風が解かすのであろうよ——

そういう意の歌である。

紀貫之《きのつらゆき》の歌だ。

平手政秀、このようなことができたのである。

尾張と美濃が、互いにあらそっていると、国が疲弊《ひへい》するばかりで、このままでは周辺の国——

今川などに攻め滅《ほろ》ぼされてしまうと懸念《けねん》して、信秀にかわって、美濃の道三との和睦にこぎつけたのも、政秀の力によるところが大きい。

その和睦のしるしとして、信長と帰蝶との婚儀のことが成ったのである。

そして——

美濃から尾張へ嫁してきた帰蝶が、今、件のあざ丸を信長に見せているというわけなのであった。

（三）

信長は、あざ丸のあでやかで美しい乱刃《みだれば》の刃紋《はもん》をしげしげと眺めながら、

「何故《なにゆえ》、これを……」

そう問うた。

「我が父から、賜《たまわ》ったものにござります」

帰蝶は言った。

「蝮からか？」

「もとは、尾張にあった刀。これを返してこいと——」

「ほう」

「隙《すき》あらば、直《じか》に、婿殿《むこ》の胸のうちへ返すのでもよいぞと——」

信長を、この刀で殺してこいとの意である。

しかし、信長、少しも驚かない。

「蝮め、おもしろいことを言う奴じゃ――」

信長は、唇の片端《かたはし》を吊りあげて笑った。

帰蝶も笑《え》みを浮かべ、

「父上、場合によっては、帰蝶はこの刃をあなたさまに向けることになるやもしれませぬぞと、そう申しあげましたら――」

「蝮は何と言うた」

「よう言うた、さすがは我が娘じゃと誉《ほ》めてくだされました」

その時のことを思い出したのか、帰蝶はころころと笑った。

「なるほど」

信長はうなずき、

「いや、おもしろい。蝮もそなたもおもしろい」

信長、おおいに笑った。

「その刀が、このあざ丸か。せっかくの蝮からの賜物《たまわりもの》じゃ。おれの方も、何かせねばならぬな」

「何を？」

「考えておこう」

信長は言った。

その話を耳にした家臣たちは、心配した。

とくに、一長《いちのおとな》の林秀貞などは顔色を変えて、

「そのような刀、信長様が持っていては危のうござります」

そう言った。

「何が危ないのじゃ」

「そのあざ丸、代々の持ち主の眼を潰してきた妖刀にござります。道三めに送り返すか、しかるべきところに預けてしまうのがよろしいのではござりませぬか」

「馬鹿を言え、そのようなことをしては、道三に臆病《おくびょう》者と嗤《わら》われるだけじゃ。なめられたら、いざという時の士気に関わって、負け戦じゃ――」

「しかし、そのような妖刀は――」

と秀貞が言うのを、

「黙れ」

信長は、一喝《いっかつ》した。

一度は、憤然《ふんぜん》とした信長、次の瞬間、

「よいことを思いついた」

白い歯を見せた。

「いったい、何を？」

「まあ、見ておれ。このおれが、あざ丸が妖刀かどうか試してやろう」

信長は、おもしろそうに嗤ってみせたのである。

（四）

信長が思いついたことというのは、心配性の秀貞にとってみれば、気が遠くなるようなことであった。

それは――

夜、眠る時に、抜き身のあざ丸を、切先《きつさき》を下に向けて天井から吊るし、その下に顔を置いて、仰向けに眠る――というものであった。

「おやめ下され」

狼狽《ろうばい》して、秀貞は止めた。

秀貞だけではない。

平手政秀、青山与三右衛門、内藤勝介も、これは真剣になって止めた。

「一国の主のやることではござりませぬ」

平手政秀などは、その眼に涙を浮かべて言った。

帰蝶は帰蝶で、まさか、そのようなことを信長が言い出すとは思ってもいなかったので、

「どうぞ、おやめ下されませ。このことで殿に何かござりましたら、このわたくしも生きてはおられませぬ」

そう言って止めたのだが、もちろん、信長はとりあわなかった。

「運試しじゃ。天が、もしもこのおれを生かすのなら、おれは、ひとかどのことをこの世でなすことになるであろう。そうでなければ、死ねばよいだけのことではないか――」

あざ丸を吊るす紐《ひも》は、わざと細い紐を使った。

自分で縛《しば》り、天井に釘《くぎ》を打ち、自らの手で吊るした。

「一〇日じゃ」

その言葉通り、信長は、その白刃《はくじん》の切先の下で、十晩、眠った。

信長は鼾《いびき》をかいて眠った。

「よい夢を見られそうじゃ」

剛胆《ごうたん》なのか、無頓着《むとんちゃく》なのか、白刃の下で、信長は鼾《いびき》をかいて眠った。

そして、とうとう一〇晩眠った次の朝——

信長は、寝床の上に起きあがり、

「どうじゃ、お濃、何ごともなかったではないか——」

そう言った。

その瞬間、ふっつりと紐が切れて、あざ丸は信長の背すれすれに落ちて、それまで信長が頭を乗せていた枕の上に突き立った。

それを見て、信長、

「遅いわ」

そう言って、からからと笑ったというのである。

（五）

後《のち》に、このあざ丸、めぐりめぐって丹羽長秀《にわながひで》の持ちものになった。

しかし、これを手に入れた頃から、長秀はしきりと眼病をわずらうようになった。

「このあざ丸、妖刀にござりますれば」

という家臣の忠告を受けて、長秀、あざ丸を、もとの熱田神宮に奉納したところ、眼病はあっさりと治ってしまったという。

このあざ丸、今も熱田神宮にある。

三ノ巻　二人の父

（一）

寝床の上で、信秀は喘《あえ》いでいる。

息遣いが激しい。

まるで鼾《いびき》のように喉《のど》を鳴らしていたかと思うと、それが急に止まる。

呼吸が止まったかと思っていると、いきなり犬が吠《ほ》えるような声をあげて、息を吐き出し、またしばらくごうごうと激しい呼吸を繰《く》り返すのである。

末盛《すえもり》城——

しばらく前に、信秀は、古渡城を取り壊して、居城をこの末盛に移していた。

信秀の寝所からは、散りかかる庭の桜が見える。しかし、信秀がそれを見ているのかどうか。

信長は、二木の毛脛《けずね》をむき出しにして胡座《あぐら》をかき、背を柱の一本にあずけ、腕を組んで父信秀の姿を睨《にら》んでいる。

信秀の周囲には、三人の坊主がいて、枕元に炉《ろ》を設《もう》け、そこで火を焚《た》き、何やらの経の如《ごと》きものを唱《とな》えているのである。

その周囲を、信秀の家臣たちが座して囲んでいる。

それが、呪法《ずほう》でも修法《しゅうほう》でも、どちらでもいい。それがどちらかということなどは、信長にはわからない。

要は、それで、信秀の病《やまい》がなおるのか、なおらぬのか――

昨日は陰陽師《おんみようじ》の祈禱《きとう》で、今日は坊主だ。

それで、なおらない。

なおらぬのなら、陰陽師の祈禱も、坊主の御修法《みしゅほ》も、どれほどの意味もないではないか。

それを言うなら、漢方《かんぽう》も同じだ。

医師も信秀の病をなおせない。

「そのくらいにしておけ」

信長の、怒気《どき》を含んだ声が響いた。

僧たちの呪法する声が止《や》んだ。

「若殿――」

たしなめるような声をあげたのは、那古野城から、信長と共にやってきた平手政秀であった。

「そのくらいでよい」

信長の、凜《りん》とした声があがる。

「所詮《しょせん》、人の生命《いのち》をながらえる法などこの世にありはせぬのだ」

信長は、立ちあがっていた。

〽人間《にんげん》五十年

下天《げてん》のうちをくらぶれば

夢幻《ゆめまぼろし》の如《ごと》くなり

信長の脳裏《のうり》には、何年も前に、この謡《うたい》を口にしていた飛び加藤――加藤段蔵の顔が浮かんでいた。

加藤段蔵――この男、この謡《うたい》のことを『敦盛』と呼んでいたのではなかったか。

そのまま、ずんずんと素足で床を踏んで、信長は信秀の枕元に立った。

「死ぬるのか、親父殿《おやじどの》」

信長は言った。

「どうじゃ、死ぬるのか」

信長の問いに、

ごう、

と、信秀は呼気で応《こた》えた。

信秀の家臣たちは、あっけにとられて言葉もない。

信長、この時も、片肌脱《ぬ》ぎで、頭も茶筅髷《ちゃせんまげ》を、赤い紐《ひも》で結《ゆ》わえただけである。

腰には、火打ち袋をぶら下げている。

「親父殿よ、死ぬるのなら、その前に教えてくれ。死ぬる時、人は、どのような風景《もの》をその瞼《まぶた》の内《うち》に見るのか」

どうじゃ！

と、信長が、ひときわ強く床を踏むと、信秀は、いきなり、
かっ、
と眼を見開いて、

「何も見えぬわ」

吼《ほ》えた。

「おう……」

と、家臣たちが声をあげる。

この二日間、眼を開くこともなければ、口を開くこともなかった信秀が、眼を開いてしゃべったからである。

「うるそうて、眠れぬ……」

そうつぶやいた。

その後、周囲の者たちを見回し、

「今日はいつじゃ」

そう言った。

「三月一日にござります」

林秀貞が、そう言って、慇懃《いんぎん》に頭を下げた。

「三日も意識がなかったかよ……」

信秀は、上体を起こそうとした。

しかし、身体《からだ》が動かない。

平手政秀が、にじり寄って、抱《かか》え起こし、背後に回って背を支えた。

「読経《どきよう》の声がうるそうて、それが止《や》んだと思うたら、信長よ、ぬしの声がまたうるさい……」

信秀は、信長を見やった。

「信長よ、見るのは泡《うたかた》の如き夢ばかりじゃ。夢の中でも、戦《いくさ》のし続けじゃ……」

信秀は、小さく嗤《わら》ったようであった。

しかし、頬《ほお》はこけ、顎《あご》には濃い髭《ひげ》が浮いて、幽鬼《ゆうき》のようなものにしか見えない。

「生きて戦、夢に戦、この上死した後《のち》にも戦ではたまらぬ。人は、あの世に行ったとしても同じことを繰り返すのであろう。これはたまらぬぞ。いっそ、あの世なぞない方がよい……」

しみじみとした口調であった。

「信長よ、この後のことは、すでにここにいる者たちに伝えてある通りじゃ。ぬしは、ぬしの才覚で、好きにやることじゃ。こんど眠ったら、もう、わしは起きぬであろう。そのままあの世へゆくことになるであろうから、信長よ、何かわしに話があれば、今のうちにしておくがよい……」

「親父殿、ひとつ、頼みがある……」

「何じゃ」

「おれは、前から、あの世というものがあるのかどうか、それがずっと不思議であった——」

「おう……」

「坊主の言う極楽か、地獄か、そういうものがあるのかどうか——」

「それで?」

「もしも、死して後にそのようなものがあるというのなら、なんとしても、あの世からこのおれに知らせてほしいのじゃ――」

真面目《まじめ》な顔で、信長は言った。

臨終《りんじゆう》近い死の床にある父親に向かって言う言葉ではない。

周囲の者たちは、言葉もない。

「おまえはそういう漢《おとこ》じゃ」

信秀は、顔を歪《ゆが》めた。

苦笑したようであった。

「よかろう。もしも、あの世があるものなら、たとえ、幽鬼となろうとも、現われてぬしに知らせてやろう」

「一年、待つ」

「あの世とこの世は、刻《とき》の流れ具合が違うという者もいるが、そうしよう。おまえの気性《きしよう》では、そういつまでも待ってはおれぬであろうからな――」

「わかった」

「他には?」

「ない」

「そうか」

そのまま、信秀は再び寝床の上に仰向《あおむ》けになり、ことり、と眠った。

そのまま眼を覚まさず、二日後の天文二一年(一五五二)三月三日にこの世を去った。

四二歳であった。

信長、一九歳。

（二）

信秀の葬儀は、盛大であった。

銭《ぜに》の施《ほどこ》しをして国中の僧侶が集められ、旅の修行僧《しゅぎょうそう》たちもこれに参会した。その数三〇〇人余り。

法名、桃巌《とうがん》。

葬儀のおり、信長に供《とも》として従ったのは、家老の林秀貞、平手政秀、青山与三右衛門、内藤勝介たちである。

弟信行《のぶゆき》に従ったのは、柴田勝家《しばたかついえ》、佐久間盛重《さくまもりしげ》、佐久間信盛《のぶもり》、長谷川某《はせがわなにがし》、山田《やまだ》某たちであったと『信長公記』は記《しる》している。

焼香の時、信長の姿がない。

林秀貞や平手政秀たち家老は、おおいにあわてた。

先に、弟の信行が焼香に立った。

折り目正しく、肩衣《かたぎぬ》、袴《はかま》を身につけており、その作法も礼にかなっていた。

信行の焼香が済んだ時、廊下の板を激しく踏み鳴らして姿を現わしたのが、信長であった。

そのいでたちを見て、たれもがあっと声をあげた。

肩衣も、袴も身につけていなかった。

素足、毛脛がむき出しで、腰には荒縄を巻き、同じ荒縄を巻きつけた大刀を左手に握り、腰に脇差《わきざし》を差している。髪は茶筅髷。

信長の普段着そのままのいでたちであった。

そのまま、祭壇《さいだん》まで歩いてゆき、その前に仁王立《におうだ》ちになった。

無言で祭壇を睨みつけ、抹香《まっこう》を右手でくわっと摑《つか》んで、それをおもいきり仏前に投げつけた。

「わ、若殿!」

平手政秀などは、青くなって立ちあがろうとしたが、信長が憤然《ふんぜん》としてひと睨みすると、浮かせかけた腰をそこで止めた。

そのまま、板を踏み鳴らして、信長は姿を消した。

鮮やかな絵か、舞台を観《み》るような光景であった。

この時——

この若者の理解者は、この世にひとりもいなかった。

信長本人でさえ、自身という奇怪極《きわ》まりない不条理な生き物を理解しているわけではなかった。

ただ、父信秀だけは、この信長という生き物に愛情に似たものを抱《いだ》いていたらしい。それは、我が子である、ということとはまた別の愛情である。

奇態な生物である芋虫《いもむし》が、あの美しい蝶《ちょう》になるように、たまたま我が子としてこの世に生じてしまった生物が、どのような生命体となって羽《はね》を広げてゆくのか——そういう好奇心にも似た愛情であった。

もうひとり——

理解はできぬものの、理解できぬというそのことに、おもしろみを抱いて信長に接したのが、美濃から嫁《か》してきた帰蝶であった。

死の床にある父信秀に、あの世の様子を知らせてくれと言ったのも、

「そう言えば、親父のやつが悦《よろこ》ぶであろうと思うたからよ」

後《のち》に、その帰蝶に信長が語っている。

元気になって欲しいとか、まだまだ死ぬことはありませぬとか、そういう世辞《せじ》のようなものを、一切《いっさい》言えぬのが信長であった。

はっきり死相の現われている信秀に向かって、何を言えばよいのか。

信長としては、苦しまぎれの言葉であり、それなりに、父に対する愛情の表現でもあった。

「化けて出られるものなら、出て来いと、そういうことさ」

信長は、帰蝶には、本音を口にした。

「まあ」

「親父殿《あいつ》の幽霊なら、会《お》うても恐ろしゅうないからな」

いずれにしろ、父信秀の葬儀における周囲の評判は――

「大うつけ」

であった。

が、筑紫《つくし》から来ていた旅僧ただひとりのみが、

「かようなるお方こそが、いずれは一国の主《あるじ》となるであろうよ」

このように言ったという。

ともあれ、信長、この時、まだ何ものでもない。

（三）

『信長公記』によれば、天文二二年、正月一三日、これまで信長を盛りたててきた平手政秀が、自《みずか》ら腹を切って果てている。

これは、信長が馬を欲しがったためであるらしい。

平手政秀には、三人の息子があった。

長男五郎右衛門、次男監物《けんもつ》、三男汎秀《ひろひで》。

五郎右衛門は、信長の家臣であり、遊び仲間であった。信長より九歳齢《とし》が上である。

この五郎右衛門、一頭の馬を持っていた。

ひと目見れば、他の馬との違いがわかる、たいへんな駿馬《しゅんめ》である。

通常の馬よりひと回りは大きく、漆黒《しっこく》で、その姿がよかった。

信長もまた、馬には目がなく、よい馬を持っていたが、馬を見る目があるだけに、自分の馬より、五郎右衛門の馬の方が優《すぐ》れているのがわかる。

共に駆《か》けても、信長の馬より速い。

何ごとであれ、一番でなければ気のすまぬ信長にとって、これは我慢ならぬことであり、本気で五郎右衛門の馬を欲しがったのであろう。

「おい、五郎右衛門よ」

ある時、信長は言った。

「おまえのその馬を、このおれにくれぬか」

これには、五郎右衛門も驚いた。

「信長様、わたしは武士にござります。馬と言えば、武士にとっては、戦働《いくさばたら》きするための大事なもの。時に生命そのものより大切にせねばならぬもの。お譲りできませぬ――」

このように答えて、信長の申し出を断わってしまったのである。

これに、信長が、怒った。

「戦場《いくさば》で駆けて、もしも主の乗った馬が遅いため敵に斬《き》られ、家来が生き残ったら、それこそ家来としての分《ぶん》が立たず、戦働きも糞《くそ》もないではないか――」

が――

「いくら、相手が主君であってもこればかりは――」

五郎右衛門も譲らない。

こういうやりとりが重なって、

「主の申すこと、聴《き》けぬと申すか？」

信長は、烈火《れっか》の如くに怒った。

「腹を切れ」

「切ります」

売り言葉に買い言葉で、五郎右衛門、家に馬で走り帰って、腹を切る仕度《したく》を始めた。

「どうした⁉」

と問うてきた父政秀に、これこれかようなことでと、五郎右衛門は言った。

なんと下らぬことで――

平手政秀はそう思った。

信長も信長である。

五郎右衛門も五郎右衛門だ。

しかし、主君が腹を切れと命じ、家来が腹を切るといったん口にした以上、それがどれほど馬鹿げたことであれ、ただは収まらない。

「この政秀が腹を切ろう」

政秀の決心は速かった。

「これまで盛りたて候《そうろう》験《しるし》なく候《そうら》えば、存命《ぞんめい》候《そうろ》うても詮《せん》なきこと」

そう言って、みごとに自分の腹を切って、政秀は果ててしまったのである。

これには信長の方が驚いてしまった。

――主たるもの、軽々しゅう何ごとかを口にすべきではないな。

「つまらぬ名馬を欲しがって、もっと大切なる名馬を、おれは失《うしの》うてしまった――」

帰蝶にこのように言ったというのである。

（四）

美濃の斎藤山城守《やましろのかみ》道三から、信長のもとまで使者がやってきたのは、天文二二年四月のことであった。

「富田《とみだ》の寺内正徳寺《しょうとくじ》まで罷出《まかりい》づべく候《そうろう》間《あいだ》、織田上総介《かずさのすけ》殿も是《これ》まで御出《おい》で候《そうら》はば、祝着《しゅうちゃく》たるべく候。対面ありたき」

道三が、信長に会いたいというのである。

場所は、富田の正徳寺である。

美濃と尾張の間にある寺で、対面の場所としてのほどがよい。

信長は、迷わずこれを受けた。

「お濃、おまえの親父殿と会うことになったぞ――」

さっそく、信長は、このことを帰蝶に告げた。

「蝮《まむし》め、どうせ何かたくらんでいるのであろう」

信長の声は、どこかうきうきとしている。

「あなたさまのことを、見極めたいのでござりましょう」

「さもあろうさ。蝮め、困っているのであろうよ」

「困っている?」

「おれが、こんなだからさ」

信長は、両足を開き、両手で両袖《そで》を引っ張って見せた。

茶筅髷に湯帷子《ゆかたびら》、袴も穿《は》かない、そのまま野良《のら》仕事だってできそうな姿であった。

一城の主の姿ではない。

「確かに――」

うなずいて、帰蝶はころころと笑った。

「親父が死んで、跡を継《つ》いだこのおれが、どれほどのものか、己《おの》れの眼で見ようというのであろう。易《やす》く見られれば、さっそく蝮め、尾張を盗《と》りに来ようという肚《はら》であろう。ことによったら、その場で斬り殺してもかまわぬと、そのくらいは考えているであろうさ――」

「我が父は、それくらいのことはいたしましょう」

「するな」

信長の言ったことは、当たっていた。

もちろん信長の噂《うわさ》は美濃までも伝わっている。

元服《げんぷく》を終えても、川で裸で泳ぎ、相撲《すもう》を取ったり馬で駆けたりしている。身につけているものは、猿回しが使うようなものばかりである。

美濃から帰蝶と共にやってきた侍女や小者たちは、いずれも間者《かんじゃ》であり、おりにつけて尾張と信長の様子は、道三に伝えている。当然ながら、昨年、父信秀の葬儀のおりの信長の様子も伝わっている。

もちろん、そのくらいは信長も承知していることだ。

これらのことを伝え聴いた美濃の者は、

「姫の婿《むこ》殿、大たわけでござりますな」

「大うつけの山猿にござりましょう」

このように道三に言った。

しかし、道三は、

「人を量《はか》るというのは、そうたやすいことではない」

まるで、信長を弁護するようなことを言う。

「この眼で見ぬうちに、婿殿がどういう人物かわかった気になってしまうのは、危《あや》うきことじゃ」

「しかし、尾張からの知らせは、いずれも――」

「まあ、待て。なにしろ、婿殿、このおれでも手を焼いたお濃を、みごとにたぶらかしておるようじゃからな」

嬉《うれ》しそうに道三が言うのである。

道三、もとは山城国西岡《やましろにしおか》の松浪《まつなみ》某という、主人も家来もない身であった。それが、美濃へ入り、長井藤左衛門《ながいとうざえもん》の扶持《ふち》を受けるようになって、無情なことに主人の藤左衛門を殺して、主人の姓をとり長井新九郎《しんくろう》と名のるようになってしまった。

次には美濃の守護、土岐頼芸《ときよりなり》にとり入り、その息子である次郎《じろう》を娘婿とし、この次郎を毒殺。独《ひと》り身《み》となった娘を、次郎の兄弟であった八郎《はちろう》に嫁《とつ》がせ、主人を稲葉山に、八郎をその山下《やました》に住まわせた。

道三は、この八郎に、

「御鷹野《おたかの》へ出御《しゅつぎょ》も無用」

「御馬などめし候事、是《これ》また勿躰《もったい》なく候」

このように言って、一切外出をさせなかった。

鷹狩りもならぬ、馬での遠駆けもならぬと、八郎を籠《かご》の鳥にしてしまったのである。

たまらず、雨の夜に逃げ出した八郎を捕らえ、無理やり腹を切らせてしまった。

この時、土岐頼芸は、大桑《おおが》の城にあったのだが、道三は家老たちに賄賂《わいろ》を贈って味方につけ、頼芸を追い出してしまった。

追い出された頼芸が頼ったのが、信長の父の信秀だったのである。

それが、一一年前の天文一一年のことだ。

道三は、最初他者《よそもの》として入り、結局美濃一国をのっとってしまったのである。

主をきり婿をころすは身のおはり
昔はおさだ今は山城

このような落首《らくしゅ》が、美濃の国のあちこちに立てられたという。

自分の主を斬り、婿を殺すというのは、その身の終わり（美濃尾張）である。昔なら尾張の長《おさ》田忠致《だただむね》、今なら美濃の山城道三。

そういった意である。

ついでに記しておけば、道三、大きな罪を犯してもいないのに、その者を牛裂《うしざ》きの刑にしたり、また、大釜を据《す》えて、その妻や親兄弟に火を焚《た》かせて、罪人を煮殺《にころ》したりという、残虐《ざんぎゃく》な刑を好んでやったという。

残虐で冷酷な策謀家《さくぼうか》——これが道三であった。

それを、信長も充分承知している。

信長が、道三のことを蝮と呼ぶのも、それをふまえてのことだ。

帰蝶もまた、自分の父親がどういうことをしてきた人間かよくわかっている。

その帰蝶の前で、信長が道三のことを蝮と呼ぶ時、その顔にも声にも嫌悪《けんお》感のようなものは微《み》塵《じん》もない。むしろ信長は、親しみと畏敬《いけい》の念さえこめて、その名を口にしているようなところがあった。

そして、道三は道三で、この若い娘婿のことを、妙に気に入っているようなところがあるのである。

道三の家来は、それを妬《ねた》んで、

「大たわけ」

「大うつけ」

などと、信長のことを悪《あ》しざまに言うのである。

「まあ、一度会って、このおれが婿殿の品定めをしてやろう」

道三はそう言った。

「隙《すき》あらば、そのおりに、婿殿の首を取ってしまいましょう」

「むろんのこと」

このようなことがあって、使者が美濃から尾張へ出向くことになったのである。

「おもしろいことになった」

信長は、帰蝶の前でそう言った。

「なあ、お濃、どうしてやれば、蝮のやつは悦んでくれるであろうかな」

信長は、そう言って、嬉しそうに笑った。

（五）

信長が、その奇妙な小漢《こおとこ》と出会ったのは、道三と会う三日前のことであった。

那古野城から西へ、単身、馬で駆けている時のことだ。

このところ、毎日駆けている。

駆けながら、道三をどのようにおもしろがらせてやろうかと考えているのである。考えるために走っている。

これは、戦だ。

そうも思っている。

道三をおもしろがらせたら、この自分の勝ちであると。

しかし、その手口をどうしたらよいか。

それを考えるために走っている。

駆けてゆくうちに、庄内川に架《か》けられた土橋《どばし》が見えてきた。

と――

土橋の上に、人が座しているのが見えたのである。

見えた瞬間、人か、と思い、すぐに人としては妙だと思った。というのも、土橋の上に座したその姿が、ちんまりと、あまりにも小さかったからである。

人が、このように小さいのか。

人の衣《きぬ》を着た、猿か。

いや、猿にしては、大きい。

では何かと考えているうちに、もう橋が眼の前に迫っている。

信長が迫ると、その小漢は両手を突き、額《ひたい》を、土橋にこすりつけるようにして頭を下げたのであった。

その途端《とたん》、頭に血が上った。

偶然ではない。

この小漢、自分が信長と知っているのだ。知っているから、あのように頭を下げたのだ。この自分を、土橋の上で待ち伏せていたのである。

そう思ったその時、脳が煮《に》えたようになって、かっとなってしまったのである。

小漢が座しているのは、橋の中央であった。

このままゆけば、その小漢を蹄《ひづめ》で蹴《け》ることになってしまう。

大怪我《おおけが》をするか、場合によっては死に到るか。

本来であれば馬を止めるところであったが、信長は、そうするにはまだ若く、血の量が多すぎた。

「馬鹿め」

信長は、鞭《むち》を入れて速度をあげた。

そのまま、駆け抜けた。

小漢の身体と、馬の脚《あし》がもつれた。

馬の蹄が、人の肉を打つ感触が、鮮明に伝わってきた。

馬も、自身の意志で走っている時、前方に障害物があれば、それが人であれ、石であれ、止まるかこれをよけるかする。

しかし、鞭を入れられた馬は、自身の意志が走ることだけに向かってしまう。

さほど大きい橋ではない。

小漢は、中央に座しており、この速度で右か左へよければ、川に落ちてしまいかねない。よけることができねば、跳《と》び越えるしかない。馬は、その小漢を、跳び越えようとした。

その脚が、小漢の身体にぶつかったのだ。

小漢の身体は、宙に飛んでいた。

馬は馬で、一瞬脚の運びがばらばらになり、信長は上体を前につんのめらせて、落馬しそうになった。

並の人間であれば、馬から落ちる。土橋の上に座していた小漢も小漢だが、信長も信長である。全速力で走っている馬から落馬したら、骨折する可能性は充分にある。打ちどころが悪ければ生命を落とす。そういう危険を百も承知で、馬を走らせたのだ。

後方で、水音がした。

小漢が川へ落ちたのであろう。

しかし、信長は、後ろを振り返りもせず、そのまま馬を走らせた。

信長が驚いたのは、その帰りのことであった。

庄内川に架けられたその土橋に再びさしかかった時、またもや、人がその中央に座し、頭を下げていたのである。

全身が、ずぶ濡《ぬ》れであった。

さっきの小漢に違いない。

信長は、またしてもかっとなった。

蟀谷《こめかみ》で、血が音をたてて沸《わ》き立ったような気がした。

なんと無礼な漢か。

——殺す。

そう思った。

馬を止め、川端《かわばた》の柳に繋《つな》ぎ、その小漢に歩《あゆ》み寄った。

小漢の前で、足を止めた。

見れば着ているものは、襤《ぼ》褸《ろ》屑《くず》のようであった。

素足。

髪はざんばら、その髪も着ているものも濡れている。

「顔をあげよ」

信長は言った。

小漢は、顔をあげた。

信長は、驚いた。

その顔が、満面の笑《え》みを浮かべていたからである。

小さな顔が、皺《しわ》だらけであった。

草鞋《わらじ》をたてに潰《つぶ》したような顔であった。

身体だけではない。その顔までが猿のようであった。

自分の身体を、そのまま笑みにのせて、この天地に向かって投げ出してしまっているような笑みであった。

笑みで、全身を放下《ほうげ》してしまっている。

顔が、その笑みで小踊りしているようであった。

しまった――

信長は心の中で声をあげた。

これは殺せぬ――

そう思った。

――やられた。

そう思ったが、腹が立たない。

「無事か」

思わずそう問うていた。

「嬉しや……」

その猿のような小漢は、笑みをさらに歪めてそう言った。

猿のような皺だらけの顔をしているのに、存外に若そうであった。

声からすれば、自分よりは二つ、三つは若そうであった。

信長、この時、二〇歳。

この猿のような漢は、一七、八歳であろうか。

「肋《あばら》を一本、二本やられたやもしれませぬが、かように信長様から声をかけていただけたことを思えば、二本が三本四本であっても安きことにござります」

「名は？」

「木下藤吉郎《きのしたとうきちろう》と申しまする」

小漢は言った。

「中村《なかむら》の出にござります」

中村と言えば、この近在である。

「言え」

信長は言った。

信長の言葉は、短い。

必要なことだけを言う。

その意はこうだ。

——おまえは、おれを信長と知って、かような真似《まね》をしたのであろう。それには何か理由があるのであろう。何か頼みごとか。それを言え。

それを、信長は、全ての前置きを抜いて、結論だけを口にしたのである。

抜き身の剣を、いきなり相手の顔の前に突き出してくるような言い方である。

「このわたくしを、道具としてお傍《そば》にお置き下されたく、かような真似をいたしました」

「道具か」

信長は、小漢——木下藤吉郎の口にした言葉を、自身も繰り返した。

人を——というより、自分を道具に見たてた藤吉郎の言葉の使い方に興味を覚えたのであろう。

「飛び加藤と申されるお方が、道具として信長様に仕《つか》えよと、そのように申されました——」

「なに、飛び加藤じゃと⁉」

信長は、声を高くした。

その漢のことは、覚えている。

六年前——

牛を呑《の》むという芸を大道で見せていた漢であった。

「はい」

「どこでその漢に会《お》うた」

「ひと月ほど前、矢作川《やはぎ》の河原にござります——」

藤吉郎はそう言って、そのおりのことを信長に語りはじめたのであった。

（六）

木下藤吉郎――

後《のち》の豊臣秀吉《とよとみひでよし》である。

そのおいたちには、諸説あるが、一般に流布《るふ》しているものによれば、尾張国中村郷《なかむらごう》中村に生まれている。

父である木下弥右衛門《やえもん》は、足軽であったとも農民であったとも、さらに下層の階級の人間であったとも言われているが、ここでは農民ということにしておく。

母はなか。

藤吉郎七歳の時に、父の弥右衛門が死んで、次になかが嫁したのが織田信秀の茶同朋《ちゃどうぼう》であった竹阿弥《たけあみ》という人物であった。

藤吉郎、この義父である竹阿弥とそりが合わなかった。

ために、八歳の時に、寺に入れられた。

この寺も数年で飛び出し、針売りとなって、諸国を放浪した。

遠江国《とおとうみ》で、今川氏に縁《ゆかり》のある松下加兵衛《まつしたかへえ》という者に仕えた。今川氏の家臣の家臣のまた家臣ということになる。

しかし、藤吉郎は、ここもほんの一年余りで飛び出してしまった。飛び出したその足で、久しぶりに、故郷尾張中村の様子でも見ておこうと西へ向かった。

その途中、矢作川の河原で野宿をした。

その時に、藤吉郎は、飛び加藤という奇妙な漢と出会ったのである。

矢作川は、尾張の東側を北から南へ流れる川で、下って知多《ちた》湾に注いでいる。

その河原で、藤吉郎は野宿をしていた。

河原の砂の上に、拾ってきた流木を集め、それで焚《た》き火《び》をした。

その焚き火の上に、鍋をのせている。

その鍋の中で、泥鰌《どじょう》が煮えている。

味噌《みそ》と泥鰌の煮える匂いが、夜気《やき》の中に溶《と》けている。

泥鰌は、まだ暗くなる前に、川に入って藤吉郎が獲《と》ったものだ。すぐ横に、小さな支流が矢作川に流れ込んでいて、その支流で、泥鰌を掬《すく》ったのだ。

笊《ざる》で、川底の泥を掬って、その泥を水で流してやると、笊の中に泥鰌が残るのだ。小石に混じって、蜆《しじみ》も採《と》れるし、時に小鮒《こぶな》や、八ツ目ウナギ、鯰《なまず》も獲れる。

それらをまとめて鍋の中に入れ、味噌で煮ているのである。

藤吉郎、旅をする時には、籠《かご》に紐を付けてそれを背負《せお》っている。籠の中には、小鍋や、笊、木の杓子《しやくし》、木椀《もくわん》が入っている。

喰《く》い物らしきものとしては、味噌を竹筒の中に入れて持っている。これだけのものがあれば、まず、食べるのに困るということはない。

川があれば、小魚や、泥鰌がいくらでも獲れたし、春ともなれば、芹《せり》や野蒜《のびる》や、甘草《かんぞう》が、土手や汀《みぎわ》に生《は》えているので、歩きながらこれを採って、野宿をする時に、鍋の中にこれを放り込んでおけばいいのだ。蕨《わらび》なども、採ることができるのだが、食べる時には茹《ゆ》でて灰汁《あく》を抜く必要があり、これがひと手間余計にかかる。それで、芹や野蒜や、甘草などのような、始末によいものを採って、今、鍋で泥鰌と共に煮ているのである。

冬の間には、もう、松下加兵衛のもとを去る決心はしていたのだが、野山に食い物が湧き出てくるこの時期まで、藤吉郎は待っていたのである。

冬は、川に入るには水が冷たすぎた。

春とはいえ、むろん、まだ水は冷たいが、我慢できぬほどではない。

鍋の中で煮えているのは、泥鰌だけではなく、小鮒や、鱮《たなご》などの雑魚《ざこ》も混ざっている。鮒も大きくなると、鱗《うろこ》の処理《しより》をせねばならないのだが、小さなものなら、そのまま煮こんでしまえばよい。

すでに、泥鰌は充分に煮えて、いつ食べてもよい状態になっているのだが、藤吉郎は、さっきから思案げな顔で、黒い鍋の底を嬲《なぶ》る炎を見つめている。

そこへ、ふいに、藤吉郎の背から、

「うまそうじゃな……」

男の声が聴こえた。

「うひゃあ」

と、声をあげて、藤吉郎は跳びあがり、前に転《ころ》がって、火の横に四《よ》つん這《ば》いになった。

前に転がりはしたものの、さすがに火と鍋はよけていた。

転がった時に、頭と背を河原の石にぶつけて、ごつん、という音があがっている。

「た、たれじゃ⁉」

四つん這いの姿勢のまま、藤吉郎は顔をあげた。

つい今まで、自分が腰を下ろしていた石の向こう側に、ひとりの漢が立っていた。

炎の灯《あか》りで、その漢の姿が浮かびあがっている。

齢の頃なら、四〇を幾つか出たくらいであろうか。

その口元に笑みを浮かべているが、絵に描《か》いたような笑みだ。

笑みにも、実は色々ある。

腹からの笑みもあるし、苦笑もある。親が子の仕種《しぐさ》を見て浮かべる笑みもあれば、へつらうような笑みもあるし、人が転ぶのを見て浮かべる笑みもある。笑みはその場、その時に応じてそれぞれであり、厳密に言えば、同じ笑みはないと言っていい。

しかし、この時、この漢が浮かべていたのは、人がどのような時に浮かべるのかわからぬ笑みであった。

何が可笑《おか》しいのか。

むしろ、自分の心を読ませぬよう、仮面のかわりに、笑みを被《かぶ》っているようなものだ。

闇の中から、ふいに現われた妖怪のようなものであった。

足音も、気配も、何もなかった。

河原であれば、石や砂があり、流木があり、まだ短いながら、草も生えている。それらを踏めば音がする。そういう音がしなかった。

野宿が多い藤吉郎は、そのような音や気配に敏感であった。

その藤吉郎に気《け》どられずに、男は、すぐ背後まで迫っていたのである。

わざと、足音をたてぬよう、気どられぬように歩いてきた——そういう感じではなかった。

自然に、常と同様に歩いて、相手に気どられない、漢は、そういう歩き方をしているようであった。

「よい匂いじゃのう、童《わっぱ》」

漢は言った。

「匂いにつられて、ここまでやってきてしもうたわ……」

「童ではない」

藤吉郎は、四つん這いのまま言った。

「おう、確かにそうじゃ。なりは小《ちい》そうても、その面《つら》は、よう見れば童ではないな」

「藤吉郎という名がある」

「ほう、藤吉郎か」

「たれじゃ、ぬしは——」

「加藤段蔵——飛び加藤と呼ばれておる」

「飛び加藤か……」

ようやく、藤吉郎は立ちあがっていた。

「怪しい者ではないと言いたいところだが……」

飛び加藤は、そこまで言って、にい、と笑った。これまでとは、少し違う笑みであった。

「充分に怪しい」

藤吉郎が言うと、

「うむ、怪しいな」

飛び加藤がうなずく。

「しかし、このおれに害をなそうというわけではないらしい……」

こんなところで野宿する人間が、金目《かねめ》のものなど持っているわけもない。物盗《と》りではない。かといって、恨《うら》みの筋というわけでもなさそうである。

もしも、金欲しさや食料欲しさ、恨みのことであれば、背後から声などかけずに、斬り殺してしまえばいい。殴《なぐ》り倒してもいい。

それをしなかった。

ということは、つまり、どうやら、そういうことではないということになる。

泥鰌の匂いにつられてやってきた、というのは、どうやら本当のことらしい。

「害はなさぬさ。おまえが、おれに害をなさんとせぬうちはな……」

言い方に、妙に怖いものがある。

何かあったら、表情も変えずに、藤吉郎の首をころりと斬って転がしそうな雰囲気があった。

「腹が減っているというわけだな」

「そういうことじゃ」

少しもひもじそうには見えぬ顔つきで、飛び加藤は言った。

「ならば、これを食うてゆけ。もう煮えた頃じゃ――」

藤吉郎は、しゃがんで杓子と椀を手に取り、鍋の中から、煮えたものをそれによそいはじめた。

「食え」

藤吉郎が、椀を差し出した。

ついでに、籠の中から箸《はし》も取り出して、それを椀に添《そ》えた。

「ぬしは、まだ食うておらぬのではないか――」

「あんたが先に食えばよい」

そう言った藤吉郎の顔を、飛び加藤はしばらく見つめ、

「おかしなやつじゃ」

藤吉郎の手から、椀と箸を受け取った。

火の近くの石の上に腰を下ろして、食べはじめた。

「うまい」

湯気《ゆげ》の中から顔をあげて、飛び加藤はそう言った。

すぐに食べ終えた。

「もう一杯どうだ」

藤吉郎が言った。

「ぬしの分がなくなるぞ」

「あんたが好きなだけ食えばよい。おれはその後じゃ」

「おれが全部食うたらどうする?」

「その時はその時じゃ」

「ふうん……」

と、興味を覚えたように、飛び加藤は藤吉郎の顔をまた見つめた。

何ごとか決心したように、飛び加藤は、鍋の中に差し込まれていた杓子を手に取り、煮えていた泥鰌、雑魚を菜《な》と一緒に掬って、全部椀の中へ入れ、それをあっという間に食ってしまった。

もう、鍋の中には汁しか残っていない。

「うまかったか」

藤吉郎が訊《き》いた。

「ああ」

飛び加藤はうなずき、

「おまえ、ひもじくはないのか」

問うてきた。

「ひもじいさ」

藤吉郎は答えた。

量で言えば、煮たのは、今晩の分と、明朝の分である。

それを、飛び加藤がひとりで食べてしまったことになる。

「何故《なにゆえ》、おれに、全部食わせたのじゃ」

「己れの身を守らねばならぬでな」

「守る？」

「もしも、おまえが、もっと食べたいのに、おれがやらぬと言うたらどうする――」

「なに⁉」

「おまえは、この飯欲しさに、おれを殺そうとするかもしれぬ」

「そのようなことはせぬ」

「口では何とでも言える。心の中は見えぬからな――」

「ほう？」

「握り飯ひとつ欲しさで、人を殺してそれを奪う輩《やから》もいる。あんたが、そういう人間でないと、たれが言えるのだ……」

「――――」

「あんたが、好きなだけ食うた後なら、おれが食うてもいいというのはそういうことさ」

「ほう、ほう――」

「たとえ、鍋の中のもの全部食うてしまって、まだ、あんたがひもじかったとしても、鍋の中に何もない以上、それ欲しさにあんたがおれに襲いかかってくるということはなかろう」

「やけに用心深いのだな」

「かようなところで、たったふたりきりじゃ。己れの身は己れで守らねばならぬからなと言うたろう」

「ふうん……」

「あんたとおれと闘《たたこ》うたら、万にひとつもおれに勝ち目はない。油断させて、後ろから、斬りかかったって、無理だろう」

「まあ、無理であろうな」

「あんたは、油断しないだろう」

「しないだろうな」

「まあ、おれに、気の利《き》いた武器と、何でも言うことを聞く度胸のある手下《てか》が一〇人ほどもいれば、半分くらいは死ぬかもしれぬが、なんとかあんたを殺せるか身動きできぬようにはできるかもしれぬ」

「一〇人で足りるかね」

「人数をそろえたって、それがただの頭数じゃあ、何人いたってだめだろう。一〇〇人いたって、あんたが、はなっから逃げるつもりなら、無駄な人数だな」

「おもしろい小僧じゃ」

「童が小僧になったか」

藤吉郎は、籠の中に手を入れ、中から竹筒を取り出した。

「何じゃ」

「酒だ」

「ほう」

「飲むか」

「飲む」

「これは、全部はやらぬぞ」

「ひとりで飲んだら、酒はうもうない」

空《から》になった木椀を、飛び加藤が差し出してきた。

それに、藤吉郎が酒を注《つ》いでやる。

白い濁《にご》り酒——どぶろくである。

「この酒、どうやって手に入れた」

「昨日、蜆と泥鰌を獲って、それと交換したのだ」

藤吉郎は、飛び加藤とは少し離れた石の上に腰を下ろした。

互いに手を伸ばせば、酒のやりとりはできる距離であった。

「本当か？」

飛び加藤が言った。

「嘘《うそ》と思うか」

「うむ」

「では、どうして手に入れたと？」

「どこぞの後家《ごけ》に、うまいこと取り入って、そこから手に入れたのであろう」

「どうしてわかった」

「顔に書いてある」

「これはまいったな……」

藤吉郎は顔をあげ、飛び加藤を見やり、

「隠し事もさせてくれぬのかよ」

困ったように、片手で顔をつるりと撫《な》でた。

動いた手の下から、満面の笑みを浮かべた顔が現われた。

「人たらしの顔じゃ」

飛び加藤が言った。

「おれもそう思う」

藤吉郎は、また笑った。

無防備と言ってもいい笑顔であった。

酒盛りが始まった。

「おもしろい小僧じゃ」

酒を飲みながら、飛び加藤が言った。

どぶろくの入った木椀を手にしながら、飛び加藤が藤吉郎を見る。

「泥鰌鍋の礼をしておこう」

「礼？」

藤吉郎が訊く。

「何か、ぬしの役に立ってやろうではないか――」

「どういうことじゃ」

「今、ここで、おもしろいものを見せてやってもよい」

「おもしろいもの？」

「河原の鼠《ねずみ》を集めて、踊らせるのでもよい。天女《てんにょ》を天から下ろして、伽《とぎ》をさせるのはどうじゃ」

「手妻《てづま》の類《たぐい》か？」

「ふん」

「それよりは、本当に、おれにとって益のあることがよい」

「ほう」

「困っていることがある」

「何じゃ」

「どこぞに、よき主はおらぬものか――」

「主じゃと？」

「今川に一年ほど仕えたが、おもしろうない――」

「おもしろうない、とは？」

「今川の松下加兵衛という男の下で働いたのだが、人がよいばかりで、将《しょう》の器《うつわ》でない。おれの使い方を知らん――」

「そなたの？」

「そうじゃ。おれは、打てば打つだけ響く鐘《かね》じゃ。どのようにもおれは鳴るのに、撞《つ》いてくれねば鳴りようがない――」

「ふうん」

「働き甲斐《がい》がない。よい働きをしたれば、おれは誉《ほ》められたい。誉め方が下手《へた》な主はつまらぬ」

「どうつまらぬ」

「この前など、屋敷の塀《へい》の修理を命ぜられてな。予定の金の半分、日数に至っては、十日かかると言われていたのを四日でやってのけた――」

「うむ」

「それで、ようやった、のひと言だけじゃ」

「ほう……」

「おれはな、人を使うのがうまい。銭勘定《ぜにかんじょう》も得意じゃ。どう人と物を動かせばそれがうまくゆくか、それが早くできるか、そういうことを考えるのが好きでな――」

「そういう面《つら》じゃ」

「どうやったのか。どうすれば、使う金は半分で、六日も予定を縮めることができるのか、それをおれに訊《たず》ねてこない。これはそのまま、敵の領内に砦《とりで》を造ることと同じじゃ。それに興味を持たぬようでは、戦で勝てぬ」

きっぱりと、藤吉郎は言った。

「じゃから、主たる者は、誉め上手でのうてはならぬ。誉め上手ということは、配下の者の働きをよく見ているということじゃ。誉められれば、手下の者は次はもっと誉められようと、倍働く――」

「なるほど──」

飛び加藤、その顔がほころんでいる。

どうやら、飛び加藤、藤吉郎の言っていることをおもしろがっているらしい。

「で、ぬしは、よい主を欲しがっているというわけじゃな」

「そうだ」

「今川はだめか」

「ああ、だめだな」

「駿河《するが》の大勢力じゃ。京に上って旗を立てるとすれば、今川であろうと言う者は、大勢いるぞ」

「その大勢いるというところが曲者《くせもの》じゃ」

「ほう」

「それは、今川が、これまでの大名と同じということじゃ。それは、古いということではないか。古きものは、新しきものに勝てぬ」

「で、どうする」

「じゃから、どこぞによき主はないかと訊ねているのさ──」

「誉め上手のか」

「そうだ」

「なれば、尾張の信長であろうな」

飛び加藤は言った。

「織田信長のどこがよい」

藤吉郎が訊く。

「権威を信用しておらぬ」

「権威？」

「古きもの、自らを変えようとせぬもの――」

「それは、おれも嫌いじゃ」

「信長、人を見るに、権威で人を見ぬ」

「何で見るのじゃ」

「機能として見るのさ」

「機能？」

「働き、ということじゃ。人を道具として見る。よき道具には、金子《きんす》を惜《お》しまない」

「ふむ」

「信長に仕えるのなら、道具として仕えればよい。そなたが、よき道具となれば、信長はいかようにでも取りたててくれるであろうよ」

「ぬし、会ったことは？」

「あるな」

「どんな漢じゃ」

「おもしろい」

「ほう」

「ただ――」

「ただ？」

「何を考えているのか読めぬ」

「うつけとも、大たわけとも呼ばれているそうじゃな」

「そのうつけぶりがおもしろい」

「本当にうつけか⁉」

「知りたくば、仕えてみることじゃ」

「ぬしは、口上《こうじょう》がうまい」

「信長でどうじゃ」

「わかった。信長にしよう」

「決まりじゃな」

そう言って、飛び加藤は、木椀をようやく口に運んだ。

飲んだ木椀を、藤吉郎に渡す。

藤吉郎が、それを受け取って、中に残っていた酒を、ひと息に干した。

「もうひとつ、礼をしておこう」

飛び加藤は言った。

「もうひとつ?」

「さっきのは、泥鰌鍋の分じゃ」

「すると?」

「これから話すことは、その酒の分じゃ」

「聴かせてくれ」

「信長は、走る」

飛び加藤は言う。

「うむ」

藤吉郎がうなずく。

「走る者は転びやすい」

「転ぶか、信長が――」

「ああ。だから――」

「だから?」

「よき道具、よき杖《つえ》が必要になるということさ――」

「おれに、よき杖になれと……」

「まあ、そういうことじゃ」

飛び加藤は、そう言ったというのである。

（七）

「飛び加藤め、そのようなことを言うたか――」

信長は、おもしろそうに言った。

庄内川に架けられた土橋の上であった。

信長は立ち、その前で、猿面《さるづら》の藤吉郎が座している。

――信長に会《お》うたら、言うておけ。あの約定《やくじょう》、必要な時あらば、いつでもひと働きするとな。

酒を飲みながら、そうも言っていたというのである。

信長は覚えている。

自分の身体と同じ重さの黄金《くがね》を用意すれば、いつでも、誰でも殺してやろうと、飛び加藤が口にしていたことを――

ひとしきり、飛び加藤は酒を飲み、やがて立ちあがり、闇の中へ去っていったという。

「去る時、何ぞ、謡《うと》うておりました――」

「何じゃ」

「このようなものでござりましたか――」

藤吉郎は、闇の中へ消えてゆく時、飛び加藤が口ずさんでいたそのひと節を、真似るように謡った。

〽人間《にんげん》五十年
下天《げてん》のうちをくらぶれば
夢幻《ゆめまぼろし》の如《ごと》くなり

〽一度生《ひとたびしよう》を得て
滅《めつ》せぬもののあるべきか

「幸若舞の『敦盛』じゃ……」

信長は言った。

「『敦盛』――」

幸若舞はわかる。

しかし、藤吉郎には『敦盛』がわからない。

「敦盛とは、あの平家の……」

「敦盛じゃ」

信長は言った。

ここから先は、もう、問えない。

幸若舞の演目の中に、『敦盛』というのがあるのだろうとは、藤吉郎も理解をした。

今は、それだけでよい。

「もうひとつ、ござりました」

藤吉郎は言った。

「もうひとつ？」

「はい」

藤吉郎はうなずいた。

去る前に、飛び加藤が、

「信長のところへゆくなら、土産品《みやげ》をやろう――」

そう言ったと言うのである。

「土産品？」

「信長のところへゆくのに、手ぶらというわけにもゆくまいよ。土産品を持ってゆけ――」

「どのような」

「美濃の蝮め、今度、信長と会うことになっておるらしい」

「それは、真実《まこと》のことか」

「真実さ」

と、飛び加藤はうなずいた。

「で？」

「そのおり、蝮は、信長がやってくるのを、会う前に見物するらしい」

「見物？」

「正徳寺手前の町のはずれに、人の住んでいない小屋がある。その小屋の中に潜《ひそ》んで、やってくる信長を見物しようという肚らしい……」

「それが土産品か」

藤吉郎が問えば、

「そうじゃ」

飛び加藤が言う。

「それで、信長にはわかる。あとは、信長が思案すればよいだけのことじゃ——」

そのように言って、飛び加藤は立ちあがり、『敦盛』を謡いながら、去っていったというのである。

「むうむ」

信長は思案した。

こういう時、自分は黙っていた方がよいと、藤吉郎はすでに信長のことを理解していたので、藤吉郎は、信長が思案するのにまかせ、口を挟《はさ》まなかった。

信長にしてみれば、考えることは幾つもある。

まずは、何故、そのようなことを飛び加藤が知っているのか。

いや、そもそも、これは本当のことなのか。

本当であったら、飛び加藤は、この自分にどうせよと言いたかったのか。

その小屋を包囲して、これを機会に道三を討ちとってしまえということを言っているのか。

いや、と、信長は思う。

これは、本当のことであろう。

自分にそのことを伝えたのは、何をどうせよと言っているのではない。

これを利用して、このおれがどんな手に出るか——

〝飛び加藤め、それを見物しようという肚であろう——〟

信長は、顔をあげた。

「猿、礼を言うぞ！」

信長は、叫んだ。

「おれの家来になれ」

信長は、もう、歩き出している。

「はは」

と、藤吉郎は額を地面にこすりつけ、立ちあがった。

小走りに、信長の背を追った。

信長は、馬を繋いでいた柳の枝から手綱《たづな》をほどき、身軽く馬に飛び乗った。

「ゆくぞ」

信長は、馬にひと鞭入れて、走り出した。

「信長さま!」

その後を追って、藤吉郎――猿も懸命《けんめい》に足を踏み出し、走り出したのであった。

（八）

四月がもう終わろうかという時――

道三との約束のその日、信長は出立《しゆったつ》した。

供の衆は八〇〇人余り。

その者たちをずらりと並べ、柄《つか》三間《げん》半（約六・三メートル）の朱槍《しゆやり》五百本、それに弓を持たせ、さらに鉄砲五〇〇丁《ちよう》を担《かつ》がせた。

元気のよい若い足軽《あしがる》を行列の先に走らせ、信長自らは、弓、鉄砲隊の中心で馬上の人となった。

その出《い》で立ちは、いつもと同じである。

湯帷子を片肌脱ぎにしている。

上半身は裸同然という姿である。

髪は、茶筅髷を萌黄《もえぎ》色の平打ち紐で巻きたてている。

金銀の飾りのついた大刀、脇差二本の長い柄を藁縄《わらなわ》で巻き、身に帯《お》びていた。太い麻縄を腕輪にして、腰の周囲に猿廻《まわ》しの如くに、火打ち袋、瓢簞《ひようたん》など七つ八つほどぶら下げて、虎革《がわ》と豹《ひよう》革を四色に染め分けた半袴《はんばかま》を穿《は》いた。

軍団としては、実にみごと。

この時期、鉄砲はすでに日本に伝来し、多くの戦国大名の知るところの武器であったが、それをこれだけの数用意できた者は、他に類を見ないであろう。

その中心にあって、悠々《ゆうゆう》と馬でゆく信長の姿は、およそ将に見えない。

奇をてらい、わざとそのような格好をしているのであろうと思われ、

〝器として小さい――〟

見るべき者が見れば、そのように人物の目方を量《はか》られてしまう。

義父斎藤道三もそう思った。

道三は、この行列を、富田の町はずれにある小屋に隠れて眺《なが》めた。

しかし、道三、鉄砲の数とその槍の長さ、堂々たる行列ぶりには驚いた。

この頃、槍の長さと言えば、長くとも三間そこそこであり、三間半という長さは異様であった。その槍が、鉄砲と共に眼の前を動いてゆくのを道三は見た。

これは凄《すご》い。

ただのうつけではあるまいと思っていたのだが、信長、これほどの人物であったか。

道三、信長に舌を巻いたが――

「しかし、そこまでか――」

そうも思った。

一国の主が、自然《じねん》のままに、好きな格好をするのはよい。

しかし、他国の主、それも自分の妻の父と対面するのに、あの格好はなかろう。

人は、時と場合によって、それなりの格好もして見せねばならぬ時がある。

それを、己れのこだわりを優先させてしまうのでは、小国どうしの小競《こぜ》り合いに勝つことはで

きても、天下の覇者《はしゃ》たる器ではない。

人間として、おもしろみはあるものの、そこまでか。

道三は、残念に思いもしたが、ほっとしもした。

「信長に、我が美濃をとられることはあるまい」

そう判断をした。

信長は、正徳寺の門をくぐった。

それを迎えた道三の家来たちは、やはり八百人余り。

家来に肩衣《かたぎぬ》、袴など上品なもので身を固めさせ、古老の者たちは御堂《みどう》の縁《へり》に座らせて、信長を迎えたのである。

その前を、信長たち一行は、悠々と通り過ぎていった。

寺にあがるなり、

「屏風《びょうぶ》」

信長は言った。

たちまち、信長の周囲に屏風が立てられた。

信長の姿が見えなくなり、数人の近習《きんじゅ》の者たちが、中に入った。

ほどなくして姿を現わした信長を見た時、家臣たちは、

「あっ」

と、たれもが驚きの声をあげた。

髪を折り曲げに結い、いつ染めておいたのか、褐色《かっしょく》の長袴《ながばかま》を穿き、人に知られぬよう拵《こしら》えておいた小刀を差した。

堂々たる一国の主の姿である。

これを見た時、家臣たちは、初めて、信長が何者であったかを知ったのである。

「おお……」

と、声をあげる者もいれば、

「殿……」

その姿を見て、涙ぐむ者もいた。

「さては、日頃のうつけぶり、あれはわざとやっていたか——」

と、今さらながらに口にする者もいた。

その中にあって、信長は平然としている。

「蝮の義父《おやじ》に会いにゆくぞ」

するすると歩き出して、御堂に向かった。

出迎えたのは、道三の家臣、堀田道空《ほったどうくう》である。

「お早く……」

と道空が言うのが聴こえぬふうで、信長は、美濃の諸侍たちが居並ぶ前を風のように通り抜け、濡れ縁《えん》に出て、柱の一本に背をあずけ、庭を眺めている。

しばらくして、屏風を押しのけて、道三が姿を現わした。

諸侍たちの気配から、道三が出てきたとわかったはずなのに、信長はまだ気がつかぬ風で庭へ眼をやっている。

道三は義父であり、信長が先に来て道三を待つというのが、礼であったが、これで立場が逆転をした。

道三が、信長を待つかたちになった。

「信長殿」

道空は信長に擦《す》り寄り、

「こちらが山城守殿ですぞ」

このように言った。

ここで、ようやく信長は、振り返り、

「お出《い》でになられましたか」

そう言って、ようやく敷居の内へ入ったのである。

対面の現場には先に来たが、道三を待たせたという状況を、信長が作ったのである。

しかも、信長、さっき道三が見た時とは姿を一変させており、みごとな一国一城の主である。

道三、おもしろくない。

ふたりで湯漬《ゆづ》けを食べた。

この間、ふたりはほとんど無言である。

「お濃はどうじゃ」

湯漬けを食いながら、道三がいった。

「飽《あ》きぬ女で、おもしろうござります」

信長はそう答えた。

「まだ首が繋がっているところを見ると、お濃も退屈はしておらぬようじゃ」

「はい――」

ふたりが交《か》わした会話はこれだけであった。

湯漬けを食い終わり、ふたりは同時に立ちあがった。

道三が美濃へ帰ってゆくのを、信長は、自身の軍団と共に、二〇町《ちょう》（約二・二キロメートル）ほど並んでゆき、これを見送った。

信長軍の槍の長さが、並ぶと際立《きわだ》った。

「やられたな……」

美濃へ帰る道の途中、道三は堀田道空にそう言った。

途中、茜部《あかなべ》というところにさしかかったおり、猪子高就《いのこたかなり》という者が、道三に訊ねた。

「婿殿を、どうごらんになられましたか？」

「この道三の息子ども、いずれ、あの大たわけの門前に馬を繋ぐことになろうよ」

そう言った。

自分の息子たちが、将来信長の家来となるであろう——そういう予言である。

その通りになった。

尾張にもどった信長は、帰蝶を呼び、

「蝮の毒を抜いてきてやったぞ」

そのように言った。

道三との対面の様子を信長から聞いて、

「その時の父上のお顔が見たかった」

帰蝶は、ころころと笑った。

以後、道三は、おろかしいほどに、信長に執心《しゅうしん》して、自分の子以上に可愛《かわい》がった。

自分が新しく工夫した鎧《よろい》を信長に贈ったり、戦の心構えや、戦法など、まるで自分の手にした宝を信長に譲ろうとでもするように、文《ふみ》などで教えたりしたのである。

四ノ巻　蛇替《じやが》え

（一）

信長が、清洲城に入ったのは、それから二年後、天文二四年（一五五五）のことである。

この時、清洲城の守護代は、織田信友《のぶとも》であった。

信友は、信長の父信秀と尾張国の覇権をめぐって争っていたが、後《のち》に和睦《わぼく》している。

しかし、信秀の死後、その家督《かとく》相続争いでは信長の弟である信行に付いてしまったため、信長とは敵対関係にあった。

信長は、信秀の跡を継《つ》いだとはいえ、まだ尾張一国を自分のものとはしていなかったのである。同じ織田一族の中で、尾張一国をまだ取り合っていたのである。

信友は、何度か信長と戦い、時には信長暗殺を企《くわだ》てたりしたのだが、そのことごとくに失敗をした。

そこで、信長に付いている信長の叔父である守山《もりやま》城の信光《のぶみつ》を調略《ちょうりゃく》して、味方に引き入れようとした。

そこで、家老の坂井大膳を守山城にやって、

「我らに味方し、我が主《あるじ》信友と共に、おふたりで清洲の守護代となってくだされ――」

このように言わせた。

「悪くない話である」

信光は大膳と起請文《きしょうもん》を交わし、清洲城の南櫓《みなみやぐら》に入ったのだが、これには裏の話がある。

大膳から話があった時、信光はすぐにこれを信長に報告した。

「味方になったふりをして、私が清洲の城をとってまいりましょう。その後、信長様が清洲に入ってそこの主となり、私は那古野の城に入らせていただき、ふたりで尾張をふたつに分けて統治するというのはいかがでござりましょう」

信長が、これを承知して、信光は清洲の南櫓に入ったのである。

四月二〇日――

大膳が、礼のために南櫓にやってくるという日――やってきた大膳を討《う》ちとるため、信光は兵を隠して配置した。

待っていると、大膳は途中までやってきたのだが、不穏《ふおん》な空気を察知して逃げ出し、そのまま駿河の今川義元を頼って、そこに居ついてしまった。

討ちとることはできなかったものの、大膳が逃げてしまえば、あとは守護代の信友ひとりである。

信友は、信光に追い詰められ、ついに切腹して果てた。

こうして、信光は清洲城を手に入れ、これを信長に引き渡したのである。

信長が清洲城、信光が那古野城の主となって、尾張はこのふたりの支配となったかに見えたのだが、同じ年の一一月二六日、信光が死んで、尾張一国は信長のものとなってしまったのである。

『信長公記』には、

「不慮の事件が起こって、信光は横死《おうし》」

とあるが、これは、裏で信長が糸を引いていた可能性があるのではないか。

同じ『信長公記』に、

「起請文に背《そむ》いた神罰《しんばつ》がたちまち下ったので、天道に背くのは恐ろしいことよ、と世間では言いあった」

と記《しる》されているが、この書き方そのものが、さらに疑惑を深めているといっていい。

さて——

信光が那古野城に入って、空《あ》いた守山城の城主となったのは、これも信長の叔父である織田信《のぶ》次《つぐ》である。

この信次が城の若侍と共に、竜泉寺《りゅうせんじ》の松川《まつかわ》の渡しで川漁をしていたのは、六月二六日のことである。

ここで、ひとつの大きな事件が起こった。

織田信行のさらに弟の秀孝《ひでたか》が、そこを、ただ一人、馬に乗って通りかかったというのである。

しかし、信次は、これがたれであるかわからなかった。

「たれじゃ、城主の前を乗馬で通り過ぎようというやつは——」

秀孝は秀孝で、下の川で、川漁をしているのが、信次とはわからない。

城主の前では、馬から降りるのは、家臣の礼である。

「どこの若僧かは知らぬが、よい度胸である」

信次の家来である洲賀才蔵《すがさいぞう》という侍が弓を取り、

「脅《おど》してくれよう」

矢を番《つが》えて、ひょうと放《はな》った。

この矢が、みごとに秀孝に当たって、秀孝は、馬から転《ころ》げ落ち、土手の上に仰向《あおむ》けになった。

「ざまあみろ」

と、才蔵、信次が様子を見にゆくと、矢は秀孝の首を貫《つらぬ》いている。

「まて、この若侍、秀孝さまでないか——」

秀孝、肌は女にように白く、唇紅《あか》く、その姿、容《かたち》は麗《うるわ》しく、端整《たんせい》である。

間違いない。

秀孝である。

信次は、青くなった。

「おれは、逃げる」

信次は、そう言って、城にもどらず、そこから馬に乗って逃げ出してしまった。

この知らせを聞いて、信長は清洲から馬で駆けつけたのだが、この時すでに、守山城下は、死んだ秀孝の兄信行とその軍によって焼きはらわれていた。

次に、この城の主となったのは、信長の腹違いの兄信広の弟、信時《のぶとき》であった。

この時期、信長は慌《あわただ》しい。

元号も天文二四年から、弘治《こうじ》元年へとかわっている。

秀孝の死によって、思うところがあったのかどうか。

信長の脳裏《のうり》に蘇《よみがえ》ったのは、

〽人間《にんげん》五十年
下天《げてん》のうちをくらぶれば
夢幻《ゆめまぼろし》の如《ごと》くなり

〽一度生《ひとたびしょう》を得て
滅《めつ》せぬもののあるべきか

という、幸若舞の『敦盛』である。

これを、自分の前で謡《うた》っていた、加藤段蔵こと、飛び加藤のことを思い出したのである。

「清洲に、松井友閑という男がいる」

飛び加藤はそう言っていた。

「この友閑の『敦盛』はよいぞ」

確か、幸若舞の太夫《たゆう》をやっているという話ではなかったか。

「猿《さる》、猿はおらぬか」

清洲の城にあった信長は、庭に向かって、大音声《だいおんじょう》にて呼ばわった。

（二）

猿——

名は木下藤吉郎。

一昨年、信長が庄内川にかかる土橋《どばし》の上で出会った小漢《こおとこ》である。

身体《からだ》が小さい。

顔は皺《しわ》くちゃで、一見猿のようである。

以来、信長は、この漢のことを、猿と呼んでいる。

愛敬《あいきよう》がある。

めったに笑わぬ信長であったが、この猿がいると、その口元に笑《え》みのこぼれることが多い。

信長は、藤吉郎を傍《そば》に置いて、古い言い方をすれば、雑色《ぞうしき》として使った。

雑戸《ざつこ》である。

決まった仕事があるわけではない。手仕事の多くや、時に庭仕事までやる。藤吉郎の場合で言えば、信長の雑用係である。

目端《めはし》が利《き》き、一《いち》を言えば、八のことをやる。普通の目端の利く者は、一を聞いて十のことをやってしまうものだが、藤吉郎の場合は、時に八までやって、二のことを残しておく。

その残った二を信長に預けるのである。

「先日のこと、ここまでやりましたが、あとのことは、いかがはからえばよろしゅうございましょう」

「そんなこともわからぬのか」

信長がいう。

自分の仕事を信長の手柄にするのである。

一事が万事、こんなでは賢《さか》しく思われて、信長に嫌われてしまうのだが、藤吉郎の場合はその間合《まあい》が絶妙である。

たとえば、川狩りをする。

川を堰止《せきと》め、川の流れの一部を変えて、川の中に池を作り、その池の水を桶《おけ》で掻《か》い出す。そして、その池にいる魚を獲《と》るのである。

掻い掘りである。

獲った魚を、その場で焼いたり煮《に》たりして食べる。酒宴をする。

この遊びが、信長は好きであった。

藤吉郎は、この川狩りの達人であった。

まかせると、上手に川の場所を決め、人をうまく指揮して、この作業を他人《ひと》よりも手際《てぎわ》よく済ませてしまう。

十数人から二十人を引き連れて、信長はこの川狩りをするのである。

ある時、藤吉郎にこれをまかせると、

「本日の城は、水攻めにて落としましょう――」

猿に似たこの漢が言うのである。

現場へ着いてみると、川岸に幔幕《まんまく》などが張り巡《めぐ》らされ、床几《しょうぎ》などが置かれ、軍配《ぐんばい》も用意されていた。

この日の川狩りを、城攻め、水攻めになぞらえてやろうという藤吉郎の趣向であった。

何日も前から、用意していたのであろう。

近在の少年たちも〝兵〟として駆り出されているようである。

これを、信長はおおいに気に入った。

掻い掘りを始めると、ひと抱《かか》え以上はあろうと思われる、丈《たけ》、三尺半（約一〇五センチメートル）はありそうな野鯉《のごい》がいた。

泥水の中から、その背と、背鰭《せびれ》が現われた時には、見ている者が驚愕《きょうがく》の声をあげた。

偶然のことではない。

藤吉郎が、川漁師に頼んで網で獲らせ、あらかじめ仕込んでおいたものであろうと信長には思われた。

小癪《こしゃく》な——

信長が、腹を立てるぎりぎりのところだ。

その大鯉を、最後まで残した。

藤吉郎が、何度もこの野鯉を抱きとろうとするのだが、小柄な藤吉郎の手に余る大きさである。

何度も失敗しては、転んで泥水の中に顔を突っ込んだ。

これには、周囲がおおいに笑った。

「敵方の大将、わたしの手には負えませせぬ」

藤吉郎が頭を下げる。

「この上は、我が御大将《おんたいしょう》自《みずか》らお出ましになり、敵方の大将首をば取っていただきたく——」

こう言われては、信長も悪い気はしない。

川狩りを戦《いくさ》に見立てるという遊びである。

なれば、大将首を信長のためにわざわざ残して、これを信長に討ちとらせるという趣向も、信長の許容範囲のことだ。

皆が、わざと鯉をとらず、どういう趣向もなしに、信長に最後の仕上げをまかせるというのでは、これは、信長の嫌うところだ。

しかし、こういう趣向であれば、信長も好むところである。

こうして、信長も下帯《したおび》姿となり、川に入って、巨大な野鯉を抱きとることに、すんなり同意してしまうのである。

このあたり、主信長の心の色を読むことに、藤吉郎は抜きん出ていた。

普通の者は、信長の前では、あまり喜怒哀楽を出さないのだが、例外がふたりいた。

それが、帰蝶と、この木下藤吉郎だったのである。

藤吉郎、嬉《うれ》しい時には手を打ち、全身で喜ぶ。

失敗した時は、本気で困る。

これが、信長には可愛い。

信長に、知らぬことを教わった時などは、本気で感心をする。しかも、これが、信長の前だけではない。

能力のない者が、そうであってはただの阿呆《あほう》だが、藤吉郎には、信長も感心するほどの能力があったのである。それも、道具としての能力であった。

この猿が、名を呼ばれ、庭のどこからかすっ飛んできて、

「お呼びにございまするか」

土の上に膝《ひざ》をついて言った。

すでに、梅雨《つゆ》は去っており、庭の樹々《きぎ》で鳴く蟬《せみ》の声が、藤吉郎の背に激しく注いでいる。

この頃——

城と言っても、今日あるような天守《てんしゅ》はなく、いずれも、一階建てである。

「城下に、友閑という者がいる」

信長は、短くそれだけを言った。

「松井友閑さまにございまするな」

藤吉郎の返事は早い。

「知っておるのか」

「お家《いえ》は、もともと、足利《あしかが》家に仕《つか》えております。お兄上は正之《まさゆき》さまと申しまして、義輝《よしてる》さまに仕えておりますが、友閑さまは、昔から幸若舞を好まれて、三〇の時に御隠居されて、今は清洲で幸若舞の太夫をやっておられます。今年で、四二歳になられるかと——」

たて続けに、藤吉郎は言った。

「何故《なにゆえ》、そこまで知っておる」

信長は訊《き》いた。

「友閑さまのことは、かねてよりどこにお住まいか、どういうお方であるかを調べておきました」

「何故、調べておいたのかということだ」

信長の声が、少し尖《とが》った。

この時、藤吉郎が答えるべきは、以前から調べていた、ということでなく、まさしく信長が口にした、何故、あらかじめ調べておいたのか、ということでなくてはならない。

「それは――」

と言いかけた藤吉郎の言葉に被《かぶ》せて、

「加藤段蔵――飛び加藤だな」

先に信長が答えを言った。

「はい」

藤吉郎が、地に額《ひたい》をこすりつける。

「いつ聴《き》いた」

「一昨年――初めて会《お》うた時にござります」

顔をあげ、

「信長に仕えるのなら、覚えておけ。いつか、あやつは清洲を取るであろう。その時、清洲に松井友閑という者がいるはずだが――と、たれかに探させるということがあるやもしれぬ――」

藤吉郎は、その時の、飛び加藤の口調を真似《まね》るように言った。

「その時、おそれながらと、たれよりも先に友閑の住む場所、人となりを口にできるようにしておくことじゃ――」

ここで、その真似を終え、

「それ故、殿にお仕えするようになって、すぐに、友閑さまのことは調べさせていただきました」

藤吉郎はそう言った。

「他には？」

「他には言《ゆ》うておりませぬ」

「このおれと、飛び加藤は、八年前に会《お》うている。その時のことは？」

「聴いておりませぬ」

「何故かと訊《たず》ねたか」

「はい。どうして、その方のことを調べておくのがよいのかと、訊ねましたところ、言うたらおもしろうないではないか、と、そう申されまして、理由は教えてもらえませんでした――」

「飛び加藤め――」

「加藤段蔵殿、いったい、殿とどのようなことが、八年前にあったのでござりましょう――」

「言わぬ」

信長は言った。

「あやつ、言うなれば、この世に生きる妖怪のようなものじゃ。人の心を喰うて生きる妖物《ようぶつ》よ。人をたぶらかして、生きる、放下師《ほうかし》のようなものじゃ――」

「放下師、でござりまするか？」

「よい」

信長は、ひと言で、その会話を打ち切った。

「呼んでまいれ」

「はい」

「舞わせよ」

「はい」

藤吉郎は、また、額を地面にこすりつけた。

（三）

その日のうちに、藤吉郎は松井友閑を信長のもとへ連れてきた。
信長の前――
庭で、松井友閑は舞った。
自ら謡《うた》い、自ら舞ったのである。
幸若舞の『敦盛』であった。
足の運び、手の動き、どれを見ても隙《すき》がなく、みごとな舞であった。
舞い終わった友閑に、
「みごとじゃ」
信長は唸《うな》った。
「おれに仕えよ」
信長の言葉は短かった。
仕えてくれぬか、でもなく、仕える気はあるかでもない。
仕えよ――
そういう短いひと言《こと》であった。
「悦《よろこ》んで」
友閑が、庭で頭を下げた。

「友閑よ、今日より、そなたは、我が師である」

濡《ぬ》れ縁《えん》に座した信長も、そこで頭を下げていたのであった。

（四）

友閑が信長に仕えるようになった年——弘治元年の一二月。

ある事件があった。

尾張の海東郡《かいとうぐん》大屋《おおや》村の庄屋で甚兵衛《じんべえ》という者がいた。信長の家臣、織田信房《のぶふさ》の家来である。

隣村の一色《いっしき》という所に住む左介《さすけ》という者と仲がよかった。

この左介という者が、甚兵衛が留守にしている時、その屋敷に夜盗《やとう》に入ったというのである。

甚兵衛は、この時、年貢《ねんぐ》を納《おさ》めるため清洲へ出かけていたため、その晩、家にいたのは女房ひとりであった。

女房が寝ていると、何やらあやしいもの音がするので眼を覚ましたところ、家の中にたれやら人の気配がある。

そっと起きあがって様子をうかがうと、暗闇の中でたれかの黒い影が何かを物色するように動いている。

盗人《ぬすっと》か？

女房は気丈《きじょう》な女であったから、そっと膝で這《は》ってゆき、

「これ、何をしている」

声をかけた。

盗人の方は、いきなり声をかけられたものだから、おおいにびっくりした。慌《あわ》てて走って逃げようとするのへ、女房は飛びついて、しがみついた。

「これ、放せ」

という声を聞けば、これがなんと一色村の左介のものである。驚いて手を放した隙に、盗人は走って逃げ出した。

「待て」

と、伸ばした手に腰に差した刀の鞘《さや》が触《ふ》れたので、女房がそれを握ると、刀が抜けて鞘が手に残った。

帰ってきた甚兵衛がそれを見れば、間違いなく、左介のものである。

甚兵衛は、これを清洲へ訴え出た。

左介は、

「知らぬ」

と言って、とぼけた。

「刀は失《な》くしたものじゃ。おれから刀を盗んだ者が、甚兵衛のところへ夜盗に入ったのであろう」

左介は、信長の乳母《めのと》の子、池田恒興《いけだつねおき》の家来である。当然、池田一党は左介の味方をした。

埒《らち》があかぬので、

「火起請《ひぎしょう》せよ」

ということになった。

火起請というのは、鉄の塊《かたまり》を火の中に投じて、これを真っ赤に焼いて取り出し、それを疑わ

ている。もしも、熱くて手からそれを取り落とせば、その者は話を偽《いつわ》っているることになり、落とさず一定時間手に載せられれば、無実となる。

心正しき者は、神の加護《かご》により、熱さを感ずることがないという理屈が、この火起請の背景にある。

火起請の場所は、山王社《さんのうしや》である。

社《やしろ》の前に、奉行衆《ぶぎよう》をはじめとして、当事者とそれぞれの側の立ち合い人が集まった。

使われる鉄は、斧《おの》であった。

斧が真っ赤になるまで焼かれた。

それを手の上に載せて、三歩先の神前にある棚の上に置くことができれば、左介は無罪である。

いよいよ、真っ赤に焼かれた斧が、差し出されてきた左介の手の上に載せられた。

その瞬間に、

「わっ」

と叫んで、左介は斧を放り出した。

やはり、左介が犯人となるところだったのだが、池田一党が、証拠となる焼けた斧を奪って隠してしまった。

「斧を出せ」

「知らぬ」

と騒いでいるところへやってきたのが信長であった。

鷹狩りの途中、山王社に立ち寄ったのである。

左介側にしろ、甚兵衛側にしろ、それぞれ弓、槍などの武具を携《たずさ》えてそこに集まっている。

「何ごとであるか」

信長が問うた。

「実は――」

と奉行衆が事の次第《しだい》を説明すると、信長の顔色が変わった。

「隠した斧を出せ」

池田の者たちは、この信長のひと声に身をすくませた。

すぐに斧が出てきた。

「どれほどの熱さに焼いたのか」

信長は、その斧を再び焼かせ、

「同じ色あいに焼けたら、取り出して我が手に載せよ」

そう言った。

「おやめ下されませ、殿。左介が夜盗をはたらいたということに相違ありませぬ」

これには、池田一党の者たちも必死にとめたが、信長は聞かなかった。

「載せよ」

こうなったら、載せるしかないとたれもが覚悟した。

「あの棚であるか」

信長は言った。

「よいか、もしも、このおれが、焼けた斧をあの棚へ載せることができたら、嘘《うそ》をついているのは左介である。そう心得《こころえ》よ」

信長が、今度の夜盗の犯人でないことはたれもが知っている。

もしも、信長がこれを取り落としたら、左介もまた犯人でない可能性がある。しかし、もしも信長が、焼けた斧を棚へ載せることができたのなら、これを取り落とした左介が夜盗をはたらいたことになる。

信長が口にしたのは、そういう理屈である。

信長の手に、真っ赤に焼けた斧が載せられた。

信長は、唇の端をわずかに曲げただけであった。

「あそこじゃな」

一歩、二歩、三歩歩いた。

肉の焼けるいやな臭いが、そこにいる者たちの鼻をついた。

信長が、その斧を棚の上に置いた。

信長の右手に火ぶくれができていた。

「見たるか」

信長は言った。

その場で、左介は誅戮《ちゆうりく》された。

そこにいた全ての者が震えあがった。

鷹狩りの供《とも》をしてこの場にいた藤吉郎も例外ではない。

「これより、火起請のこと、行なうのはまかりならぬ。火に焼けぬ者などあるものか。強き意志を持ちたる者が、正しきことになる。ほれ、この通り、神は罪なきこの信長の手も焼いたではないか――」

信長は、右手を見せた。

多くの者が、顔をそむけた。

(五)

弘治二年(一五五六)一月――

その話を信長にもたらしたのは、藤吉郎であった。

清洲の東五〇町(約五・五キロメートル)のところに、あまが池という池がある。

そこで、大蛇を見た者がいるというのである。

佐々成政《さっさなりまさ》の居城のある比良《ひら》の郷の東に、南北に長い大きな堤《つつみ》があって、その西側があまが池だ。堤の東側は、三〇町も蘆原《あしはら》が続いていて、昔から巨大な蛇が棲《す》むと伝えられている場所だ。

そのあまが池の主《ぬし》が、大蛇であろうというのである。

ここで、安食《あじき》村福徳《ふくとく》郷の住人又左衛門《またざえもん》という者が、件《くだん》の大蛇を見たのだという。

一月の中旬、この又左衛門が、冷たい雨の降る夕刻、堤を通りかかった。

と――

行く手に、ひと抱えはありそうな、黒い大木が倒れている。

右の蘆の中から左の蘆の中へ、ちょうど、道をまたぐかのようにそれが横たわっている。

何故《なぜ》、こんなところにこんなものが――

いつも通る道ではないが、以前にここを通った時にはこんなものはなかったはずだ。

またぐよりは、手を掛けて足を載せ、踏んで越える方が楽であろうと判断して、右手を当て、足を持ちあげようとして、ぞっとした。触れた右手に伝わってきたのは、木の感触ではなかったからである。

冷たい。

気味の悪い弾力がある。

雨で濡れているはずなのに、かさりと指に伝わってくるいやな感触。

ぐねり、と、それが手の下で動いた。

右から左へ、ずるりと移動したのである。

「わっ」

と声をあげて、又左衛門は後ろへ跳《と》びのいた。

ずるずると、それが動いてゆく。

それで、又左衛門は、ようやくそれが大蛇であると気づいたというのである。

胴体の尾に近いところは、まだ堤の上にあるというのに、頭は、もう、あまが池に達するところであった。

「ひいいっ」

と、又左衛門が叫んだ。

その叫び声が大蛇に届いたのかどうか。

大蛇が、鎌首を持ちあげて、又左衛門の方を見た。

顔は鹿のようで、頭に角《つの》らしきものが生《は》えていた。眼は、星のように緑色に光り、舌を出したその色を見れば、真っ赤であった。

身の毛がよだち、又左衛門は宿に逃げ帰った。

そこで、そこにいた者たちに見たもののことを語り、それが、藤吉郎の耳に入り、藤吉郎が信長に伝えたのである。

この話を聴いて、

「真実《まこと》か」

信長は言った。

「又左衛門という者が、そう言っているということは、真実にござります」

藤吉郎は、正確に答えた。

「すぐに、又左衛門を呼んでまいれ」

「はは」

又左衛門、すぐに清洲城へ呼ばれ、信長にそのことを語った。

聴けば、藤吉郎の伝えた通りであった。

「明日、ゆくぞ」

信長は言った。

どこへゆくのか、と藤吉郎は問わない。

あまが池へゆくと、信長が言っていることはわかっていたからである。

「何をいたしまするか」

そう問うた。

「蛇替《じゃが》えじゃ」

信長は言った。

「準備《したく》せよ」

「はは」

藤吉郎は、これだけで全てを呑《の》み込んでいた。

翌日――

比良の郷、大野木《おおのき》村、高田《たかだ》五郷、安食村、味鏡《あじま》村の者たちが、あまが池に集まった。

その人数、五〇〇人。

用意された桶《おけ》が四〇〇あまり。

鋤《すき》、鍬《くわ》も大勢が持ってきた。

信長のためには床几が用意されており、信長はそこに座した。

「いつでも」

藤吉郎は言った。

もう、すでに何をすべきかは集まった者たちに伝えてある。声をかければ、作業はいつでも始められる。しかし、ここで藤吉郎が気を利《き》かせすぎて、声をかけるわけにはいかない。

号令するのは、信長自らである。

そこを、藤吉郎はよく心得ていた。

うむ、とうなずき、用意された軍配を握って、

「かかれっ」

信長が声をあげた。

集まった者たちが、一斉《いっせい》に作業を開始した。

池の縁を掘り、水を外へ流す。

それでは限りがあるので、桶を使って水を搔い出した。

「ほう」

と、信長が感心するほど、よく統制がとれている。

蛇替え——つまり、蛇を捕らえるために、池の水を汲《く》み出すことである。

信長は、やる時は徹底している。

もしも、このあまが池に大蛇が棲むというのなら、池の水を搔い出してしまえば、それが本当かどうかわかるであろうと考えたのだ。

二刻《ふたとき》（約四時間）ほど水を搔い出し、池の水は三分《ぶ》ほど減って、七分くらいになったかと見えたのだが、その後が減らない。搔い出しても搔い出しても、水は地下から湧き出しているようであった。

「やめい」

立ちあがって、信長は言った。

そこで、一月というのに、信長は着ているものを脱ぎ捨て、下帯姿となり、抜き身の脇差《わきざし》を口に咥《くわ》え、家臣の止める間もなく、水の中へ飛び込んでいった。

しばらくして、水からあがってくると、

「大蛇は見えぬ」

そう言った。

「鵜左衛門《うざえもん》」

信長が言った。

「は」

と答えて前に出てきたのは、家来の中ではもっとも水に慣れた男であった。

「ぬしが見てまいれ」

「承知」

と答えて、鵜左衛門、しばらく水に潜《もぐ》ったり泳いだりして池の中をあらためていたが、

「おりませぬ」

水からあがってくると、そう報告した。

「大蛇などおらぬ」

何か、不満そうに、信長は言った。

そして、信長は清洲へ帰ったのだが、あえて、又左衛門を処罰するというようなことはしなかったという。

五ノ巻　桶狭間《おけはざま》異聞

（一）

「猿」

と、信長が、藤吉郎を呼んだのは、蛇替えのことがあってから、三月《みつき》後の四月のことであった。

信長は、濡《ぬ》れ縁《えん》に立っている。

庭の土の上に、藤吉郎が片膝《かたひざ》をついて、その猿顔を持ちあげて、信長を見ている。

四月の初旬――

すでに、新緑の色も濃くなって、季節が夏に向かって動いているのがわかる。

大気の中に青葉の匂いが酒精分《しゆせいぶん》のように溶けている。

なやましい、人の血の中に潜《ひそ》むものぐるおしい思いをかきたててくるような匂いであった。

微風《びふう》の中に、信長は、その匂いを嗅《か》いでいる。

「夢を見た」

信長は言った。

藤吉郎は、無言である。

並の家来であれば、

〝どのような夢をごらんあそばされたのでござりますか〟

と、問うところであるが、藤吉郎はそうしなかった。

必要であれば、信長がそれを口にするからである。

ただ、

「は」

とだけ、呼気《こき》を吐くように言って、藤吉郎は頭を下げただけであった。

「友閑を呼べ」

信長は、それだけを言った。

「ただちに」

すぐに、藤吉郎は姿を消した。

友閑が来た。

藤吉郎と共に、友閑は庭の土の上に座して、信長を見つめ、

「御用は?」

これも、短く訊《たず》ねた。

〝お呼びにござりますか〟

とは言わない。

呼ばれたからこそここに来ているのであり、それをわざわざ確認したりしない。そのあたりの
呼吸は、友閑も心得ている。

信長は、顔をあげて青い空を見あげ、そこを流れてゆく白い雲を眺《なが》めている。

微風の中に、庭に咲く藤《ふじ》の花の匂いが漂《ただよ》っている。

信長は顔をあげたまま、

「夢を見た」

そう言った。

顔を下げ、友閑を見、藤吉郎を見、

「こういう夢じゃ」

そう言って、信長は、その夢のことを語り出したのである。

（二）

自分は、獅子《しし》である。

信長は、もちろん、獅子なぞ見たことはないが、ともかく、獅子である。それはわかっている。

獅子であり、岩の上で眠っている。

そして、信長の夢の中にいる信長自身である獅子もまた、眠りながら夢を見ているのである。

獣《けもの》を殺し、喰《くら》う夢だ。

兎《うさぎ》を狩り、鹿を狩る。

狩って、それを喰べる。

爪で裂《さ》き、内臓を屠《ほふ》り、血を啜《すす》り、肉を咬い、骨を嚙《かじ》る。

時に、許しを乞《こ》う兎もいる。

助けてくれと、人語で言う鹿もいる。

「兎のくせに」

と、信長である獅子は思う。

「鹿のくせに」

と、獅子である信長は思う。

おまえたちは兎であり、鹿ではないか。

自分は、獅子である。

獅子ならば、兎を啖い、鹿を喰《く》うのはあたりまえのことだ。

それは、天の摂理《せつり》である。

天の摂理にしたがって、おれはおまえたちを狩り、啖うのである。

おまえたちだって、草や木の皮を食べるではないか。

獣と、草木は違うかもしれないが、生命《いのち》ある物ということでは同じであろう。

草や木の皮に棲《す》む虫がいれば、それも一緒におまえたちは食べているであろう。その時、おまえたちは、その虫や草のことを考えるのか。

譲って、許しを乞い、生命を助けてくれと口にするのはよい。しかし、それで、獅子は兎や鹿を喰うのをやめたりはしないのだ。

それが、この世ではないか。

しかし、それを、信長である獅子は、兎に言わない。

鹿に言わない。

ただ、裂き、喰べる。

それが、獅子だからだ。

兎や鹿に生命乞いをされて、それでいちいち喰うのをやめていたら、自分が生きてゆけないではないか。

そんなことを思いながら啖う。

啖いながらも、夢であるとわかっている。

実際の獅子は、もちろん、獣を啖う時にそんなことは考えない。考えないとわかっている。わかっているが、喰う。

妙な心もちであった。

ある時——

捕らえた兎が、いままさに牙にかけようとすると、こんなことを言った。

「おう、獅子よ。百獣の王よ。わたくしは今あなたさまの牙にかかり、喰われ、生命果てようとしております。しかし、これも天のさだめたこと。獅子がわたくしたちを啖うのは天の摂理。しかたのないことでございます」

まるで、獅子である信長が、心に思っているようなことを口にするのである。

「しかし、あなたさまの牙にかかる前に、お願いがございます」

「願いとは何だ」

信長である獅子は、思わずそう問うた。

「啖われる前に、舞わせて下さい。その後で私をお喰べになって下さい」

兎は、そのように言う。

「わかった」

獅子である信長が言うと、兎は二本足で立ちあがった。

どこから出したのか、扇《おうぎ》を手にしていて、それを持って舞いはじめた。

〽人間《にんげん》五十年
下天《げてん》のうちをくらぶれば
夢幻《ゆめまぼろし》の如《ごと》くなり

〽一度生《ひとたびしよう》を得て
滅《めつ》せぬもののあるべきか

『敦盛』であった。

信長である獅子は、これに心を動かされ、はらはらと涙をこぼした。

舞い終わって、

「いかようにも」

と兎が言う。

そこで、獅子である信長は、これを咬った。

そこで、眼を覚ました。

眼を覚ましたのは、夢を見ている獅子である。

信長は、まだ、獅子だ。

眼覚めてみると、夜である。

岩の上だった。

静寂の中で、全天にしんしんと星が光り、獅子である信長に、その光を注いでくるのである。

そこで、初めて、信長は眼を覚ました。

眼を覚ましてみれば、眼頭《めがしら》が濡れている。

信長自身も、夢の中の獅子と同様に、涙を流していたのである。

（三）

「そういう夢じゃ」

信長は、藤吉郎と、友閑を前にして、そう言った。

不思議《ふしぎ》な夢だとは、信長は言わなかった。

この夢を絵解きせよ、ということも信長は口にしなかった。

ただ、

「悪くない夢であった」

信長にしては、珍しく感傷的な声で、そのように言った。

「で、おれは決めたよ」

信長は、また、視線を天へ向けた。

「何をでござります」

ここは、間《ま》として問いを発するところであろうと判断して、藤吉郎が問うた。

「おれも、死する際には、これを舞おう」

「『敦盛』を――」

ここも、わざわざ藤吉郎は問うた。

「そうじゃ」

「何故《なにゆえ》でござります」

「生命《いのち》乞いではない。美のためじゃ」

「美？」

「人の死の光景として、それが美しかろうと思うてな。今日、ぬしらに言いたかったのはそれじゃ――」

「それは、残念でござりますな」

藤吉郎はあえてそういう言い方をした。

「残念!?」

信長の声が、わずかに硬くなる。

「ぜひとも、その舞《まい》、殿のお傍《そば》にあって、見とうござりまするが、それが、戦場《いくさば》のことであれば、殿が死ぬる前に、この藤吉郎が先に死んでいるからでござります」

しれっとした顔で、藤吉郎は言った。

「ふん」

信長の機嫌が、緩《ゆる》んだ。

「で、友閑よ。ぬしに、ひとつ、訊ねたきことがある」

「なんなりと」

友閑が、頭を下げる。

「我ら三人が会《お》うた男のことじゃ」

信長は、言った。

「飛び加藤とぬしが、どうして知り合《お》うたか、それをまだ聞いておらなんだ。今、ここで言え
――」

（四）

信長の『敦盛』好きについては、ひとつの逸話《いつわ》が『信長公記』に残されている。

この頃、天沢《てんたく》という天台宗《てんだいしゅう》の僧が、尾張国にいた。この天沢が、関東《あずま》へ下る時、甲斐《かい》国で、武田信玄《たけだしんげん》に会ったというのである。

天沢、一切経《いっさいきょう》を二度読んだという高僧で、それを知った役人が、

「ぜひ、我らの殿に御挨拶《ごあいさつ》していって下さい」

と言うので、信玄を訪ねたのである。

会った時、

「生国《しょうごく》はいずれか」

信玄がこのように問うてきた。

「尾張国でござります」

「郡《こおり》は？」

「信長公の居城、清洲から五〇町東、春日井原《かすがいはら》の外《はず》れ、味鏡という村の天永寺《てんえいじ》という寺に居住しております」

「で、信長殿、どのような人物じゃ。思うところを聞かせよ」

信玄が問うた。

天沢は答えた。

「信長公は、毎朝、馬に乗られます。また、鉄砲《てっぽう》の稽古《けいこ》を欠かしませぬ。鉄砲の師は橋本一巴《はしもといっぱ》というお方で、弓の稽古をなさる時は、市川大介《いちかわだいすけ》という方に教わっております。兵法《ひょうほう》の師匠としては、平田三位《ひらたさんみ》という者を、近くに置いているとうかがっております」

「数寄《すき》のことは、何かあるか」

「舞と小唄《こうた》がお好きのようで――」

「舞といえば、幸若舞の師はたれじゃ」

「清洲の町人で、友閑という方を、まねいて舞っておられると聞きましたが、舞うといっても、舞うのはただひとつ――」

「それは何じゃ」

「『敦盛』の一番のみにて、これより他は舞わぬとか――」

「『敦盛』の一番とな」

「人間五十年、下天のうちをくらぶれば、夢幻の如くなり――ここのみを、自《みず》ら謡《うた》い、舞われます」

「小唄は?」

「『死のふは一定《いちじょう》、しのび草には何をしよぞ、一定かたりおこすよの』、やはり、これだけをお唄いになります」

「ほう、それを、ここで唄えるか」

「いえ、僧の身にござりますれば、唄ったこともござりませんので――」

このような会話を、天沢と信玄がしたというのである。

この時に、天沢、火起請のことと蛇替えのことを言ったかどうか。

おそらく、伝えたことであろう。

いずれにしても、信玄が、信長の『敦盛』好きを知っていたというのは、間違いがない。

そこで、友閑と飛び加藤のことである。

（五）

「一一年ほど前、天文一四年（一五四五）の夏の頃でござりましたでしょうか……」

そうつぶやいてから、友閑は語り出した。


その年の春――

友閑は、ひとつ、志《こころざ》したことがあった。

清洲にある安養院《あんよういん》に、舞を奉納しようと思いたったのである。

三〇歳で隠居《いんきょ》し、幸若舞を近在の者に教えるようになって、一二年。人は集まり、そういう人間の中にはそこそこの金を置いてゆく者もあって、生きてゆくのに金の不自由があるわけではない。しかし、どうにも、気持ちの収まりの悪いところがあった。

自分の芸に納得できぬところがあるのだ。手の位置をどうするとか、どの動作の時に、どこへ視線を送ったらよいのかとか、間《ま》のとり方、前へ進む速度、退《さ》がり方——そういうものは、もう、間違えようがない。いついかなる時でも同じに舞うことができる。

しかし——

ただそれだけなら、たれでも稽古を重ねればできるようになる。

友閑はそう思っている。

身体《からだ》の動きだけのことであれば、今や自在である。常と同じ速度、同じ呼吸、同じ間でやれるから、逆に言えば、それに変化をつけることもできるのだ。緩急《かんきゅう》まで、その時の風の強さや暑さや寒さ、時に腹の減り具合で自在に変化させることもできるのである。

だが、それだけではない境地があるはずであろうと友閑は思っている。

問題は、心のありようではないかと友閑は考えている。

心の重さを、身体のどのあたりに置くか。

どのような心をもって、舞うか。

しかし、その理屈を考えたり思ったりしてしまうのではいけない。

上手に舞おうとか、逆に無心に舞おうとか、どのように舞おうとか考えてしまうのは、邪念である。不純物といっていい。そういったものから自由にならねばならないのだが、そう考えることと、思うことが、もう邪念である。

どうすればよいか。

理屈ではわからぬ。

とにかく舞う。

ひたすら舞う。

同じ舞を百番舞う。

その百番を、神仏に奉納する。

そのうちに、自《おの》ずと答えはあろう。

舞うのは、幸若舞の『敦盛』とした。

もともと、好きで得意な一番であった。

敦盛は、平清盛《きよもり》の甥《おい》で、平経盛《つねもり》の子である。一六歳という若さでありながら、笛の名手であった。この敦盛が、一《いち》ノ谷《たに》の戦いのおり、逃げる船に乗り遅れてしまうのである。愛用の漢竹《からたけ》の笛、小枝《さえだ》を持ち出すのを忘れ、これを取りに戻っている間に船が出てしまったのである。

馬で渚《なぎさ》を走り、敦盛は船を追うのだが、これを源氏方の武将熊谷直実《くまがいなおざね》に見つかってしまう。美しい甲冑《かっちゅう》を身につけた敦盛を見、これはさぞかし名のある武将であろうと思い、直実は、一騎討《う》ちを申し入れる。

はじめはこれにとりあわなかった敦盛であったが、ついに逃げられず、直実と戦うことになる。

直実、敦盛を組み伏せて、いざその首を取ろうとすると、これが若い。

名を訊ねて、ようやく直実は相手が一六歳の敦盛と知るのである。

首を取りかねている直実を見て、

「直実に二心《にしん》あり。直実もろとも討ち取らん」

と、源氏方から声があがるにおよんで、しかたなく直実は涙をこぼしながらその首を討つのである。

壇《だん》ノ浦《うら》の戦いに源氏が勝利して、平家は滅《ほろ》んだものの、直実は世の無常を感じ、出家して僧となってしまう。

この話がもととなって、幸若舞『敦盛』はできあがっている。

ちなみに、信長が飛び加藤に教えられて好んだのは、長い物語である『敦盛』中段後半の一節──

〽思へばこの世は常の住み家《か》にあらず
草葉に置く白露《しらつゆ》
水に宿る月よりなほあやし
金谷《きんこく》に花を詠《えい》じ
栄花《えいが》は先立つて無常の風に誘はるる
南楼《なんろう》の月を弄《もてあそ》ぶ輩《ともがら》も
月に先立つて有為《うい》の雲にかくれり
人間《にんげん》五十年
下天《げてん》のうちをくらぶれば
夢幻《ゆめまぼろし》の如《ごと》くなり
一度《ひとたび》生《しよう》を得て
滅《めつ》せぬもののあるべきか
これを菩提《ぼだい》の種と思ひ定めざらんは
口惜《くちお》しかりき次第《しだい》ぞ

このうちの、さらに一部である。

話をもどせば、友閑が奉納して舞おうとしたのは、もちろん『敦盛』の一部ではなく全段である。

本来であれば、舞い方《かた》もあり、鼓方《つづみかた》もあり、謡い方もある出しものである。

これを、友閑はただひとりで演《や》ることにした。

どこにするか。

それを、友閑は、安養院と決めた。

安養院には、常 行堂《じようぎようどう》があって、そこに本尊として阿弥陀如来《あみだによらい》が安置されていたからである。

もっと正確に言うのならば、そこの後ろ戸《うしろど》に摩多羅神《またらじん》が祀《まつ》られていたからである。

叡山《えいざん》の例で言えば、山中に僧が念仏《ねんぶつ》修行するための常行堂があり、その後方に、摩多羅神が祀られている。

摩多羅神——これは芸能の神であり、そして、河原者《かわらもの》や癩《らい》を患《わずら》った者たちが、床下から参拝する常ならぬ神であった。

この神に、『敦盛』百番を、百夜かけてただ一人《いちにん》で奉納する——これを、友閑は決めたのであった。

毎夜、精進《しようじん》、潔斎《けつさい》して舞う。

灯《あか》りひとつを点《とも》してゆき、舞う時にはそれを消す。

月夜の時も、闇夜の時もある。

激しく雨の降る晩も、大風の吹く夜も、そして、雷鳴 轟《らいめいとどろ》く夜も、これを休まなかった。

最初の一〇日は、気魂《きこん》ばかりが肉の裡《うち》から立ちあがってきた。気負いが抜けない。

次の一〇日は、気負いこそ抜けてきたものの、心の裡に、様々な想いが、渦を巻いた。このようなことをして何になるのかという思いも湧いた。

次の一〇日で、少しずつ、それが抜けていった。

抜けはしたが、想いそのものが消え去るということはなかった。

想いは、どれほど幽《かす》かになろうと、消えずに残っている。

消えたと思っても、亡霊のように、それがふいに現われて消える。

これが消えるのに、さらに三〇日——合わせて六〇日かかった。

それからの一〇日は、想わぬ一〇日であった。

想わぬが想う——自分で想おうと思わずとも、勝手に想いが湧いてくるのである。これは、仕方がない。勝手に頭が思ってしまうものだ。眼を開いているだけで、見ようと思わずとも、勝手に見えてしまうようなものだ。聴《き》こうと思わなくとも、勝手に耳の中に入ってくる、梢《こずえ》のさやぐ音や、瀬音《せおと》、鳥の声などのようなものだ。

想わぬが、想うというのは、そういうことだ。

次の一〇日で、その想いが風景のようになった。

自身の想いという風景の中で、自分が舞っている。

次の一〇日で、それも消えた。

最後の九日で、自身と風景とが、一体となった。もはや、自身と風景との区別がつかない。自身が舞っているという意識もなくなった。

自分はただ、風景と共に、そこにある。

寺の石畳や、杉、草、風、そういうものと自分はひとつものであった。

恍惚境《こうこつきょう》といっていい。

法悦《ほうえつ》というのは、まさしくこのようなものであるのかもしれない。

そして、百夜目——

昨夜まであった、風景との一体感が、消失していた。

自分がいる。

自分がいて、風景の中で舞っている。

そして、これが百夜目であると自身がわかっている。

どうしたのか。

どうしてこのようなことを思ってしまうのか。

百夜目だからだ。

百夜目と自分がわかっているからだ。

動揺した。

これでは、一夜目と同じではないか。

力がこもっている。

こんなことなら、たとえ九九九夜舞って、どのような境地にたどりつこうと、千夜目にこうなってしまうのではないか。

これまでの修行は何であったのか。

舞い終えて、友閑は、石畳の上に座り込んでしまった。

月光の中である。

顔が、毫《ほう》けたようになっていた。

口を半開きにし、眉《まゆ》を八の字にして、半分泣きべそをかいた子供のような顔になっている。

なんということか――

こういうことになるとわかっていたのなら、昨夜、舞い終えた瞬間に、死んでしまうのでもよかったのに……

その時――

く、
く、
く、
という、低い笑い声が、闇の中から降ってきた。

友閑は、へたり込んだまま、顔をあげた。

どこから聴こえてくるのか。

横手の、杉の木の上か。

あるいは、常行堂の屋根の上か。

あるいは、後ろ戸の神、摩多羅神が、人の滑稽《こっけい》さに笑《わろ》うている声か――

そう思った時、

「ここじゃ」

そういう声が聴こえた。

正面の暗がりの中に、ひとつの人影が立っていた。

ゆっくりと、その人影が、月光の中へ歩《あゆ》み出てきた。

漢《おとこ》である。

四〇代か、五〇代か、年齢の見当のつかない顔であった。

髪を、頭の後方で束《たば》ね、紐《ひも》で結んでいる。

百姓ではない。

武士でもない。

商人でもない。

いったいどういう身分で、どういう職業の者なのか、その見当がつかなかった。

「いや、おもしろいものを見せてもろうた」

漢は言った。

「あなたさまは？」

友閑は問うた。

「昨夜から、そこの常行堂の屋根裏を寝ぐらとしているもの、さ――」

「では……」

「摩多羅神よ」

「まさか、そんな……」

「はは。神ではないが、似たようなものさ。人の心を啖《くろ》うて生きておる身じゃからな」

「――」

「しかし、昨夜も見せてもろうたが、今夜の舞は、昨夜とはまた、別人のようじゃな」

漢に言われて、友閑はまた、泣きそうになった。

「昨夜の舞は、みごとであった。この世のものならぬもののように見えたぞ、友閑――」

「わたしの名を？」

「昨夜、見させてもろうた舞が格別であったのでな、調べた。松井友閑――清洲で幸若舞の太夫をやっているのであろう」

「はい」

「昨夜の舞は、神々《こうごう》しかったが、今夜の舞は惨憺《さんたん》たる有様《ありさま》じゃ……」

「はい……」

消え入りそうな声で、友閑はうなずいた。

「しかし、おれは、今夜の舞の方を、おもしろう見た。まさしく、人の世のもの、人の舞じゃ。下手がそのように舞うのはたまらぬが、天下の上手が、あのように舞うのがよい。人の世は、そのようなものじゃ――」

「人の世？」

「なかなか、悟《さと》れぬ。極《きわ》められぬ。悟ったと思うても、翌日はまた迷いの中。極めたと思うてもまた、高みはまだ先にある。その繰《く》り返しが人の世じゃ。それでよいではないか――」

かかかかか、
と、漢は笑った。

「気に入ったぞ、友閑」

「は？」

「おれに、その『敦盛』を教えてくれ」

「あなたさまに？」

「もう、二度見たのでな。一度でよい。今、ここで、おれの前で舞《も》うてくれぬか。おれは、それに合わせて舞う。それで、覚える。一度舞うたら、もう忘れぬ。頼む」

奇妙な漢であった。

つられて、友閑は立ちあがり、

「では」

『敦盛』を舞った。

その横に並んで、漢は友閑の動きに合わせ、それをなぞるようにして舞った。

それが終わって、

「覚えた」

漢は言った。

不思議な漢であった。

本当に、『敦盛』を覚えてしまったのであろう。

「見よ」

漢は、その場で『敦盛』を舞ってみせた。

本当であった。

漢は、自分で謡いながら、みごとに『敦盛』を舞った。これまで、友閑が見た、どのような
『敦盛』より美しく、妙な滑稽味もあった。

「礼をしておかねばな」

と、漢は言った。

「礼」

「おう」

漢はうなずき、

「おれの名は、飛び加藤という」

そう言った。

「今後、ぬしのところへ、飛び加藤に会わせてほしいと言うて来る者があろう」

「あるのですか」

「ある。おれが、そのように計《はか》るからな」

「言うてくるのはどのような方でござりまするか」

「わからぬ。わからぬが、必ずある。度々《たびたび》ではないかもしれぬが、何年かに一度ぐらいはあろう。その、会わせよと言ってくる者から、金をとればよい」

「金を?」

「好きなだけの額を言え。払《はろ》うてくれるはずじゃ。それで、おれを呼べばよい」

「どのようにすればよいのでござります」

「そうさなあ。鳶《とび》を一〇羽ほど捕らえて、足に赤き紐を巻いて、空へ放《はな》て。京の空がよかろう。さすれば、早ければ五日、遅くともひと月ほど後《のち》には、ぬしの前におれが姿を現わす。それでよかろう」

不思議な漢、飛び加藤は、そのように友閑に言ったというのである。

(六)

「で、来たか」

信長は、友閑に問うた。

友閑もまた、藤吉郎のように聡《さと》い。

——何がでござりましょう。

とは訊ねない。

飛び加藤に会わせよという依頼があったかどうか、それを問うているとわかっているからである。

「まいりました」

と友閑は頭を下げた。

この返事の間が絶妙である。

藤吉郎が、

「我が殿の好みはな……」

と、信長の人となりを教えたことはあったとしても、この間の上手《うま》さは、友閑自身がもとより持っているものだ。

舞をやるということは、どうやらそういう芸も自然に身につけてしまうものらしい。

「どのくらいで来た」

「京で、一〇羽の鳶の足に赤き紐を縛《しば》って飛ばしてから、ちょうど四日後に現われました」

「鳶はどのように調達したのか」

「わたしの知り合いに、猟をしている者がおりまして、その者に頼みました」

「その者はどうやった」

「鼠《ねずみ》の死骸《しがい》を道に転《ころ》がし、罠《わな》を仕掛けて、やって来た鳶を網で……」

「で、ぬしに、飛び加藤に会わせよと言うてきたは、どこのたれか?」

「わかりませぬ」

「わからぬ?」

「はい。しかし、依頼してきた男、駿府訛《なま》りがござりました」

「今川か」

「おそらく……」

「何を頼んだかはわからぬのか」

「はい。わたしは、依頼してきた者と飛び加藤を引き合わせただけで、後《あと》のことは何も知りませんーー」

「あい、わかった」

信長は、そこで、大きくうなずいたのであった。

（七）

永禄《えいろく》三年（一五六〇）五月一八日夜ーー
信長は、独《ひと》り、闇の中にいた。
清洲城の中《うち》である。
板の上に座し、静かな呼吸を繰り返している。
一刻《いっとき》ほど前に、家老衆も帰り、お小姓《こしょう》衆も皆退《さ》がっていた。
その後、

「たれが来ても入れるな」

帰蝶にそう言って、信長は闇の中にこもったのである。

灯火も消した。

眼を閉じても、眼を開いても、同じ濃さの闇の中に信長はいる。

どうするか。

闇の中で、信長はそういう思案をしているのではない。

では、何をしているのか。

それもはっきりしているわけではない。

強《し》いて言うなら、己《おの》れを見つめている——そういうのが近いかもしれない。

自分とは何者か。

織田信長とは何者なのか。

それを、見極めようとしているのである。

答えそのものは、すでにある。その答えと、自分がどのように向きあうか。

それを見極めさえすれば、己れという生命体が、ここでどのように生きるべきかそれが自然に見えてくるであろうと考えているのである。

この日の夕刻、佐久間盛重、織田秀敏《ひでとし》がやってきて、報告した。

「今川方は、すでに大高《おおだか》の城へ、兵糧《ひょうろう》の補給をすませております」

佐久間盛重は、青い顔で、そのように告げた。

「明日一九日朝の潮《しお》の満干《まんかん》を見て、我が方の砦《とりで》に攻撃をかけてくるは必定《ひつじょう》」

織田秀敏は、淡々《たんたん》として言った。

すでに、肚《はら》をくくっているように見えた。

「であるか」

信長は、報告を受けてうなずき、

「先陣は、竹千代か？」

そう問うた。

「は」

と、織田秀敏が頭を下げると、

「おもしろい。あの泣き虫が先陣か。それはめでたい――」

信長は、笑った。

かつて、織田方に、人質としてある時、竹千代こと後《のち》の徳川家康を、信長は自分の遊びにひきまわした。

相撲《すもう》を取らせたり、河童淵で潜《もぐ》らせたり――

その竹千代が、今川方の先陣であると耳にして、信長は心から喜んでいるらしい。

「そういう器《うつわ》じゃ、あやつは――」

そのように言った。

その時には、もう、家老衆もそこに集まっていて、評定《ひょうじょう》が始まったのである。

今川義元が、信秀亡き後、ずっと尾張、美濃をねらってあれこれ仕掛けてきていたのは、誰もが知っているところだ。

そして、この五月、ついに義元は、四万五〇〇〇の大軍を率《ひき》いて、動き出したのである。

義元が駿府を発《た》った時、四万五〇〇〇の兵との報告が信長にもたらされたが、

「それほど多くはあるまい。せいぜいが二万五〇〇〇程度であろう」

信長は、かなり真実に近い発言をしていたのだが、いずれにしても、大国駿河らしく、この時期にあっては大軍団と言っていい。

あまりにも、この遠征に人数を出しすぎると、背後の北条《ほうじょう》に隙《すき》をねらわれかねぬので、駿府にもそこそこの人数を残してきたのであろうと考えると、やはり凄《すご》い。

巨獣が、ゆっくりと、途中の小さな村や、砦を落としながら、動き出したといった感がある。

織田を滅ぼし、美濃を平定し、その後あわよくば、上洛《じょうらく》までもと、今川が考えているというのは、まず間違いないところであろう。

信秀のいない尾張は、空き家のようなものであり、今はいくらでも盗《と》り放題であると、義元は考えているのであろう。

信長など、義元にとって、その空き家に棲む蟋蟀《こおろぎ》や虫のような存在であった。

家ごと踏み潰《つぶ》してしまえ——

義元の感覚としては、そのようなものであったろう。

まだ尾張を掌握《しょうあく》しきっていない信長の前にあるのは、この時、死であった。

義元としては、信長が尾張を平定する前に踏み殺しておく——そういうつもりであった。

二万五〇〇〇の今川軍に対して、信長が用意できる兵は、せいぜい二〇〇〇、多くて三〇〇〇である。援軍を期待できぬ以上、この人数では、籠城《ろうじょう》しても勝つ目はない。

するだけ無駄といってもいい評定を、信長は、家臣たちにするだけさせた。

自らは、策を口にしなかった。

信長は、ただ黙って話を聴き、たれかの話が終わると、たまに、

「であるか」

そうつぶやいた。

明日、一九日には、もう、鷲津《わしづ》、丸根《まるね》の両砦は落とされてしまうであろう。

何かをするなら、その前だ。

つまり、明日の早朝に動くしかない。

答えはもう、信長の中に出ているのである。

評定とは名ばかりで、信長にとっては、それは、家臣たちに策のないことを確認させるための儀式のようなものであった。

そして、評定を終えた信長は、闇にこもったのである。

そこで、もうとっくにある結論を闇の中で睨《にら》んでいるのである。

やる。

やらねばならない。

それしかない。

だからそれをやるだけのことだ。

やるためには——

狂えばいい。

それが、信長の自明の結論であった。

ひたむきに、颪のように疾《はし》り、疾って義元の腹に潜り込むのだ。

しかし、いったい、それで何人がついてくるか。

それも考えない。

これまでの二七年の生涯を、明日一日で燃焼する。
燃やし尽くす。
それでよい。
それが美しかろう。
結果は、考えない。
狂おう。
美しく。
信長は、闇の中で、かっと眼を開いた。
立ちあがって、懐《ふところ》から扇を取り出した。
謡った。
謡いながら、舞った。

〽人間《にんげん》五十年
下天《げてん》のうちをくらぶれば
夢幻《ゆめまぼろし》の如《ごと》くなり

〽一度《ひとたび》生《しょう》を得て
滅《めっ》せぬもののあるべきか

舞い終えて動きを止めた時——

「いや、よきかなよきかな」

闇のいずれからか、そういう声がした。

「美しき舞であったぞ、信長よ」

聴き覚えのある声であった。

「飛び加藤か」

信長は言った。

「そうじゃ」

その声——飛び加藤が答える。

「何しに来た」

「何を言う。ぬしが呼んだからではないか——」

「そうだったな」

八日ほど前——

信長は友閑に命じて、足に赤い紐を巻いた一〇羽の鳶を飛ばさせた。

場所は京だ。

「本当に来たのだな」

「約束したからな」

「来たのはいつじゃ」

「昨日じゃ」

「今まで何をしていたのだ」

「見物じゃ」

「見物？」

「ぬしをさ――」

「なに」

「かような時、ぬしがどのようにふるまうのか、それを眺めていたのさ」

「ふん」

と、信長は鼻であしらい、

「どこから入った？」

そう問うた。

「どこからでも」

声は、天井から聴こえてくるようでもあり、床下から聴こえてくるようでもあり、すぐ鼻先から聴こえてくるようでもあった。

「妖物《ようぶつ》じゃな」

信長は言った。

「おれは人の心を啖うものだからな」

「そういう面《つら》じゃ」

信長は、あの時の飛び加藤の顔を思い出しながら言った。

「さて、信長よ、用件を言え。何ぞしてほしいことがあるのではないか――」

「いや、ない」

「ない⁉」

「あると言えばある」

信長にしては珍しく、遠まわしな言い方をする。

「おまえを試したのじゃ。本当に来るのかどうか——」

「来たではないか」

「ああ、来たな」

「で……」

「さっき、おまえのしていたという見物をしてゆけ——」

「何の見物じゃ」

「この信長がすることをだ」

「ふうん……」

「どうした?」

「やはり、妙な男だな。おぬし——」

「何がじゃ——」

「このおれを呼び出しておきながら、頼みごとがないという」

「ない」

「ぬしが望めば、義元の首、ここまで持ってくることもできるのだがな——」

「言うわ、妖物め」

「ふふん」

「仮にだ、義元の首を、おれ以外の、どこのたれともわからぬ者が取ってきたとしたら何とする」

「何とするだと？」

「ああ、たれかが義元の首を、人知れず取ってきたからといって、それでは、病死と同じではないか。この信長の手柄にならぬ」

最初にこの漢と会った時と同様のことを、信長は口にした。

「ほう」

「たとえ、ここで、たれかが義元を殺しても、それではこの信長、何も変わらぬではないか
——」

「うむ」

「おまえが来た。それで決まった」

「何がじゃ」

「おまえ、おれに惚《ほ》れたであろう」

思わぬことを信長は言った。

「それがおれの答えじゃ」

「答え？」

「飛び加藤という妖物が、おれに興味を持ってやってきた。つまりおれは、そういう器であるということじゃ。それが、おれの答えさ」

信長の理屈である。

「で？」

「だから、見物してゆけと言うているのさ」

「言われなくともするつもりじゃ」

「呼んだのじゃ。見物料は出そう――」

「いらぬ。そのかわりぬしの死ぬのを見させてもらおう」

飛び加藤、どうも、信長のことを、おもしろがっているらしい。

「おれの生涯で賭《か》けはこれ一度きりじゃ――」

信長は言った。

（八）

信長は、立ったまま、湯漬《ゆづ》けを食った。

その間に、家来たちが、信長の身に具足《ぐそく》を付けてゆく。

鎧《よろい》、兜《かぶと》、臑当《すねあて》――それらの具足、小具足が、次々に信長の身体に装着されてゆく。

湯漬けを食い終えた時には、ほとんどのものを、信長は身に付けていた。

信長は、持っていた碗《わん》を、庭の石に叩《たた》きつけるようにして割り、

「法螺貝《ほらがい》吹け。剣をよこせ」

大音声《だいおんじよう》をあげた。

剣を腰に付け、くわっ、と眼を見開いて、

「狂え」

叫んだ。

叫んだ時には、もう走り出していた。

馬に乗り、門から外へ鬼神《きじん》のように疾り出している。

これにわずかに遅れて、お小姓衆の岩室長門守《いわむろながとのかみ》、長谷川橋介《はせがわきようすけ》、佐脇良之《さわきよしゆき》、山口飛騨守《やまぐちひだのかみ》、賀藤《かとう》弥三郎《やさぶろう》の五騎が続いた。

これを、雑兵《ぞうひよう》たちがわらわらと追った。

熱田までの三里を駆けに駆けて、到着した時には、雑兵の数が二〇〇になっていた。

そうして、世に言うところの桶狭間《おけはざま》の戦いが始まったのであった。

六ノ巻　天下布武《ふぶ》

（一）

信長が〝天下布武《ふぶ》〟の印判《いんばん》を使いはじめたのは、永禄一〇年（一五六七）からである。

この年に、信長は、稲葉山城を攻略して、美濃を平定している。このおり、当時井《い》の口《くち》と呼ばれていたその地域の名を、岐阜《ぎふ》とあらためた。

そのときに、その地名を考え、これを進言したのが、沢彦宗恩《たくげんそうおん》という禅宗《ぜんしゅう》の僧であった。

沢彦と織田家のつき合いは古い。信長の父信秀とすでに親交があり、信秀に頼まれて、信長という名を考えたのも、この沢彦であった。

美濃を平定した時、信長は沢彦に新しい地名を考えさせた。

そのとき、沢彦が持ってきた地名が、

「岐山《きざん》」

「岐陽《きよう》」

「岐阜」

の三つであった。

説明をしておきたい。

まず「岐山」であるが、これは、中国の故事に、

〝周《しゅう》の文王《ぶんおう》、岐山より起こり、天下を定む〟

というのがあって、ここからきたものと思われる。

そもそも、「岐」という文字は、枝状に分かれた細い道の意であり、「陽」は川の北側を意味することから、木曾《きそ》川、長良《ながら》川、揖斐《いび》川、木曾三川《さんせん》の上流部——つまり北側にこの地があることからきたものと考えられる。

「阜」は、低い丘陵を意味する文字であり、まさに、美濃の井の口というのはそういう場所であった。

これらの意を含んで、信長が岐阜という地名を選んだのである。そう考えると、天下布武という言葉を、この時期から使いはじめたこととつながっている。

ちなみに、〝天下布武〟という言葉を進言したのも、この沢彦であったらしい。

天下布武——

〝武力による天下の統一〟という意として解釈されているが、しかし、これはその言葉が本来意味するところとは少し違っている。

そもそものことで言えば、〝天下布武〟という言葉を使用したのは、信長が最初であり、信長以前にはその例がない。「天下」にしろ「布武」にしろ、ふたつの単語にしてしまえば、もちろん信長以前から存在していた言葉であるが、それをひとつにして〝天下布武〟としたのは、中国大陸を含めて、信長が史上最初の人間である。

しかし、似たものということであれば、古代中国にその例がある。

『礼記《らいき》』という書の中に、

〝堂上接武、堂下布武〟

と記《しる》されている。

どういう意味か。

「堂上」の「堂」は、皇帝のおわす所であり、たとえば幕などでしきられた空間――つまり聖なる場所と考えていい。

「接《せつ》」というのはもちろん、何かと何かが触《ふ》れ合うことだ。

「布」は、布《し》くと読めば、何かを遍《あまね》く広くゆきわたらせることである。もうひとつの意は文字どおりの布《ぬの》である。

「武」は、一番先に思い浮かべるのは、武力の「武」であろう。しかし、『礼記』のこの使用例においては、「武」は「歩《ふ》」である。つまり「歩く」という意になる。

『礼記』というのは、もともと礼儀について書かれた『礼経《らいきよう》』の注釈書である。

つまり、『礼記』の意では、

〝堂上接武、堂下布武〟

というのは、

〝堂の上では接武（すり足）で歩きなさい、堂の下（つまり堂以外の場所）では布の幅で歩きなさい〟

というほどの意味になる。

武力でもって、天下を支配するという意は、そこには微塵《みじん》もない。

しかし、「岐阜」の「岐」の語源を考えた時、文王の例でもわかるように、明らかに、信長は、その文字の中に天下の平定という意志の存在を匂わせている。それを思えば、信長が〝天下布武〟という言葉を使用しはじめた時、それに〝天下を平定する〟という意を重ね合わせなかったというのは、信じがたい。

『礼記』の記述のことは、当然沢彦は知っていたに違いない。それを、信長は、隠《かく》れ蓑《みの》として使いはしたろうが、心の裡《うち》のことで言えば、〝天下布武〟は、むろん、〝武をもって天下を平定する〟の意として考えていたことであろう。

であったとして、では、この〝天下布武〟が、信長の心に芽生《めば》えたのは、いったいいつのことであったろうか。

それは、七年前の永禄三年（一五六〇）、信長が、桶狭間において、今川義元を討《う》った時ではないか。

その頃の日本においては、クニといえば、尾張や、美濃や、三河、駿河のことであり、それら全てを手に入れて、日本国として統一したいという発想は、ほとんどの戦国大名が、具体的なものとしては持っていなかった。

クニとクニとの戦《いくさ》というのは、自国を隣国《りんごく》から防衛するためであり、同じクニの中で争って、小さな単位のクニを統一することであった。せいぜいが、隣国を自分の領土にして、もっと大きなクニの支配者となりたいといった程度のものであり、おそらく、全国統一ということを最初に発想した戦国大名は、信長であろう。

秀吉も、家康も、その信長の発想したものに、あとから乗った者である。

（二）

翌、永禄一一年（一五六八）、春――

信長は岐阜にいる。

庭の桜が、眩《まぶ》しいほどに咲いて、まるで果実のようだ。

たわわに実った花の重みに耐えかねたように、桜の枝が下がっている。

信長は、濡《ぬ》れ縁《えん》に胡座《こざ》して、その桜を眺《なが》めている。

花の上は、青い空だ。

その空を、白い雲が東へ流れてゆく。

庭の土の上に座しているのは、木下藤吉郎と、松井友閑である。

別に、酒を飲んでいるわけではないのだが、信長の頰《ほお》は、何かに酔ったように、ほんのり赤く染まっている。

信長の視線は、花から青い天へ動き、雲を見あげた。

「あの時、おれは変わった……」

信長はつぶやいた。

あの時――というのは、八年前の桶狭間のことであると、藤吉郎にも友閑にもわかっている。

しばらく前まで、桶狭間で死んだ者たちの話をしていたからだ。

だから、ふたりとも、いつでござりますかとは、問わない。

ただ、静かに信長の言葉に耳を傾けている。

信長は、桜にその視線を移したまま無言であった。

そのまましばらく黙って、再び信長は口を開いた。

「急にな、世界が広くなったのだ。尾張だとか、美濃だとか、駿河だとかいうクニを越えた世界が見えるようになったのだ」

「はい」

と、藤吉郎と友閑が短くうなずいただけであったのは、まだ口を挟《はさ》まずに、信長に話を続けさせたほうがよかろうと、共に判断したからである。

「おれは、あの雲のようじゃ……」

信長はつぶやいた。

「果てのない道に踏み出してしまった――そういうことでござりましょうか」

これは友閑が言った。

「そうじゃ」

よくわかったな、とは信長は言わない。

これは、友閑が、信長の心をよく読んだというところだ。

しかし、あまり賢《さか》しく、信長の心をわかった風になってしまってもいけない。このあたりがぎりぎりのところだ。その辺の呼吸は、友閑もよくわかっている。

すでに、天の雲から、友閑と藤吉郎に、信長の視線はもどっている。

「南蛮《なんばん》まで続く道にござります」

これは藤吉郎が言った。

信長がこの頃言い出した〝天下布武〟を踏まえての言葉であった。

〝天下を布くに武をもってす〟

このように、藤吉郎は〝天下布武〟について理解している。

信長は、この日《ひ》の本《もと》の諸国を平定する気でいる。そして、平定したその先は、朝鮮《ちようせん》、唐《から》、天《てん》竺《じく》、そして南蛮であろうと藤吉郎は思っている。

普通の者が、ここまで聡《さと》く、信長の考えているところのものを口にしたら、たちまち信長の怒りが爆発するところだ。

ちなみに、これが友閑であっても、信長は不機嫌になったかもしれない。

しかし、藤吉郎に限っては、ここまでは、許容の範囲である。

友閑も、藤吉郎も、それぞれに自分の分《ぶん》を心得《こころえ》て言葉を選んでいる。

仮に、幸若舞や書画のことになれば、友閑と藤吉郎の立ち位置は逆になる。藤吉郎は、むろんそれは承知しているので、そういう話の時は、敢《あ》えて立ち入らない。しかし、そのわざと立ち入らないという素振《そぶ》りが見えてしまってもいけない。このあたりが、信長という人間の難しいところである。

「この大地が丸いという話を耳にしたことがあるか――」

いきなり、信長が問うてきた。

「ござります」

藤吉郎と友閑は、頭を下げた。

「南蛮人が、そう言うておるそうじゃ」

信長の言葉に、

「伴天連《バテレン》の宣教師でござりますね」

友閑が言う。

「そうじゃ、藤吉郎よ、ぬしはこれを信じられるか」

「耳にしはしましたが、信じられませぬな」

藤吉郎は眼を丸くして顔をあげ、

「もしも、この世界が、瓜《うり》や蜜柑《みかん》のように丸きものであったのなら、上の者はよいとしても、下の者は、落ちてしまうのではありませぬか。そうであれば、海の水などは、同じく流れ落ちて干《ひ》あがってしまうのではござりませぬか——」

そう言った。

「おれもそう思う」

信長はうなずく。

「しかし、南蛮人がそう言うのなら、彼奴《きやつ》らなりの理屈があるはずじゃ。その理屈を、おれは訊《き》いてみたいのじゃ——」

信長の眸《め》は、鋭く光っている。

（三）

信長が、キリスト教の司祭《パードレ》——つまり伴天連と会うのは、翌永禄一二年（一五六九）三月である。

その相手は、イエズス会の会士ルイス・フロイスという司祭で、一五三二年（天文元年）、ポルトガルのリスボンに生まれた人物である。

信長と対面した時、三六歳であった。

信長は、この時、数えで三六歳であった。

このルイス・フロイスが信長について、その人物を次のように書き記している。

以下、ルイス・フロイスの著《あら》わした『日本史』から引用しておく。

　彼は善き理性と明晰《めいせき》な判断力を有し、神《カミ》および仏《ホトケ》のいっさいの礼拝、尊崇《そんすう》、ならびにあらゆる異教的占卜《せんぼく》や迷信的慣習の軽蔑《けいべつ》者であった。形だけは当初法華《ほっけ》宗に属しているような態度を示したが、顕位《けんい》に就《つ》いて後は尊大にすべての偶像を見下げ、若干の点、禅宗の見解に従い、霊魂の不滅、来世の賞罰などはないと見なした。彼は自邸においてきわめて清潔であり、自己のあらゆることをすこぶる丹念に仕上げ、対談の際、遷延《せんえん》することや、だらだらした前置きを嫌い、ごく卑賤《ひせん》の家来とも親しく話をした。彼が格別愛好したのは著名な茶《チャ》の湯《ユ》の器、良馬、刀剣、鷹狩りであり、目前で身分の高い者も低い者も裸体で相撲《ルタール》をとらせることをはなはだ好んだ。何ぴとも武器を携《たずさ》えて彼の前に罷《まか》り出ることを許さなかった。彼は少《すこ》しく憂鬱《ゆううつ》な面影《おもかげ》を有し、困難な企《くわだ》てに着手するに当ってははなはだ大胆不敵で、万事において人々は彼の言葉に服従した。

　彼の父が尾張で瀕死になった時、彼は父の生命《いのち》について祈禱《きとう》することを仏僧らに願い、父が病気から回復するかどうか訊《たず》ねた。彼らは彼が回復するであろうと保証した。しかるに彼は数日後に世を去った。そこで信長は仏僧らをある寺院に監禁し、外から戸を締め、貴僧らは父の健康について虚偽を申し立てたから、今や自《みずか》らの生命につきさらに念を入れて偶像に祈るがよい、と言い、そして彼らを外から包囲した後、彼らのうち数人を射殺《いころ》せしめた。

『完訳フロイス日本史2』中公文庫
松田毅一・川崎桃太訳（ルビは追加）

今日《こんにち》、我々が知るところの信長像の多くがここにある。

興味深いのは、

「彼は善き理性と明晰な判断力を有し、神《カミ》および仏《ホトケ》のいっさいの礼拝、尊崇、ならびにあらゆる異教的占卜や迷信的慣習の軽蔑者であった。形だけは当初法華宗に属しているような態度を示したが、顕位に就いて後は尊大にすべての偶像を見下げ、若干の点、禅宗の見解に従い、霊魂の不滅、来世の賞罰などはないと見なした」

というくだりであろう。

一切《いっさい》の宗教、霊魂の不滅などを信長は信じていなかったと、言いきっている。

問題は、ここに出てくる〝異教的占卜《せんぼく》〟の〝異教〟が、はたしてキリスト教をも含んでいたかどうかであるが、含んでいたと考えるべきであろう。

凄《すさ》まじいのは、父信秀の死後、信秀の病平復《やまいへいふく》を祈っていた僧たちを、寺院に閉じ込め、彼らを射殺してしまったというところである。

よほど、父信秀を愛していたのであろう。

この激しさ、特に嘘《うそ》についての怒りは尋常《じんじょう》ではない。

信長が、神仏を信じなくなったこと——その合理主義的な考え方の底には、もともとそういう性《たち》であったことに加えて、この時の僧たちに対する不信感があったことは間違いないであろう。

しかし、僧たちもいい迷惑であったろう。

「どうじゃ、親父《おやじ》は助かるか？」

と信長に問われれば、

「助かります」

と、僧たちも答えるほかはなかろう。

葬儀のおり、信長が摑《つか》んで投げた抹香《まっこう》は、愛する者の死に対する怒りに加え、この世の理不尽《りふじん》なもの全てに向かって、信長が叩《たた》きつけた挑戦状のようなものでもあったろう。

（四）

永禄一二年三月一三日――

信長は京にいた。

すでに、前年の九月、信長は足利義昭《よしあき》と上洛《じょうらく》している。

話を少しもどしておくと、義昭の兄義輝が、三好《みよし》三人衆と松永弾正久秀《まつながだんじょうひさひで》によって襲撃され、殺されたのは、四年前の永禄八年のことである。

義輝は、永禄三年に伴天連のガスパル・ビレラに京在住の許可を与えた人物である。この、キリシタンに理解のあった義輝の死は、日本でキリスト教を布教《ふきょう》しようとしていたフロイスらにとって、大きな痛手となった。

義輝の死の直後、熱心な法華宗徒であった竹内三位季治《たけのうちさんみすえはる》、秀勝《ひでかつ》の兄弟は、伴天連の殺害を、時の天皇に強く進言した。

松永久秀と、三好左京太夫義継《さきょうだゆうよしつぐ》は、季治、秀勝の進言を受けて、伴天連たちの殺害を図《はか》ったのだが、正親町《おおぎまち》天皇が同意したのは、伴天連の追放だけであった。

ビレラとフロイスは、その追放の兵がやってくる前に、キリシタンの庄《しょう》林《ばやし》コスメや、小西《こにし》ジョウチン隆佐《りゅうさ》らに護衛されて京を出ている。

その落ちのびた先が、堺《さかい》であった。

この堺にあって、フロイスらの一行は、ずっと上洛の機会をうかがっていたのである。

三年、状況に進展はなかったが、前年の九月に信長が上洛した途端《とたん》に状況は一変した。

この正月六日に、三好三人衆が、六条本圀寺《ろくじょうほんこくじ》に将軍義昭を襲ったのである。これに、堺の町衆が協力していたことを知った信長が怒って堺に二万貫文《かんもん》の矢銭《やせん》をかけたのだ。

堺がこれを拒否したため、信長が堺を攻めようとしたのである。

この時、フロイスたちは、本拠を尼崎《あまがさき》から高山《たかやま》ダリオ飛驒守の居城高山《たかやま》に移して難を逃れようとした。

幸いにも、堺が、信長に二万貫文を差し出すことになって事は落着し、これでようやくフロイスたちが信長と会うための下地ができたのであった。

フロイスたちの京復帰が叶《かな》うようその便宜《べんぎ》を図ったのは、和田惟政《わだこれまさ》である。

和田惟政が奔走《ほんそう》して、信長から伴天連の京復帰の許可がおりたのだ。

フロイスたちが、京へ着いたのが、三月一一日、信長との謁見《えっけん》が叶ったのが、二日後の一三日であった。

フロイスは、日本人キリシタン数名と共に惟政の案内で信長の邸《やしき》を訪ねた。

しかし、この時、信長はわざとフロイスたちと会わなかった。

信長は邸の奥に入っていて、音楽を聞いていた。彼は、司祭を近く接見してゆっくり彼と語りたかったのであろうが、初回にはあることを考慮してそうしようとしなかった。

と『日本史』にある。

何故《なぜ》、信長は、フロイスたちに会わなかったのか。

当然ながら、信長はフロイスたちがやってくるのをわかっている。

おそらく、好奇心と新しい知識を得ることにとっては、戦国大名のたれよりも貪欲《どんよく》であった信長は、すぐにもフロイスたちと会いたかったことであろう。

後に、フロイスと会った信長は、

「本当はぬしらに会いたかったのだ」

と、その時の心境を吐露《とろ》したことであろう。

だからこそ、

〝司祭を近く接見し彼と語りたかったのであろうが〟

とフロイスは記しているのである。

音楽を聞いていたというのはおもてむきのことで、この時、信長は、惟政と佐久間信盛にフロイスたちを接待させながら、彼らの様子を観察していた。彼らの飯の食い方から、手の動かし方、眼の配り方まで、信長はあくことなく彼らを見つめていたに違いない。

後に、信長は、この時フロイスたちに会わなかった理由について、

「予が伴天連を親しく引見しなかったのは、他のいかなる理由からでもなく、実は予は、この教えを説《と》くために幾千里《いくせんり》もの遠国《おんごく》からはるばる日本に来た異国人をどのようにして迎えてよいか判

らなかったからであり、予が単独で伴天連と語らったならば、世人《せじん》は、予自身もキリシタンになることを希望していると考えるかもしれぬと案じたからである」

と、語っている。

もっともなことだ。

この時、フロイスたちは、四つの品物を土産品《みやげ》として持参してきている。

黒いビロードの帽子。

大きな鏡。

孔雀《くじやく》の羽根。

ベンガル産の籐杖《とうづえ》。

このうち、信長は、ビロードの帽子を受けとり、残った三つの品を返している。

(五)

庭の桜が、風が吹くたびに散ってゆく。

陽光の中で、桜の花びらがきらきらと舞っている。

信長は、その桜の下に立っている。

信長は、頭に、鍔《つば》の広いビロードの帽子を被《かぶ》っている。

しばらく前――

フロイスが土産品として持ってきた品である。

そのビロードの黒い生地《きじ》の上に、点々と花びらが載っている。

こういった異国の品を身につけるのを、信長は好んでいた。また、不思議《ふしぎ》とそういった異国のものが、信長という人間の風貌《ふうぼう》によく似合う。

立っている信長のその足元に、どういうことか、鞠《まり》がひとつ、転《ころ》がっている。

信長の前で、桜の花びらの散った土の上に、ふたりの男が片膝《かたひざ》をついて、その信長を見あげている。

木下藤吉郎秀吉と、松井友閑である。

この頃、すでに猿《さる》は秀吉の名を信長からもらっている。秀はもちろん、信長の父である信秀からとったものだ。墨俣一夜城《すのまたいちや》を建てるおり、功績のあった藤吉郎に、

「猿、望みあらば申せ」

信長が言ったのである。

この時——

「名前を頂戴《ちょうだい》させていただきたく——」

藤吉郎がそう言ったのである。

「どのような名が望みか」

「言うてよろしいのでございますか」

藤吉郎にしては、珍しく、そのような言い方をした。

信長の好みを考えると、ここは、問われてすぐに、望みを口にするほうがいい。しかし、藤吉郎は、それを承知であえて、信長に問うたのである。

ここで、信長の眼の色の中に、小さくいらっとした光が宿った。

「むろんじゃ。よいからこそ問うているのである」

はは——

と、あわてて藤吉郎は這《は》いつくばり、

「信長さまのお父上、大殿の御名前の一文字を、頂戴させていただけませぬでしょうか——」

このように言った。

む——

この時、信長は、一瞬、息を止めて藤吉郎を睨《にら》んだ。

信長の父の名は信秀である。

これはもう、信か秀のどちらかということになる。

しかし、すでに信長、

〝よい〟

と口にしてしまっている。

「秀の一文字をとって、秀吉とせよ」

信長は言った。

このことがあってから、藤吉郎は、秀吉を名のることとなったのである。

しかし、信長が藤吉郎を呼ぶ時は、藤吉郎でも秀吉でもない。

ただ、〝猿〟である。

その秀吉と友閑は、この日、いきなり信長から呼ばれ、ここへやってきたところであった。

昨年——つまり、永禄一一年九月、近江《おうみ》箕作《みつくり》城攻略戦において働きのあった秀吉は、今度《こたび》の信長の上洛のおり、明智《あけち》光秀《みつひで》、丹羽長秀たちと共に、京に入ったのである。

ふたりが呼ばれてやってきたら、桜の下に信長が立っていたのである。

それで、

「秀吉にございます」

「友閑にございます」

ふたりはそう告げて、地に片膝をつき、信長の言葉を待っているところであった。

しかし、信長、黙って桜を見あげているだけで、なかなか言葉を発しない。

信長は、桜の梢越《こずえ》しに、青い空を見あげている。

と――

「この大地だがな、伴天連の話では、丸いそうじゃ……」

誰にともなく、独《ひと》り言《ごと》のように、ぽつりと信長は言った。

信長は、天から足元に視線を落とし、鞠を両手で拾いあげた。

鹿の滑革《ぬめかわ》で作られた鞠だ。

金糸《きんし》、銀糸《ぎんし》の縫《ぬ》いとりが、信長の手の中で光っている。

「この鞠のような球《たま》であるというのだが……」

信長は、それを軽く陽光の中へ浮かせ、また、手で受けた。

「彼奴らが話しているのをな、物陰から聴《き》いたのじゃ」

信長は、鞠から秀吉と友閑へ視線を移した。

「人も、馬も、その全てはこの球の表面に在《あ》るものだというのさ――」

信長は言った。

「まことでござりますか――」

秀吉のこの言葉は、実はあやうい。

信長の口にしたことについて、それは本当かと問うていることになるからである。信長が、嘘をついているのかと疑ったことになりかねない。

むろん、秀吉にはそのつもりはない。

秀吉が問うたのは、もちろん、この大地が球形をしているということについてであり、信長が、宣教師たちがそう話しているのを耳にしたという事実についてではない。

信長も、そのくらいはあたりまえに理解できる。しかし、虫の居所《いどころ》によっては、それをとがめられるかもしれない。

そのあやうい橋を、秀吉は承知で渡ったのである。

この大地が丸いという——

まさか、とそう思った自分の心を、そのまま素直に、ここは表わすべきところであろうと判断したからである。

だから、秀吉が眼を剝《む》いて驚いてみせたのは、わざとではない。心のままを、顔に出してみせただけだ。

「彼奴らはそう言うておった」

「しかし、上さま。すると、その球の上におる者はよいとして、下におる者は、皆、落ちてしまうのではござりませぬか。人だけではなく、牛も、馬も、家も、川の水も……」

「どこへ落ちるというのじゃ、猿」

「ですから、地へ——」

と言いかけて、

「はて、どこでござりましょう」

秀吉は、頭をひねってみせた。

「いや、それはもう、この猿めの理解のおよばぬところでござります……」

秀吉が、頭を下げた。

「友閑、おまえはどうじゃ」

信長が問う。

「思いまするに――」

と、それまで黙《もく》していた友閑であったが、自分の考えをまとめながら――という風情《ふぜい》で、

「それは、この大地がものを引くからではござりませぬでしょうか」

まず、結論から口にした。

その方が、信長の好みであろうと、友閑もわかっているからだ。

友閑が口にしたのは、もちろん、秀吉の言葉を受けてのことである。

「引く?」

「その鞠でござりまするが、蹴《け》りあげれば落ちてまいります――」

「うむ」

「鞠だけではござりませぬ。石をつまみあげて指を離せば、石は地に落ち、枝になる木の実も、葉も、枝を離れれば皆地に落ちてまいります。これは、地が、ものを自らの方へ引いているからではござりませぬでしょうか――」

「うむ」

「さすれば、鞠を大地と考えれば鞠の下側にいる者も、鞠の方へ――つまり、大地の方へ引かれ

ていることになり、鞠の表面に在るものは、いずれもその中心に向かって引かれ、その表面にとどまっているのではございませぬか——」

「おれも、そう思う」

合理主義者信長は、友閑に向かってうなずいてみせた。

「しかし、それは理屈じゃ」

信長は、また、手の上の鞠に視線を向けている。

「実際のところはわからぬ」

「はい」

「もしも、この大地がこの鞠であるというなら、この京も、日本国も、朝鮮も、唐、天竺、南蛮も皆この表面にあるということになる。この鞠という大地、とてつもなく広いということになる」

「はい」

友閑は、その想像を心の中でしたのか、その途方《とほう》もなさに、小さく身震《みぶる》いをした。

「殿！」

と、ここで秀吉は、はたと立てた膝を打って、立ちあがっていた。

「どうした」

「この大地が鞠であるかどうか、知る方法がございます」

秀吉の眼が、嬉々《きき》として光っている。

「申せ」

「まず、信長さまには、この天下を、日本国を余すところなく平らげていただきます」

「ほう⁉」

「次には海を渡って、朝鮮を平らげ、次には唐土《もろこし》、南蛮、天竺——こうして、西へ西へと諸国を平らげながら進んでまいります」

秀吉は、信長に近づき、右手の人差し指を鞠にあて、その表面を指先でなぞってゆく。

「このようにして、進んでゆけば、鞠を一周し、また、この日本国へもどってくるのではありませぬか。さすれば、この大地が球であることを証明したことになりまする」

言い終えた秀吉の顔を、信長の右の拳《こぶし》が激しく叩いた。

秀吉は、のけぞるように地に転がった。

鞠が落ちて、転々ところがってゆく。

「お許しを——」

秀吉は、地に這いつくばり、額《ひたい》を地面にこすりつけていた。

頰《ほお》を打たれ、地に転がった時には、この猿に似た小さな漢《おとこ》は、自分が何故《なにゆえ》信長に叩かれたかを正確に理解していた。

やりすぎた。

そう思った。

有頂天《うちょうてん》になり過ぎた。

日本国、朝鮮、唐、天竺と天下を平らげて、鞠であるこの大地を一周して、もどってくる——自ら脳内に描いたその考えに、自分で興奮してしまったのだ。

〝信長さま〟とは口にしたものの、その壮大なる遠征を、秀吉は自分が自らやっている姿を想像していたのである。

その考えと、思いに、酔った。

おそらく、自分は、眼をらんらんとかがやかせていたに違いない。

迂闊《うかつ》であった。

それを、見られてしまった。

信長に。

心のうちを、信長に見抜かれてしまった。

「小賢《こざか》しや」

信長の足が、秀吉の後頭部を踏みつけてきた。

秀吉の額が、地面に強くこすりつけられた。

信長の足が、ねじられる。

足がのけられた。

「顔をあげよ」

信長が言った。

「は」

秀吉が、顔をあげる。

額に砂と土がつき、そこに血が滲《にじ》んでいる。

「猿、何を謝ったのじゃ。今、何をおれに謝った」

信長が問う。

ここが正念場《しょうねんば》だと、秀吉は思った。

嘘でのがれることはできないと思った。

嘘を、信長は見抜くであろう。

正直に言わねばならない。

問題はその言い方だ。

「浮かれておりました」

秀吉は、額を地にこすりつけ、顔をあげた。

「信長さまに、お話し申しあげておりまするうちに、すっかりこの猿めが唐、天竺まで攻め込んで、彼《か》の地を平らげている気分になっておりました。天竺の女を傍《そば》にはべらせて、酒を盃《さかずき》に注《つ》がせ、好きな泥鰌《どじよう》を腹いっぱいに喰《く》うている自分を想像しておりました。それを、信長さまに見抜かれました」

あげた秀吉の顔が、泣きそうになっている。

なんとも情けない顔である。

「泥鰌か」

信長は、にいっと笑った。

「おもしろし」

信長は言った。

「猿よ、おまえはおもしろい」

「はは」

秀吉は、また額を地にこすりつける。

「この鞠の表面のことごとく、この信長の足下《そつか》に踏んでやろうではないか」

そう言って、信長は、声をあげて陽光の中へ、明るい笑い声を放った。

その笑い声が、桜の花びらと一緒に、陽光の中で光った。

七ノ巻　宗論《しゅうろん》

（一）

日本にキリスト教が入ってきた時、当然のことながら、仏教との対立を生んでいる。

しかしながら、この仏教、日本に生まれた宗教ではない。

仏教は、天竺《インド》に生まれ、中国を経《へ》て六世紀に日本へ入ってきた宗教で、この時、それまで神道《しんとう》を信仰していた勢力との対立を生んでいる。

しかしながら、ではそもそもの日本の宗教とは何かと言うと、それは神道ではない。それは、神道というもののベースとなった思想であり、縄文《じょうもん》の頃から存在した、全てのものには霊、あるいは神が宿るという考え方である。であるが故《ゆえ》に、これが後《のち》に神道を生むことになり、仏という新しい神を受け入れる精神的土壌《どじょう》にもなっているのである。

あえて、これを多神教と呼んでもいいのだが、それはギリシャ神話やインドのヒンドゥー教をその名で呼ぶ時の多神教とは少し違っている。多神教と呼んでもよいのは神道の神々、つまり『記紀《きき》』の神話からであり、それ以前の日本人の精神を貫《つらぬ》いている〝神〟の概念と多神教とは別ものである。

ここは、それを論ずる場ではないため、これ以上の言及は避けるとしても、信長の時代、キリスト教と仏教との間に、何度かの宗教論争があったことは書いておきたい。

ちなみに、今日《こんにち》我々が使用している意味での宗教という言葉は、当時、なかった。宗教という言葉は、ずっと下って幕末の頃、Religion という外来語を日本語にするために作られた言葉であり、つけ加えておけば、文化とか文明という言葉も、幕末から明治にかけて、外来語を翻訳する過程で生まれたものだ。実質的には明治から使用されるようになった言葉と言っていい。

信長の頃、宗教にかわる言葉を探すとすれば、それは、宗門という言葉になるかと思われる。宗教論争は宗門論争であり、当時は短く宗論《しゅうろん》と言われていた。

この宗論、仏教の宗派と宗派の間で行なわれることが多かったのだが、もちろんキリシタンと仏僧との間でも行なわれたのである。

記録の残されているものの中で、最も知られているのは、永禄一二年（一五六九）の四月二〇日、京の妙覚寺《みょうかくじ》において、信長の眼の前で行なわれた宗論であろう。

（二）

信長は徹底した合理主義者であった。

信長にとって、宗教というものは、この世の非合理なことの最たるものであったろう。信長ほど、激しく宗教的なものを許さず、この世から排除しようとした戦国武将は、日本にはなかった。世界史的に見ても、これほどの苛烈《かれつ》さで、宗教を排除しようとした王はなかったと言っていい。十字軍の遠征などは、キリスト教とイスラム教との間で行なわれた戦《いくさ》であり、宗教戦争である。それは、あの世も、天国も、地獄も――つまり、死後の魂《たましい》の存続を信ずる者どうしの戦いであった。

信長は、一切《いっさい》の来世《らいせ》も、魂の存在も信じていなかった。

イエズス会の宣教師、ルイス・フロイスは、その書翰《しょかん》で次のように記《しる》している。

尾張の国王信長は、三七歳で長身で痩《や》せており、髭《ひげ》はほとんどない。声の通りがよく、勇敢にして不撓不屈《ふとうふくつ》、常に軍事訓練に励《はげ》んでいる。正義や慈悲を重んじ、尊大であり名誉欲が強い。秘密裏《ひみつり》に決断し、戦略は抜け目がない。規律や家臣の進言にはわずかに耳を傾けるものの、常はまったく耳を傾けることはない。

すでに紹介したフロイスの『日本史』の記述と重複するところもあるが、この書翰のほうがよりリアルである。

（信長は）優《すぐ》れた理解力と明晰《めいせき》な判断力によって、神仏や全ての異教的な占いを軽蔑《けいべつ》している。建前《たてまえ》として法華宗徒《しゅうと》であるように見せているが、宇宙の創造者や霊魂の不滅などはなく、死後には何も存在しないと公言している。彼はたいへん清潔で、自身の事業の采配《さいはい》とその完璧さに対しては思慮《しりょ》深い。話をする際には、冗談や長い前置きを嫌い、領主であれ、何《なん》人《ぴと》も彼の面前では刀を帯《お》びることは決してない。

信長とフロイスが初めて会ったのは、フロイス側の記述からすると、永禄一二年四月八日のことであったと思われる。

前回、フロイスが信長を訪ねてから、しばらくたったある日、二条城《にじょう》の普請場《ふしんば》でのことであった。前回は、わざとフロイスたちと面会しなかった信長であったが、この時は、現場の濠橋《ほりばし》の上で、フロイスたちを自《みずか》ら出迎えている。

この会見の席上で、件《くだん》の宗論のお膳立《ぜんだ》てができあがったと考えていい。

フロイスが信長との面会を求めたのは、日本におけるキリスト教布教のための朱印状《しゅいんじょう》を、信長からもらうためであった。この時、信長とフロイスとの間をとりもったのが、和田惟政と佐久間信盛であった。

この時の信長の姿というのは、土木作業にあたっている人間たちとほとんどかわらない。他の者たちと違っていたのは、作業着の上から、腰のところに虎の皮を巻いていたことだ。これはいつでも腰を下ろすことができるようにするためのものであった。

信長は、濠橋上の板に腰を下ろし、フロイスと二時間近く話をした。

この時、通訳をしたのが洗礼名ロレンソという日本人修道士である。

ひと通りの挨拶《あいさつ》がわりの会話が済んだ後、

「ところでフロイスとやら、そなたは、そのデウスの教えがこの日本に広まらなかったら、天竺《インド》へ帰るのか」

こう信長は訊《たず》ねた。

何故《なぜ》、天竺《インド》へ帰るのかと信長が問うたのかと言えば、フロイスは、ポルトガルのリスボンの生まれではあるのだが、一六歳でイエズス会に入会して以来、天竺《インド》のゴアへ赴《おもむ》き、そこで長い期間を過ごし、そこから日本へやってきたからである。

すでに、信長は、世界地図が頭の中に入っていたことになる。

「たとえ、たったひとりのキリシタンしかこの日本にいなくても、その者を守るために、司祭はこの地にとどまるでしょう」

フロイスは答えた。

「何故、京ではぬしらの教えがなかなか広まらぬのだ」

この信長の質問に答えたのは、ロレンソ了斎《りようさい》であった。

「それは、仏僧たちが、デウスの教えが広まるのを、心よく思っていないからです。彼らは、特に、身分ある者がキリシタンとなることを嫌って、あらゆる手段を使って邪魔をしてくるのです。このため、多くの者が、キリシタンとなる意思を持っているのですが、洗礼を受けるのを先延ばしにしているのです」

「彼奴《きやつ》らはそういう生き物よ」

信長は、声を尖《とが》らせて、

「彼奴らは、自分の肉の快楽と、いかにして金銭を己《おの》れのものにするかということしか考えていない」

そう吐き捨てた。

「傲慢《ごうまん》で嘘《うそ》つきで、やっていることは尻の糞《くそ》をぬぐう役にもたたぬことばかりよ。予は何度も彼奴ら全てをこの世から抹殺《まつさつ》し、殲滅《せんめつ》しようと考えたのだが、民《たみ》に動揺を与えてはならぬと思い、それを我慢しているのである」

フロイスが記した信長の言葉であるが、まさに信長はこのように言ったと思われる。

この信長の言葉に勢いがつき、フロイスは信長に対して、

「殿下もすでにご存じのことと思いますが、我らは、この日本の地で、名誉や富、名声、また世《せ》俗《ぞく》のいかなるものをも望んでおりません。我々は、ただただデウスの教えを説《と》き、広めることだけを願っております」

フロイスは言った。

「つきましては、殿下にお願いがござります」

「何じゃ」

「殿下はこの日本国の最高権力者にして、真に明断な頭脳をお持ちの方でござります。どうか、殿下のお力をもって、デウスの教えと、日本の宗旨《しゅうし》とを殿下の前で比較する機会を、我らにお与え下さい——」

「ほう」

と信長が身を乗り出したのは、フロイスの申し出に興味を抱《いだ》いたからである。

「比叡山《ひえいざん》で最も高名な僧たちを呼び出《いだ》し、我らと殿下の面前で宗論を行なうようお命じいただきたいのです。もしも、それで我らが負ければ、その時は、デウスの教えなど無益で不要のものとして、我らをこの地から追放なさって下さい。逆に、もしも、仏僧側が負けた場合は、彼らにデウスの教えを聴《き》くようお命じ下さい。こうでもしなければ、私どもの主張が正しいことを明らかにすることができませぬ」

「なるほど。デウスの教えと、仏の教えと、いずれが正しいか、宗論を——つまり戦をしてみたいということであるか——」

信長は膝《ひざ》を叩《たた》き、

「おもしろし」

破顔《はがん》した。

これが、後《のち》の、妙覚寺における、法華宗の日乗上人《にちじょうしょうにん》と、フロイスとの宗論へとつながったのである。

それは次に記すとして、この二条城の普請場で起こったもうひとつの事件について、記しておきたい。

フロイスが現場にいた時、ある事件があった。

この二条城建築を見物しようと、多くの見物人が集まってくるのだが、信長はその全てに見物を許可していた。さらに信長は、彼らが自分の前を通る時、男も女も全て草履《ぞうり》を脱《ぬ》ぐことなく自由に行き来できるようはからっていたのである。

この時、たまたま、フロイスのペンによれば、ひとりの貴婦人が通りかかったというのである。

この貴婦人の顔見たさに、兵士のひとりが、彼女の被《かぶ》りものを少し持ちあげてその顔を覗《のぞ》こうとしたのである。それを、信長が目撃した。

信長は激高《げっこう》した。

「待て……」

叫ぶなり、そこへ駆けつけ、自らの腰に下げていた刀を抜き、衆目《しゅうもく》の前で、自らの手でその兵士の首を刎《は》ねてしまったというのである。

信長は、規律を破る者を許さなかった。

（三）

伴天連《バテレン》と仏教僧との宗論は、思いの外《ほか》早く実現した。

それは、フロイスが京の二条城に信長を訪ねた一二日後、同じ京の妙覚寺でのことであった。

フロイスの相手は、フロイス自身の書き記したものによれば、法華宗の日乗上人という人物であった。

ある意味において、フロイスの敵である日本仏教というのはこの日乗のことであったと言っていい。この日乗こそが、フロイスの、日本におけるキリスト教布教のための怨敵《おんてき》であった。

日乗とは何者か。

どのようにフロイスの邪魔をしたのか。

『日本史』の中で、フロイスは、日乗のことを、キリシタンを弾圧するために悪魔が選んだ道具であるとまで言っている。

フロイスは書く。


彼（日乗）は賤《いや》しい素性《すじよう》で、家柄は明らかでなく、小柄で、容貌《ようぼう》ははなはだ醜悪《しゅうあく》であった。教養がなく、日本の同じ諸宗派の知識すらなく、悪魔がその共犯者として毒を与えるために見出《みいだ》し得た、きわめて老獪《ろうかい》で敏感な頭脳の持主で、話すことにおいてははなはだ不羈奔《ふきほん》放《ぽう》であり、弁舌においては日本のデモステネスのような人物であった。

よほど恨《うら》みが深かったのであろう。

フロイスが引きあいに出したデモステネスは、古代アテネの政治家で、弁舌にたいへん優れたものがあったことで知られている。そういった人物になぞらえるくらいであったので、日乗、実際にも言葉の能力には優れたものがあったのであろう。

さらに、フロイスは書く。


日乗は悪魔の手足であり、デウスの教えの大敵であった。


実際に、日乗がどういう人間であったかについては、日本側の史料は多くない。今日《こんにち》、我々が日乗について知ることのほとんどは、対立した異国人であるフロイス自身の書翰か、同じくフロイスの著《あら》わした『日本史』によるところが多い。しかし、そこに書かれた日乗は、あくまでもフロイス側から見た宗教的、政治的な敵対者として描かれていて、客観的なものとは言い難《がた》い。

ともあれ、フロイスによれば、日乗は次の如《ごと》き人物であったと思われる。

「彼には妻子があった」

と、フロイスは書く。

ところがあまりに貧乏であったため、その妻に対して離縁状を出したというのである。

その後、武士（兵士）となったとあるので、前身は百姓でもあったのではないか。武士となり、戦では、何人もの人間を殺し、その罪の思いから僧となったのであると、フロイスは言う。

僧となった日乗は、諸国を巡《めぐ》るうちに、毛利元就《もとなり》のところへ身を寄せ、毛利の庇護《ひご》を受けるようになった。

フロイスによれば、日乗のずるさ、また頭の良さを知る逸話《いつわ》として、次のようなことがあったらしい。

日乗が、京で、支那《しな》製の金襴《きんらん》の布きれを買ったというのである。

日乗は、この布きれを持って諸国を歩き、

「これは内裏《だいり》より賜《たま》わりし内裏ご自身の衣服の一部なり。我は、これを宝物《ほうぶつ》として皆に頒《わか》つためにやってきたのである」

こう言って、その布を織っている糸の一本ずつを、売り歩いた。

これで得た金で、毛利の土地に小さな僧院を建てて、フロイスの表記をそのまま使えば、日乗はそこの長老におさまったというのである。

「自分は大いなる悟《さと》りを開いた者である。本朝《ほんちよう》六十六カ国全ての最高君主である内裏が、かつての地位や名誉を復することができるよう、釈迦牟尼仏《しやかむにぶつ》が選んでこの世につかわしたのが自分である」

このように言って、この言葉を毛利がそのまま信じたとも思われないが、ともあれ、日乗が毛利と蜜月《みつげつ》関係にあったというのは事実らしい。

しかし、フロイスの語るところをそのまま記せば、

「彼は非常に多くの奸計《かんけい》や欺瞞《ぎまん》を弄《ろう》したので、その悪意のためにいかなるところにも安んじていることができなくなり、その僧院を放棄《ほうき》して都の地方へ移った」

ということになっている。

この頃、天下を統治していた三好三人衆が、「公方《くぼう》様を殺害して奈良《なら》の城にいた」松永弾正《だんじよう》を包囲していることを日乗は知り、毛利元就から、弾正あての一書《いつしよ》を作ってもらった。

それには、

「予（我ら毛利）はさっそく、軍勢を伴って御身《おんみ》の救援に赴くであろう。そこで、御身は、敵に勝つため、万事につけこの日乗上人なる僧侶《そうりよ》の忠告に耳を傾け、それに従うようにされよ」

と書かれてあったという。

その一書を持って、弾正のもとへ向かう途中、日乗は、三好三人衆によって、捕らえられてしまった。

「彼は着物の袖《そで》を通して大きい木杭《きぐい》を突き込まれ、両手はこの杭の両端に固く縛《しば》られて、両腕は磔《はりつけ》にされた者のようになり、その格好で床に坐《すわ》らされ、縄を解《ほど》かれなかったので、他人の手で食を給しない限り食事もできなかった」

「しかし彼は非常に大胆で活発、また老獪で、何かと手を尽くし、同所で釈迦の教えの法華経八巻を入手するに至った。それはあらゆる他の教本のうちでももっとも敬《うやま》われているものである。彼はそれを自分の前にある小さな台に置き、付近に住んでいる農民や貧しい女たちに自分の説教を聞きに来るように勧告した」

このことによって、農民たちから日乗は慕《した》われるようになり、日乗は、彼らから施《ほどこ》しとして食事などを受けるようになっていったのだが、フロイスによれば、

「だが、彼の心の中はきわめて邪悪であり、その習慣といい生活といい非常に堕落《だらく》し、不行跡《ふぎようせき》に満ちたものでありながら、彼らに対しては表情や態度で大いなる謙遜《けんそん》や恭順《きようじゆん》を装《よそお》っていたのである」

ということになってしまう。

このあたり、フロイスの筆は、日乗に対して「邪悪」とか「堕落」とか記しつつも、その具体

的なところについては触《ふ》れていない。

妻を離縁して、武士になり、出世しようというのは、当時、普通にあったことであり、戦で人を殺すことも、それは戦であればあたりまえにあることとである。

金襴を手に入れて、その糸を売り歩いて、毛利に取り入り、自費で僧院を建てたというのも、秀吉の出世物語のようで、日乗の才がうかがわれるところであり、毛利を出たのも、毛利の書状を預かって、それを渡すべく弾正を訪ねたというのであれば自然なことのようにも思える。不始末があって毛利を出たのであれば、わざわざ、日乗のために、毛利が一書を書くはずもない。日乗を信用していたからこそ、毛利が一書を日乗に託したのである。

フロイスは、日乗のことを法華宗としているが、実は日乗は天台宗の人間である。

フロイスの書く日乗は、かなり偏見を含んだものと見ていい。

さて——

捕らわれの日乗を救ったのは、実は信長であった。

信長が、永禄一一年（一五六八）に義昭と共に上洛《じょうらく》して、義昭を将軍にせしめたことによって、三好三人衆が逃げ出して、日乗が捕らわれの身から解放されたのである。

日乗と信長とは、この時からの縁であり、信長が、この日乗を使いがってのよい道具として見ていた節《ふし》もあるところを見ると、日乗、そこそこには世渡りの才があったと見てよい。

ちなみに、信長は、フロイスとの会見後、すぐに朱印状を出している。

『日本史』によれば、それは、次のようなものであった。

御朱印　すなわち信長の允許状《いんきょ》

伴天連が都に居住するについては、彼に自由を与え、他の当国人が義務として行なうべきいっさいのことを免除す。我が領する諸国においては、その欲《ほっ》するところに滞在することを許可し、これにつき妨害を受くることなからしむべし。もし不法に彼を苦しめる者あらば、これに対し断乎《だんこ》処罰すべし。

永禄一二年四月八日　これをしたたむ。

『完訳フロイス日本史2』中公文庫
松田毅一・川崎桃太訳

その後の四月一五日にも、信長はさらにこの件について同様の允許状を出しているのである。

フロイスは、なおも、足繁《あししげ》く、二条城の建設現場へ信長を訪ねている。

これは、信長がフロイスと、彼がもたらす異国の知識を気に入ったためだ。

といっても、フロイスからの贈りものを、信長は珍しいからといって、全て受け取っていたわけではない。二条城にいた信長は、フロイスが献上してきた時計を受け取らずに返しているのである。

そもそも、その目覚まし時計を見たがったのは信長である。

信長とフロイスとの間に立っていた和田惟政が、フロイスが所有している目覚まし時計のことを信長に語ったところ、信長がこれにたいへん興味を示したというのである。

「次に会うときには、その時計を持ってゆき、献上すれば、信長様も喜ばれるであろう」

との和田惟政の言葉を受けて、フロイスは時計を持参したのである。

それを見て、信長は大いに感嘆したとフロイスの『日本史』には記されている。そこで、フロ

イスは、何度かそれを献上することを申し出たのだが、

「いらぬ」

と、信長はそれを断っている。

「予は非常に喜んで受け取りたいが、受け取っても予の手もとでは動かし続けることはむつかしく、駄目になってしまうから頂戴《ちょうだい》しないのだ」

というのが信長の言葉であった。

道具というものに対する信長の考え方、潔《いさぎよ》さがくっきりと見えてくるような逸話である。

この間も、日乗は、信長に対して、伴天連とは距離をとるよう申し入れることを続けている。

「伴天連を一刻も早く京から追放し、諸国から放逐《ほうちく》すべきでござります。これら伴天連のいるところでは、到るところ混乱し破壊が行なわれているからでござります」

日乗は、このように信長に言った。

信長は、これにとりあわなかった。

「何故《なにゆえ》、貴様《きさま》はそれほど小胆《しょうたん》なのであるか。おれは、すでに京のみならず、諸国においても自由に居住してよいとの允許状を出しているのだ」

信長は、日乗の小うるささに腹をたてていた。

訪ねてきたフロイスとロレンソに、

「あの仏僧たちは、どうしてぬしらに対して、あのように憎悪の念を抱くのであろうか」

信長はそう訊ねている。

「彼らと司祭との間には、暑さと寒さ、徳と不徳くらいの相違がござります。その相違故《ゆえ》に、彼らは我々を憎むのでございましょう」

ロレンソは、こう答えている。

また、信長は、ふたりにこうも訊ねている。

「ぬしらは、神や仏を尊崇《そんすう》するのか」

「いいえ。どのように優れた者でも、仏はもとは人でございます。日本の神もまた同じ。仏で言えば、妻があり、子があり、いずれもこの世に生まれて死んだ方にござります。自らを救えず、死からも解放されませんでした。所詮《しょせん》は人である仏を、どうして我らの神デウスにかわって、拝することができましょうか――」

フロイスの答えは、信長の好きな理にかなっている。

仏は、もとはと言えば、天竺のルンピニーに生まれた、ゴータマ・シッダールタという人間である。

キリスト教の絶対神とは別の存在であることは、信長も理解している。

「なるほど、そのような理屈であるか」

と、信長はうなずいている。

このような時期に、我が日本国における、最大の宗論が、第六欲天《たいろくよくてん》の魔王、信長の眼の前で、行なわれることとなったのである。

（四）

京、妙覚寺――

本堂には信長をはじめとして、その時京にいる信長の主《おも》だった家臣が集まっていた。

秀吉、松井友閑の顔もそこにあった。

イエズス会の宣教師フロイスと、日本人修道士洗礼名ロレンソ。そのふたりの横に、和田惟政と佐久間信盛も座している。

他に、やんごとなき身分の貴人たちの姿も多くあった。そこに入りきれない者は回廊《かいろう》に座し、あるいは立ち、人は庭にまで溢《あふ》れている。

総勢で、三〇〇人に余る。

信長の前で、ロレンソ、フロイスと向きあうように座しているのは、日乗であった。

偶然に、たまたま集まった顔ぶれではない。今日、この場で何が行なわれるかを、きちんと知った上で、皆集まっているのである。

「始めよ」

信長は、余計なことは言わず、ただそれだけを告げた。

信長が、その時、視線を送ったのは日乗であった。

日乗は、それを受けて、

「おそれながら——」

と、信長に対して頭を下げ、上げた顔をフロイスとロレンソに向けた。

「まず、おまえたちが、いったい何をあがめているのか、それを申してみよ」

この日乗の問いを受けて、まず、口を開いたのは、ロレンソであった。

ロレンソ　それは、三位一体《さんみいったい》のデウスであり、この天地に唯一無二《ゆいいつむに》のお方であるこの世の創造《そうぞう》主《しゅ》であります。

ロレンソ　以前のものであります。無限にして永遠のものであり、始めもなければ終わりもありません。
日乗　では、その創造主というものを見せてみよ。
ロレンソ　この天地の造《つく》り主であるデウスのお姿は、見ることは叶《かな》いません。
日乗　その創造主とやら、牟尼仏釈迦や阿弥陀如来よりも以前の存在であるのか。
ロレンソ　この寺の庭には、ここからも見ることができる大きな石が幾《いく》つもございます。あの石に、始まりと終わりがあるのなら、それをわたしに示していただけますか。
日乗　それは不思議《ふしぎ》。始めもなければ終わりもないものなど、この世にあるわけはない。
ロレンソ　始めと終わりを示すことができなくとも石がそこに存在するように、デウスもまた存在するのであります。しかも、デウスはこの世の造り主なれば、あの石よりも以前から存在するのです。
日乗　（むむう、と唸《うな》って）わしにはわからぬ。
ロレンソ　さきほども言った通り、見せることはできません。
日乗　では、繰《く》り返すが、その造り主を、このわしに見せてみよ。
ロレンソ　これは異《い》なことを言われます。見えぬものでも、この世に存在するものは幾つもあるではございませんか。
日乗　見せることのできぬものは、この世にないということではないのか。
ロレンソ　それは四季であります。それは、人の心であります。
日乗　それは何か。
日乗　心は、確かにそうだが、四季は眼に見ることができるではないか。春に桜が咲き、夏に葉が出て、秋には散る。
ロレンソ　我々がそれを見ているというのは、あくまで、咲いた花であり、散る花びらであり、葉であります。花は春そのものではありません。同様に、散る葉も、秋そのものではないのです。四季——春そのものを、眼にしているわけではありません。しかし、四季というものが間違いなく存在することは、皆様よく御存じの通りです。
日乗　それは詭弁《きべん》というものじゃ。
ロレンソ　まぎれもなき事実にござります。

日乗が、何か言おうとした時、

「なるほど、道理である」

信長が、鋭利な顎《あご》を引いてうなずいた。

それを見て、日乗は口元まで出かかっていた言葉を呑《の》み込んだ。

日乗が、唇を閉じたのを見て、逆に今度はロレンソのほうから問うてきた。

ロレンソ　この世に満ち満ちている生命《いのち》を創《つく》りたもうたのはいったい誰であるか、あなたは御存じでしょうか。
日乗　知らぬ。知っているのなら、ぬしが言うてみよ。
ロレンソ　この世の良きもの、智恵の源泉、あらゆる善の始まりは誰であるか、あなたは御存じでしょうか。
日乗　知らぬ。今も言うたように、知っているのなら、ぬしが、それが誰であるかを言うてみよ。
ロレンソ　それこそが、デウスでござります。
日乗　言うのはたやすい。しかし、その証拠はあるか？
ロレンソ　ございます。
日乗　どこに？
ロレンソ　どこにでも。
日乗　どこにでもじゃと。
ロレンソ　そこらじゅうに。
日乗　それを示してみよ。
ロレンソ　庭に生《は》えている樹《き》、松がそうでござります。その横の楓《かえで》がそうでござります。ちょうど今、池の上を舞う蝶《ちょう》が見えますが、その蝶もそうでござります。我々が眼にすることのできるもの全て、そしてそれを見ている我々自身が、その証拠でござります。
日乗　なんと。
ロレンソ　あなたさまが、今おめしになっているその僧衣《そうい》、手にしておられる数珠《じゅず》、この建物、その全てには、作った者、作り手がござります。
日乗　うむ。
ロレンソ　今、この場にその作り手がいないからといって、その作り手が存在することには、あなたにも異存はないでしょう。
日乗　むろんじゃ。
ロレンソ　それと同じでござります。この地上の樹、花、虫、犬、人や獣《けもの》に至るまで、眼には見えずともその造り手はおわすということでござります。月や陽や星も含めて、皆その造り手が、デウスなのでござります。
日乗　なに。
ロレンソ　ものには、それが何であれ、造り手がいるということは、日乗さまもお認めになられました。樹や花や虫や草、そして、星、月、陽——その造り手がデウスでないというのであれば、日乗さま、それはいったい誰が造ったのかということを、おっしゃるのが筋ではござりませぬか。
日乗　そ、それは……

仏である、と日乗は口にしたかったのだが、仏教のどのような教典の中にも、この世のあらゆるものは仏が造ったということは記されていない。

生命、もの、天地の間にあるものは全て自然《じねん》のものである。

仏教は、その自然《じねん》の中を移ろうてゆく生命や、そのカルマの原理については語ってはいるが、そのカルマや生が誰によって創造されたのかということについては、語られていない。

強《し》いて言うならば、それは密教《みっきょう》の大日如来《だいにちにょらい》という存在になってくるのだが、それはあくまでも宇宙原理としての存在であり、宇宙の創造者としての存在ではない。

全てのものには、それを創造したものの存在がある——

これを、まず認めたことにより、仏教者日乗としては、自分の立つべき場所を失ってしまったことになる。

イエズス会の宣教師というのは、宗論の現役である。

キリスト教で言えば、宗論にはすでに一千数百年の歴史がある。

キリスト教の教えを広めるということは、基本的に他の宗教との宗論が前提となる。いくら、力による支配がその背景にあったとしても、地元の宗教に対して、いかに論として優れているかというロジックがなければ、異国の民も、この新しい宗教に改宗するきっかけがない。もっとも、そのきっかけは、現世《げんせ》、来世《らいせ》での利益でもいいのだが、その背後に論としての整合性がなければならない。

この点、キリスト教は、イギリスのケルト、北欧のオーディーンを主神とする宗教、ギリシャの神々、エジプトの神々、そして、ユダヤ教、同じ神ながら名前の違うイスラムの神——様々な神々を信仰する人々との宗論を繰り広げてきた。

そして、時に、もっとも手強《てごわ》い相手となったのは、同じキリストを信仰する、キリスト教の様々な分派であり、同じ仲間であった。

その歴史、一千数百年——

もちろん、仏教にも多くの論があり、様々な宗論を他教との間で行なってきた歴史があり、同じ仏教徒の間での宗論がこの日本でもあったことはあった。

歴史上、日本でも空海《くうかい》という極《きわ》めて秀《すぐ》れた論者もいたのだが、信長のこの時代、宗論でイエズス会の宣教師にたちうちできる者は、日本のみならず、世界のどこにもいなかったと言っていい。

イエズス会の宣教師は、そのための訓練を受け、さらには教えを広めるための強い信念があった。文字通り、生命をかけて、そのために、地の果てまで出向いてきた人間であり、世界でも一級の教養人である。

哀《かな》しいかな、日乗、言うなれば俄坊主《にわか》であり、宗論の訓練も何も受けてはいない。

宗教者というよりは、自身がこの世で生きてゆくための方便《ほうべん》として僧を選んだ人物である。

イエズス会の宣教師と宗論をたたかわす人物としては、ふさわしくなかった。

日乗は、次のように言った。

「そもそも、足利義輝さまが殺されたのも、この者たちが京にいたからです。一刻も早く、この者たちをこの国から追放するべきです——」

これは、もはや、宗論ではない。

信長は、

「それは、別の話である」

はっきり日乗に告げて、

「今、善の話が出たが、デウスというものは、善には報奨《ほうしょう》を、悪には罰を与えるのか」

自らフロイスに問うた。

「その通りです。しかし、それには、ふたつのかたちがございます。ひとつは、現世におけるものであり、もうひとつは来世における永遠なる生命にございます」

これは、それまで答えていたロレンソにかわって、フロイスが答えた。

「それならば、仏の教えにもある」

そう言ったのは、日乗であった。

「どのような教えでござりましょう」

フロイスが問うたのは自然な流れである。

「仏の教えの中に、業《ごう》と呼ばれるものがある」

「カルマですね」

フロイスは、業《ごう》に対応するサンスクリット語を口にした。

「そうじゃ」

日乗はうなずく。

ざっくり言えば、業《カルマ》とは、行動、行ないのことである。

その業《カルマ》にも三種類ある。「身《しん》・口《く》・意《い》」と呼ばれるものだ。身《しん》とは身体《しんたい》のことで、実際に眼に見ることのできる人の行ないのことだ。

口《く》とは口《くち》、つまり言動のことである。

意《い》とは、心に想うことだ。

業《カルマ》というものは、この三つの形態で構成されていることになる。

「良き業《ごう》を重ねれば、人は死してのち極楽へゆく。悪《あ》しき業《ごう》を重ねれば、人は地獄へゆく」

「それは、我々の教えと通ずるものがあります」

キリスト教で言えば、善ある行ないをしていれば、審判の日に天国にゆくことができ、悪しき行ないを重ねていれば地獄へ落とされる。

フロイスは、そのことを口にして、

「しかし、ここではっきりさせておかねばならないことがあります」

そう言った。

「なんじゃ」

日乗が、フロイスを睨《にら》む。

「あなたが口になされた、良き行ない、悪しき行ない、それを判定するのは誰なのですか――」

問われて、むう、と日乗は言葉をつまらせた。

「仏がそれを判定するのですか」

そうじゃ——

と、日乗は言いかけたのだが、さすがにうなずきはしなかった。

ある人間の行動が、良きものか、悪しきものか、それを判定するのは人ではなく仏でもないことを、日乗は知っていたからである。

「それを判定するのは、法《ほう》じゃ」

たとえ仮であるにしろ、仏教の徒《と》としては当然のことを日乗は口にした。

「では、その法を定めたのは、どなたですか——」

フロイスが問うてきた。

ここでまた日乗は、むむう、と唸ることになった。

法というのは、宇宙の法である。

現代的に言うならば、宇宙の法則である。それは、システムとしてこの宇宙の中に初めから存在するものであり、誰が作った、作らなかった、というものではない。

「わからぬ」

日乗の答えは、あまりに正直すぎた。

しかし、そう答えるより他にない。

「では、ぬしらは、誰がその判定をするというのだ」

苦しまぎれに、日乗が問うたのはしかたがない。しかたがないが、しかし、これは日乗にとって自分の首を絞めることになる問いであった。

「デウスであります」

　フロイスの答えに迷いはない。

　それは、フロイスが本気で神の存在を信じているからであり、いったん神の存在を信じた以上は、自身の内部において、神が全てのものの創造者であるという命題が、ロジックとして完璧に成立してしまっているからである。

「また、デウスか」

　日乗はうんざりした声をあげた。

「そうです。人の行ないの良し悪しを判断するのはデウス以外にはありません」

　では、その神デウスとやらは本当にいるのか、いるのなら見せてみよ――

　日乗としては、そう叫びたい。

　しかし、それは、無駄であるともうわかっている。

　ものというものには、それが、家であれ、船であれ、また花であれ、山であれ、それに作り手というのか、いや、作り手という存在のあることを、日乗はもう認めてしまったからだ。

　神はこの世（宇宙）にあるのか、という問いについては、

「この世があることが神の存在の証明である」

　という答えがすでに用意されており、では何故《なにゆえ》この世（宇宙）が存在するのかという問いには、

「神があるからこの世（宇宙）があるのである」

　という答えが用意されている。

　これは、

〝AがあるからBがあるのであり、BがあるからAがあるのである〟

という循環《じゅんかん》構造になっており、実は何も証明したことにはなっていないのだが、それを指摘して相手を論破《ろんぱ》できるほどの〝論〟として、それが日乗の裡《うち》にあるわけではない。

ただ、何かおかしなことになっているとはわかっている。そして、もうひとつわかっているのは、

〝宗論として自分は負けている〟

ということであった。

何かがおかしい。

神だのデウスだの、茶番である。宗論の場で、相手に恥をかかせてやることなどたやすい。そう信じて、ほとんどどういう準備もなくこの場にのぞんでしまったことを、日乗は激しく後悔していた。

ここで、何か口にせねばならないのだが、うまい言葉が見つからない。

「そもそものことで言えば――」

と切り出したのは、フロイスであった。

「地獄や極楽などということを、仏は言っておりません。それは、後世の者が言い出したことでございます」

フロイスのこの言葉は正しい。

仏陀《ぶっだ》がおそらく口にしたであろうことは、この宇宙は、

「諸行無常《しょぎょうむじょう》である」

ということであり、その諸行無常――全てのものが移ろいゆくこの世にあって、

「何かに執着《しゅうちゃく》することから苦しみが生まれる」

というこどである。

その苦しみから離れるためには、右にも左にも偏《かたよ》らない、

「中道《ちゅうどう》をゆけばよい」

ということ、この三つを仏陀は言ったのである。

本質的には、この三つのものが仏教というものの根幹にあるのであって、仏教にまとわりついている他のことは、飾《かざ》りであり、修辞《しゅうじ》であり、技術であり、あるいは文学と呼ぶべきものであろう。

しかし、人は、往々《おうおう》にしてその本質ではなく、それが身に纏《まと》った飾りや、心の技術や、文学性などによって救われたり、心を動かされたりする。これは、仏教に限らず、全ての宗教に通ずるものであり、そこがまた人という生き物のおかしみであろう。

話をもどさねばならない。

「さらに、仏の教えの中には、おそろしいものがございます」

と、フロイスは言った。

「なんじゃ、それは——」

当然、その言葉に日乗が問うた。

「それは、人が人を殺してもよいという教えにございます」

ここで、

「ほう……」

と、興味深い声をあげたのは信長であった。

「そのようなこと、仏の教えの中にはない」

日乗は、ここぞとばかりに声を大きくした。

「仏の教えの中に、輪廻転生《りんねてんしょう》という考え方があるのは、御承知でしょう――」

これには、すぐには日乗もうなずかない。うっかりうなずくとたいへんなことになるかもしれないと、日乗は考えたからである。

輪廻転生――人は、生まれかわるという考え方である。

釈迦以前から、天竺《インド》にあった考え方で、人は、死んだ後、別の人間にまた生まれかわり、時に、次の生が人ではなく、馬や牛などの獣になることもあるという思想だ。それを仏教が自らの中に取り入れたものだ。

「あるな」

信長がうなずいた。

実際に人の魂が生まれかわり、輪廻転生するかどうかはともかく、そういう考え方があるというのは、信長もわかっている。

「これを、仏教では、良い業《カルマ》を積めば、来世も人として生まれかわり、悪しき業《カルマ》を積めば、来世は獣に生まれかわると教えております――」

「うむ」

信長がうなずく。

今や、フロイスは、日乗にではなく、信長に向かってしゃべっている。

たどたどしいながら、それは日本語であり、足らぬところは、日本人である修道士ロレンソが補《おぎな》うというかたちだ。

「人は、動物ではなく、来世は人に生まれかわらねばならないと、仏門に入った者たちは言います。これは、何故でしょうか――」

フロイスは、ここで日乗を見やった。

「何故じゃ」

と、日乗が逆に訊《き》いた。

「仏の教えの本来のものは、人が極楽に生まれかわるためのものではなく、修行《しゅぎょう》をして仏となるためのものでござります」

フロイスが答えた。

これは、仏教のなんたるかを勉強していなければ、とても口に出せないことであった。

「うむ」

と、日乗はうなずく。

釈迦牟尼仏は、最初の説法《せっぽう》において、それを説いている。

人は、「中道」を歩《あゆ》まねばならない。しかし、どうやったらその「中道」を、人は歩むことができるのか。

それは、八正道《はっしょうどう》を実践《じっせん》することであると、釈迦は言う。

八正道とは何か。

それは――

正見《しょうけん》――正しく見ること。

正思惟《しょうしゆい》――正しく思うこと。

正語《しょうご》――正しく語ること。

正業《しょうごう》──正しく行動すること。

正命《しょうみょう》──正しく仕事をすること。

正精進《しょうしょうじん》──正しく努力すること。

正念《しょうねん》──正しく判断すること。

正定《しょうじょう》──正しく瞑想《めいそう》すること。

である。

これを正しく実践してゆけば、人は悟《さと》りに至り、仏となることができるということになる。

しかし、八正道を実践することができるのも人であればこそのことで、牛や馬などの獣に生まれかわってしまったら、仏になるための修行ができない。

八正道を実践できないこと、逆のことをやってしまい、偏った道を歩んでしまうことが、仏教における〝悪〟であると言ってもいい。

それを、フロイスは、そこに集まった者たちに、かなり正確に語った。

「ある者が、その悪しき行為をすることを、あらかじめわかっていたら、その者がその行為をなす前に殺してやることが慈悲《じひ》であるという考え方がここに生まれましょう。事実、『理趣経《りしゅきょう》』という経典《きょうてん》の中に、人を殺してもよいという考え方について書かれております」

驚くべきことを、フロイスは言った。

「まことか」

信長が問うた。

「まことにござります」

フロイスがうなずく。

フロイスが口にしたことには、むろん根拠がある。

実際に、密教の経典『理趣経』の中に、そういう箇所があるのであった。

信長の眸《め》が、光った。

「金剛手《こんごうしゅ》よ、もしこの理趣《りしゅ》を聞きて受持《じゅじ》し読誦《どくじゅ》することあらば、たとえ三界《さんがい》の一切の有情《うじょう》を害すも悪趣《あくしゅ》に堕《だ》せず」

フロイスは、どこで覚えたのか、まさに『理趣経』の第三段にある、その箇所《かしょ》を口にした。

〝その意味は何であるか〟

とは、信長は問わなかった。

信長にはその言葉の意味がわかったからである。

意訳をすれば、

「この『理趣経』に記されていることを理解できれば、この世の一切の生命を殺したとしても地獄に堕《お》ちることはない」

ということになる。

有情というのは生命——つまり生き物のことで、ここでは当然〝人〟のことを言っていると考えていい。

ここで、信長が、多少なりとも驚いたのには理由がある。

神も仏も信じない信長は、当然地獄というものがあるとは思っていない。

だから、人を何人殺そうと、

〝地獄に落ちることはない〟

ということについては、

〝あたりまえではないか〟

そう思っている。

ただ、信長が驚いたのは、仏の教えの中に、そういう文言《もんごん》があったということについてであった。

『理趣経』に説かれている内容については、すでに信長の意識の外である。

信長にとっては、仏が人を殺すことを容認している、ということこそが重要であって、何故《なぜ》かというその宗教的理由については、人の都合次第《しだい》で、

〝どうにでもなる〟

とわかっている。

「待て――」

と、言ったのは日乗であった。

日乗の眼は、フロイスを睨みつけている。

「人を殺してもよいと言うのなら、そもそもそなたたちの教えの中にもあるではないか――」

日乗の声は、激しい。

「うかがいましょう」

「そなたたちの教えによれば、神の心にかなった行ないをすれば、この世の終わりの日に、神が、その者たちを救うて、天の国へとその魂を連れていってくれるというのであろう」

「その通りです。最後の審判のその日、人は、神の御手《みて》によって天国へ召されます」

「しかし、悪しき行為をなした者は、地獄に堕とされる」

「はい」

「なれば、人が悪しきことをする前に殺してやれば、その者は地獄に堕ちることはないのであろう」

「――――」

「同じではないか」

「何が同じなのです」

「ある者が、神の心に沿《そ》わぬ行為をするとわかったら、その者がその行為をなす前に殺してやるのが、その者のためであろうと考える者たちがいると、わしは耳にしたことがある」

フロイスは、一瞬、言葉に詰まった。

「ほれ、今、おまえが口ごもったそれこそが、このわしの言うたことが正しい証拠じゃ。そのような教えがあるのであろう。同じじゃ、同じじゃ――」

「いいえ。神は、そのようなことは口にしておりません。『聖書』のどこを読んでも、そのようなことは書かれてはおりません」

「しかし、今、口ごもったは、そういう輩《やから》がぬしらの仲間にいるということであろう――」

日乗の言っていることは正しい。

多くの枝に分派したキリスト教の教えの中には、確かにそのように考える者たちもいる。

「それは、神の教えを正しく理解していない者たちが口にしていることです。神の教えの中に、そのようなものはありません」

「それを言うたら、仏の教えもそうじゃ。そもそも、仏の教えと言うても、仏自らが、経典を書いたのではない。仏の死した後《のち》、様々な者たちが、あの時、仏陀はこのようなことを言われた、自分はこのように聞いた、と、その門徒《もんと》が言い出したことをまとめたのが、経典じゃ。その中には当然、間違《まちご》うたものもある――」

日乗は、ひと息にまくしたてた。

「もう、よい」

信長の声が、日乗の饒舌《じようぜつ》を遮《さえぎ》った。

「神の教えであるにしろ、仏の教えであるにしろ、それを使うのは人じゃ」

信長は、神と仏の教えについて、それを〝使う〟という言い方をした。

人が使う以上、人の方便で、それはいかようにでも変化するものではないか。

信長の理はそこにある。

「人が生まれかわり、輪廻転生するのも、死して後、天国へゆくのも、それはこの世の肉のことではなく、魂のことであろう」

「はい」

まず、うなずいたのは、フロイスであった。

「神が救いたもうのは、その肉ではなく、魂でござります」

「それは、おかしいのではないか」

そう言ったのは、日乗である。

「何がおかしいのじゃ」

問うたのは信長だ。

「それは、人の死後、不滅のものが、残るということでござります」

日乗は、真顔で信長に言った。

「ぬしもまた、人の魂があるという話をしていたのではないか」

「いいえ、そう言うたのは、フロイスであり、私は、それを聞いていただけでございます」

「しかし、ぬしはそれを否定しなかった」

「はい。それは、フロイスの口にしたことにも一理あったからでございます」

「その一理とは？」

「人には、確かに魂というものがございます――」

「ほう」

「であればこそ、この世には、信長さまという個性があり、この日乗という個性があり、人それぞれの人格を成《な》すものがあるのです」

「うむ」

信長は、おとなしくうなずいた。

確かに、ここまでは、信長の理にもかなっている。

「それも、魂があるからこそのこと――」

「フロイスの言うたことと、どこが違うのじゃ――」

「仏法《ぶっぽう》においては、その魂もまた、この宇宙のもとで変転するものにございます。魂でさえ、不滅のものではございません。輪廻し、うつろい、変転する――魂とはそういうものでございます」

その日乗の言葉を、ロレンソがフロイスに通訳している。

「お待ちください」

フロイスが、信長に声をかけてきた。

「何であるか」

信長が、フロイスに視線を向ける。

「この世の眼に見えるものは、いずれも、地《ち》、水《すい》、火《か》、風《ふう》の四大《しだい》で構成されております。人の肉もまたそうで、そのことはつまり、人の肉というものは、ばらばらにできるものであり、人の肉は、その構成要素である地、水、火、風に分解できるものでござります」

「で」

「しかし、魂というものは、そういうものではありません。魂は不変、不滅であり、肉のような合成物ではありません。ひとつのものであり、したがって、幾つかの要素に分解できるものではないのです。たとえば、肉の衰《おとろ》えによって病《やまい》となっても、意識までが、病《や》むわけではありません。病んだ肉の中にあっても、魂が元気であることは、自明の理であり、この魂が、肉の束縛《そくばく》から解《と》き放《はな》たれれば、肉の中《うち》にあった時よりも、さらに大きな力を得、自由になります。不滅の魂が存在する、大きな理由と思われます」

これを耳にした日乗は、

「ほう、おもしろいではないか――」

そう言って立ちあがり、

「ならば、フロイスよ、おまえは、おれにその不滅の魂を見せてみよ」

肚《はら》を据《す》えた声で言った。

日乗は、部屋の隅《すみ》にたてかけてあった信長の長刀《ちょうとう》の前まで歩いてゆくと、

「拝借《はいしゃく》――」

そう言って、その長刀を左手に取り、右手ですうっと抜き放った。

「では、これより、おまえの弟子のロレンソの首を刎ねる。魂が不滅であるというのなら、いか

ほどの問題もあるまい。ロレンソの首の前で、ぬしの言う不滅の魂を、このわしに見せてみよ」

そう言い放った。

和田惟政と佐久間信盛など、近くにいた者たちが、左右から飛びつくようにして日乗を押さえつけ、その手から長刀を奪い取った。

「控えい、無礼であろう」

信長は言った。

日乗は、何人もの信長の家臣によって、押さえつけられたのだが、その時、ロレンソは上体をのけぞらせて逃げようとした。

押さえつけられながら、

「見よ、見よ。あの姿を。不滅の魂とかなんとか言いながら、刀を逃れようとして、あのざまじゃ」

日乗は、大声で笑った。

これで、日乗とフロイスとの宗論は、終わりとなった。

「これまでじゃ」

信長は、笑っている。

宗論の勝ち負けについては、信長は判定していない。

日乗、フロイス、いずれかがそれを問うたところで、

「ない」

信長はそう答えたことであろう。

フロイスの記した『日本史』によれば、その時――

日乗は、顔色を変え、歯をきしらせながら激怒し、立ちあがった。

と、ある。

日乗は怒り狂って部屋の片隅に掛けてあった信長の長刀に向かって、走りよった。

少々大袈裟《おおげさ》に描かれているが、日乗が本気でロレンソの首を斬《き》ろうとしていないことは、この時の日乗に対して、ほとんど咎《とが》めがなかったことからも明らかであろう。

もしも、日乗が、本気で逆上し、信長の刀を奪い、ロレンソを斬ろうとしたのであれば、信長の性格からして、日乗は死罪を申しわたされて、首を刎ねられていたことであろう。

多少、やりすぎたにしても、信長にとって、それは、どちらかと言えば、おもしろいできごとであったのであろう。

フロイスの『日本史』にも、この時、信長は笑っていたことが記されている。

いずれにしろ——

ここで、信長は、思想的に、仏教からも、キリスト教からも、己れのことを肯定されたと思ったに違いない。

人を殺すことは、悪ではない——

これが、後の、叡山焼き打ちや、根切《ねき》りに繋《つな》がっていったのは、間違いのないところであろう。

（五）

これには、後日譚《ごじつたん》がある。

それは、フロイスたちを襲った、不可思議なる事件である。

宗論の行なわれたその日の晩――フロイスたちは、妙覚寺に泊まった。

妙覚寺は、京における信長の休憩所でもあり、そして、宿泊所でもある。この晩は、信長をはじめとして、家臣の多くも、妙覚寺に宿をとった。その中には、秀吉も、松井友閑もいる。

いなかったのは、日乗であった。

それには理由がある。

手にした刀を奪われた後も、日乗は、フロイスたちを糾弾《きゆうだん》し続けた。

フロイスたちの神、デウスを罵倒《ばとう》し、

「殿！」

と、信長に向かって声をはりあげた。

「この者たちを、一刻も早く、この場所から追放してくだされ。このような者たちとは、どれだけ短い時間であれ、一緒にいるべきではありません」

フロイスもロレンソも、この騒ぎの間、逃げもしなければ、立ちあがりもしなかった。

気色《けしき》ばんでいたのは、ロレンソの後ろだてとなり、信長とロレンソたちとの仲介役となっていた、和田惟政である。

これに対し、フロイスは答えている。

「わたしがここにいるのは、殿に呼ばれたからである。とどまっているのは先ほどらい、何度も殿にこの席を辞することをお伝えしたが、ここにおれとの殿のお言葉があったからである。我らと一緒にいたくないのであれば、あなたがこの場を辞すればよいだけのことではないか」

「その通りである」

と、信長もフロイスの言葉を肯定したため、日乗はその場から姿を消したのであった。

その時には、もう、雨が降りはじめていた。

その雨がだんだんと強さを増し、豪雨となったところで、解散となったのである。

「伴天連が帰るのであれば、たれか提灯《ちょうちん》を持って先導せよ」

と信長は言ったのだが、雨がさらに激しさを増したので、結局、寺の離れが用意され、フロイス、ロレンソ、和田惟政は、本堂脇にある離れに眠ることとなったのであった。

離れにはちょうど三室あったので、それぞれ一室ずつに眠ることになった。

奇妙なできごとというのは、まず、ロレンソから始まった。

ロレンソは、夜着《よぎ》を身体《からだ》に掛け、眼を閉じていた。

しかし、なかなか寝つけない。

しばらく前の宗論の興奮が、まだ肉の中に残っていて、それが、頭の中を巡《めぐ》り続けているのである。

時おり、眼を開く。

開いても、見えるのはなお濃い闇ばかりであり、眼を見開いていると、瞳孔《どうこう》から闇が入り込んできて、身体の全てが闇に満たされてしまう。吸い込む夜気《やき》もまた闇そのもののようであり、吸えば肺臓から、心臓、胃の腑《ふ》——はらわたの全ても闇の色に染まってしまいそうであった。

自分の肉体ばかりでなく、心や人格までもが闇と同化しているのではないかと思う。

眼を閉じれば、多少落ち着くのは、眼を閉じているという、そのことによる。これならば、どれほど濃くても、馴染《なじ》みの闇である。

聴こえているのは、激しい雨の音だ。

太い雨。

雨粒がかなり大きいのであろう。

屋根を叩く音のひとつひとつが、大きく、しっかりしている。

五寸、六寸しかない小人が、屋根の上にびっしりと立って、そこで足踏みをしているのではないかと思う。その小人たちは、庭の木の葉の上にも、草の上にも、地面にも庭石の上にもいて、同じように一斉《いっせい》に足踏みをしている。

そんな光景が脳裏《のうり》に浮かぶ。

その時――

とん、
とん、
音がした。

廊下の方だ。

何の音か。

雨だれの音であろうか。

あまりに雨が強いので、どこからか雨が入り込んで、廊下のあたりで雨洩《あまも》りがしているのではないか。

しかし、妙だ。

妙というのは、その音が、少しずつ少しずつ、近づいてきていることだ。

雨洩りであれば、そういうことはない。

同じ場所で、ずっと同じ音が響き続けるはずであった。

錯覚なのかと思ったが、錯覚ではない。

確かに、その音は近づいてきている。

とん、
とん、
屋根の上にいるはずの小人がひとり、家の中に入り込んで、廊下の板を踏みながら、こちらに近づいてくる——そんな風に思えた。

人ではない。

人ならば、その重さのため、みしり、と板の軋《きし》む音がするはずだ。

それがない。

その音は、ロレンソが寝ている部屋の前——襖《ふすま》のすぐ向こうで止まった。

そして、消えた。

はて——

ここまで近づいてきたものは、どうしたのか。

襖の開く気配はない。

ただ、どーっという雨の音が闇の中に響くばかりである。

もしも、何ものかが近づいて、襖のすぐ向こうで止まり、こちらの気配をうかがっているというのなら、かなりのところ、これはおそろしいことなのではないか。

しかし、不思議に自分は落ち着いている。

奇妙な——

とは思うものの、怖《こわ》いという思いは希薄であった。

何かが、全て現実的でないようである。

ひょっとしたら、雨の音を聴いているうちに、自分は眠ってしまったのかもしれない。

つまり、これは、夢なのかもしれない。

ただ、この夢の中にまで、雨の音は届いてきているのであろう。

そんなことも思った。

と——

ロレンソは、また、ひとつ気がついた。

部屋の中に、何かの気配があるのである。

何かが、部屋の闇の中にいて、凝《じ》っとこちらの様子をうかがっているようなのである。

何ものか。

さっき、襖の向こうにいたものが、いつの間にか部屋の中に入り込んだのか。

そう思っても、やはり、それに怖さがともなうことはない。

やはり、これは夢なのか。

いずれにしろ、それは、この部屋のいずれかにあって、こちらの気息《きそく》をうかがっているようなのである。

息を吸う。

息を吐く。
その数を、その何ものかが、闇の中で数えている——
たれか。
——おれさ。
そう言う声が聴こえたような気がした。
眼を開ける。
闇の中である。
何も見えない。
——こちらじゃ。
声のする方へ、顔を向けようとする。
顔が動いたのかどうか。
いずれにしても、見えるのが濃い闇ひとつということでは同じである。
それを見ていると、何か、見えるような気がした。
闇の中に、さらに闇より濃いものがいる。
そいつが座して、凝っとこちらをうかがっている……
たれじゃ——
実際に、自分がそう声に出しているのかどうかはわからない。
しかし、
——おれさ。
という声は還《かえ》ってくる。

おれ？
——闇の中に棲《す》むもののさ。
なに⁉
——今日は、おもしろいものを見させてもろうたよ。
と、そいつが言う。
おもしろいもの？
——ああ、おもしろかった。信長はおもしろい。
殿が⁉
——しかし、いかんな。
何がです？
——ぬしらが、信長に教えてしもうたことじゃ。
何を教えたと？
——人を殺してもよいという理屈じゃ。
そのようなことは、教えておりません——
——教えたさ。
まさか——
——教えたとは思わずとも、教わってしまう。それが信長じゃ。それ故《ゆえ》、おもしろい。
闇は、闇のような声で、答える。
——おれはな、もののけよ。
あなたさまが？

——そうよ。おれは、古代の神の裔《すえ》じゃ。

神？

——あやつはな、殺すぞ。

殺す？

——この国に、古《いにしえ》よりいる神々をさ。

ロレンソには、この声の主《ぬし》が何を言っているのかわからない。

神々？

神々も何も、神はこの世にただひとりしかおわさぬではないか。

神は、この世にデウスおひとり——

すると、声の主は、からからと笑った。

——デウスは、おるさ。デウスだけではない。仏もおる。仏ばかりではない。この世には、天《てん》狗《ぐ》も河童《かっぱ》も、蛟《みずち》も、龍も、幽鬼《ゆうき》も、皆おるのさ。

——美という神もおる。

——醜《しゅう》という神もいる。

——妖魅《ようみ》も妖怪も皆神じゃ。皆神々じゃ。それをぬしらは、神はひとりしかおらぬという。じゃから、ぬしらは他の神を認めぬ。それこそが大きな間違いじゃ。この世には、あまたの、人の数だけ神がいると知れ。

何だろう。

この声の主は何を言っているのか。

襖の開く気配があった。

隣の部屋から、たれかが入ってきた。

フロイスが和田殿と呼ぶ、和田惟政であると、ロレンソにはわかった。

——さあ、仲間を呼んでやったぞ。

——立ちあがれ。着ているものを脱ぎ捨てよ。

ロレンソは、闇の中で立ちあがり、身につけているものを、全て脱ぎ捨てた。

横で、和田惟政も着ているものを皆脱ぎ捨てて、裸になっているとわかる。

ぴかっ、
と、稲妻《いなずま》が光った。

それに続いて、雷鳴が轟《とどろ》いた。

嵐となっていた。

——さあ、隣で眠っているフロイスをたたき起こし、裸にひんむいて、踊れ。そなたらは、あまたおわすこの世の神々への贄《にえ》じゃ。外に出て、贄として、雨の中を舞え。踊れ。狂え。

「さあ」

という声が、はっきり聞こえた。

(六)

この騒ぎに最初に気づいたのは、松井友閑であった。

夜半——

豪雨の音に混じって、何やら叫び声が聴こえていた。

何ごとかと思って、外をうかがった。

雨戸をあけた。

すると、ふたりの男が、雨の中、素裸《すっぱだか》で踊っていたというのである。

時おり、雷鳴が轟き、稲妻が走る。

その稲妻の光の中に、人の姿が浮きあがった。

ロレンソと、和田惟政が、裸で踊っていた。

ふたりの足元で、フロイスが泣き叫んで神の名を唱《とな》えている。

逃げようとすると、ふたりから引きもどされ、着ているものをひきはがされる。

フロイスもまた、半分裸であった。

人を呼び、集まった者たちで、三人を屋根の下に、強引に連れもどした。

そうして、ロレンソと和田惟政は、ようやく正気にもどった。

しかし、ふたりとも、何が起こったのか、自分たちが何をしたのか、まったく覚えていなかったという。

八ノ巻　信玄《しんげん》吼《ほ》える

（一）

秀吉は、寝所《しんじょ》で眠っている。

元亀《げんき》二年（一五七一）、夏――

近江国、横山《よこやま》城。

秀吉は、この城の主《あるじ》となっている。

西の正面が、琵琶湖《びわこ》である。

長浜《ながはま》城下を見おろし、背後に伊吹山《いぶきやま》を背負っている。

信長は、人遣《ひとづか》いが荒い。

秀吉を便利な道具のように使う。ただの道具であれば、どれほど使われたとて、疲労することはないが、人という道具は、疲労もするし、時に休みたくもなるし、なまけたくなりもする。

秀吉、信長に仕《つか》えてから、働きずくめである。

今は、浅井《あざい》と一向一揆《いっこういっき》のことで忙しい。

かつては、戦《いくさ》で殺した無名の人間のことを、考えたりもしたが、この頃はあまり思うこともなくなっている。

死んだ者、殺した者たちひとりひとりに、自分のような生活があり、その中では名を持ち、親や妻や子がいて、それぞれの役わりをもって生きてきたことであろう。その生命《いのち》が突然断《た》たれたことになる。

戦とは業《ごう》が深い。

しかし、場合によっては、自分自身が、屍体《したい》となって草の上に転《ころ》がることになってもおかしくない日々の連続であった。戦は、勝っても負けても、それで終わりではない。次の戦にまた出てゆくことになる。いつか、この戦が終わる日が来るとは思ってもいない。

そういう日々の中で、どう生きたか、それこそが人の、いや、自分の生きる意味であろう……

そのようなことを、あまり、考えなくなってしまった。

慣れもあるが、第一には忙しすぎた。

もうひとつ——

それは、織田信長という個性を主として持ったことだ。

ある意味、そのような思考を、秀吉は——主信長に預けてしまっている。

そのほうが、道具としてよく機能する。

それが、おもしろい。

どうすれば信長が喜ぶか、それを考えることが、生きることであり、信長を喜ばせることができれば生きのびることができる——そういう道具だ。

信長という人間を、この世で一番よく理解しているのは自分であるという自負が秀吉にはある。

それでも、信長には計り知れぬところがある。

何度も覗《のぞ》き込んでいるのに、底が見えることのない淵《ふち》のようなものだ。

今——

秀吉は、泥だ。

人のかたちをした泥。

濡《ぬ》れた泥の塊《かたまり》が、ぼたりと上から落ちて、そのままそこで動かなくなったように、秀吉は眠っている。

眠りながら、泥が、泥のような夢の中で、泥のようなことを考えている。

秀吉……

ふとだれかに呼ばれたような気がした。

秀吉……

耳で聴《き》いた声ではない。

気配が聴こえた——そんな感じだ。

何かが、同じ闇の中にいる。

その何かが、近くにうずくまって、闇の中から、同じ闇の中にいる自分を見つめている。

そう思った。

眼が覚めた。

しかし、秀吉にはわかっている。

自分は、夢の中で眼が覚めたのだと。

夢の中で、眼が覚めたという夢を見ているのだと——

闇の中で眼を開き、夜具《やぐ》をのけて、上体を起こす。

光が、見えた。

青いような、黄色いような、そんな光の粒が、ひとつ、ふたつ、三つ、ふわりふわりと舞っている。

蛍《ほたる》である。

庭から、この屋根の下まで、蛍が舞い込んできたものらしい。

その蛍の下に、青い夜の庭を背景にして、何か黒いものがうずくまっている。

それが、こちらを見つめている。

声をかけてきたのは、そいつであると秀吉にはわかった。

「たれじゃ……」

秀吉が問うと、

「起きたか」

と、それが、低く、何か重いものが煮えるような声で言った。

その声に覚えがある。

飛び加藤——

あの年齢のわからぬ男の声だ。

同時に、これは夢とわかっている。

なるほど、あの人物であれば、自分の夢に入って来ることくらいはできるであろうと思った。

「久しぶりでござりますな——」

秀吉は言った。

「二年ぶりじゃ」

うずくまっているものが言った。

声に合わせて、ふわりと蛍が動く。

まるで、妖怪そのものだ。

「二年ぶり？」

「京の妙覚寺じゃ」

飛び加藤が言った。

顔は、見えない。

「ぬしは知らぬであろうが、おれは、あの時、あの場におった……」

「あそこにおられたのですか――」

飛び加藤であれば、たれかに化けて、あるいは見えぬようにどこかに潜《ひそ》んで、あの場にいることは可能であろう。

「何故《なにゆえ》にまた、あの場所へ？」

「伴天連《バテレン》と仏法《ぶっぽう》の宗論《しゅうろん》じゃ。おもしろそうなのでな。これは聞きのがしてはならぬと思うて、潜んだのじゃ」

「ははあ、わかりましたぞ」

「何がわかったのじゃ」

「あの晩、雨の中で、おかしなことが、フロイス殿に起こりましてなあ。なるほど、あれは皆、飛び加藤殿の仕業《しわざ》であったということですな――」

「ふん」

「いや、おもしろうございました。宗論として、いずれが勝った、負けたということより、あのようなことのほうが、わたしには、愉快なことでございましたな。わたしも、あの宗論を聞いていて、ちょっとあの者たちをからこうてやりたくなりました……」

秀吉は、微笑した。

飛び加藤が、闇の中で笑ったような気配があった。

「何か、わたしに御用でございましょうか」

秀吉は訊《き》いた。

「うむ」

「わたしが、今、これこのように人がましい姿をしておりますのも、あなたさまのおかげにござります。何なりと——」

「たいしたことではない。ちょっと、ぬしと話がしてみとうなってな」

「話を?」

「どうじゃ、信長は?」

飛び加藤が問うてきた。

「信長さまでござりまするか——」

秀吉は、考える。

いったい、飛び加藤は、何を聞きたいのか。

自分にどう言わせたいのか。

心に思うことを、そのまま言ってしまってよいものかどうか。

「おれの心を忖度《そんたく》するな。正直に言えばよい——」

思えば、この飛び加藤が、自分を信長に引き合わせてくれたのだ。

この飛び加藤に、どぶろくをくれてやり、泥鰌鍋《どじょうなべ》を食わせてやったのである。

その礼であったのかどうか。

信長のよき道具、よき杖《つえ》になれ——

そんなことを、この飛び加藤に言われたのではなかったか。

「おそろしきお方にござりますな」

秀吉は言った。

「しかし、おそろしゅうござりまするが、これほど働き甲斐《がい》のあるお方もござりませぬ。道具としてお仕えして、これほどおもしろいお方もござりませぬ」

秀吉は、満面に笑《え》みを浮かべた。

この飛び加藤に、今さら隠すことではない。

都合のわるいことを告げ口されて、信長に咎《とが》めを受け、殺されるようなことになっても、その時はその時のことだ。

己《おの》れをさらけ出して、飛び加藤の懐《ふところ》へ入ってしまえばよい。

「あいかわらずの、人たらしの面《つら》じゃ」

「命がけで、お仕えしております」

正直すぎるほど正直に、秀吉は言った。

「信長のやり方はどうじゃ」

「それは、考えぬようにしております」

これも、正直に秀吉は言った。

「道具は、主が自分をどのように使うのかについて、思いませぬ」

「ふふん」

飛び加藤は、また、笑ったようであった。

蛍が、ふわりと飛ぶ。

考えてみれば、あの松井友閑もまた、この飛び加藤によって、信長との縁をつないでもらったようなものだ。

幸若舞の『敦盛』が結んだ縁と言っていい。

「飛び加藤殿、まだ、ござりまするな」

秀吉は言う。

夢の中と承知で言う。

「まだ?」

「この猿めに、道具の話をさせて、それで終《しま》いということではないのでは――」

「あると言えば、ある……」

飛び加藤は、曖昧《あいまい》なうなずき方をした。

「何でござります」

「猿よ……」

飛び加藤は、秀吉自身が、自《みず》らを猿と呼んだのを機会に、秀吉のことを猿と呼びはじめた。

むろん、飛び加藤、信長が秀吉のことを猿と呼んでいるのを承知してのことであろう。

「おれはな、人外のもの、いいのじゃ。人の世の外に棲《す》むもののけよ……」

「承知しております」

「めったに、人の世のことには、自ら関わったりはせぬ」

「はい」

「ぬしや、信長や、友閑は、特別じゃ。ぬしらの人《にん》がおもしろう思うて、ちょっかいをかけたが、こういうこと、あまりあるわけではない」

「はい」

秀吉はうなずく。

しばらく飛び加藤の聞き役になるつもりであった。

「ぬし、天下、ということを考えたことがあるか――」

「天下、でござりまするか――」

天下、という言葉は、そもそもは中国に源《みなもと》がある。『春秋左氏伝《しゅんじゅうさしでん》』にすでにその言葉の使用が認められるが、最も多くその言葉を使用した国は、日本国であろう。

天下とは、今日《こんにち》的感覚で言えば、宇宙、全世界ということになるのであろうが、それが使用される国、使用される時代、使用される環境によって、意味が変化をする。

中国的な考え方で言えば、まず「天子《てんし》」を中心に置いた「華《か》」あるいは「夏《か》」という中央があり、その周囲を「内臣《ないしん》」が囲み、さらにその周囲を「外臣《がいしん》」が囲んでいる。そのさらに外側が「朝貢国《ちょうこうこく》」であり、その外側を囲んでいるのが、「化外《けがい》」と呼ばれる地域である。

中央たる「天子」の威《い》が及ぶ範囲が、「朝貢国」までであり、古代においては日本国はこの「朝貢国」にあたる。

「化外」はすでに「天子」の威が及ばぬ地域であって、北狄《ほくてき》、南蛮、東夷《とうい》、西戎《せいじゅう》という地域が四方を囲んでいる。

時代や王朝によって、考え方は違うとしても、古代中国で天下と言えば、「朝貢国」までを指すと考えていい。

日本の場合で言えば、狭くは五畿内《ごきない》を指す言葉であった。

ここで、飛び加藤が使った天下というのは、大きく考えて、蝦夷《えぞ》と琉球《りゅうきゅう》——つまり、北海道と沖縄をのぞいた日本というほどの意味である。

飛び加藤は、秀吉の返事を待たなかった。

「猿よ、ぬし、信長にかわるつもりはあるか——」

とんでもないことを口にした。

心臓が、口から飛び出そうになった。

いくら夢とはいえ、答えられる問いではない。

次に、飛び加藤は、おそるべき言葉を口にした。

「どうじゃ、この天下を己れの足下《そっか》に踏んでみたくはないか」

わっ、
と、声をあげて、秀吉は、本当に眼を覚ましていた。

ねばい汗が、全身に浮いていていた。

何であったのか、今のは——

夢か!?

飛び加藤に夢を操《あやつ》られたか。

あるいは、夢でなく、本当に飛び加藤と自分は、あのような会話をしていたのか。

もしかして、自分は、夢の中で、そのまま飛び加藤と自分の役をやって、それを声に出していたのではないか。

庭へ、眼をやった。

ちょうど、庭と、軒下《のきした》との境目《さかいめ》あたりに、蛍の光が、夢の名残《なごり》のように、ひとつ、ふたつ、三つ、ふわりふわりと舞っているのが見えた。

秀吉は、溜息《ためいき》をついていた。

（二）

元亀元年（一五七〇）から元亀四年までの信長は、尻に火が点《つ》いた獣《けもの》のように忙しい。おそらく、この時期の信長は、この地上で最も多忙な人物であったろう。

四月から元亀元年となる年の正月。信長は五カ条の御掟《おんおきて》を義昭に認めさせた。これによって、信長は、誰にも邪魔されずに、自由に天下のことについて動けるようになった。

同じ正月、諸国の大名に対し、御所修理のため、上洛《じょうらく》すべしとの召集状を発している。

信長自身は、二月二六日、安土《あづち》の常楽寺《じょうらくじ》に入って、三月三日に近江国中の相撲《すもう》取りを集めて、相撲会《すまいのえ》を開催している。

どういう力士が出場したか、その名が残っている。

百済寺《はくさいじ》の鹿《しか》、百済寺の小鹿《おじか》、たいとう、正権《しょうごん》、長光《ちょうこう》、宮居眼左衛門《みやいがんざえもん》、河原寺《かわらでら》の大進《たいしん》、はし小《こ》僧《ぞう》、深尾又次郎《ふかおまたじろう》、鯰江又一郎《なまずえまたいちろう》、青地与右衛門《あおちよえもん》——行司《ぎょうじ》が木瀬蔵春庵《きのせぞうしゅんあん》であったという。

三月五日、上洛して上京《かみぎょう》の半井驢庵《なからいろあん》の屋敷を宿所とした。

柴田勝家や秀吉など、信長の家臣団はもちろんのこと、畿内や隣国《りんごく》から、錚々《そうそう》たる顔ぶれの大名や武将が集まり、その中には、三河からやって来た徳川家康の顔もあった。

この時期に信長がやったことで、世間の度肝《どぎも》を抜いたのは、強引なやり方で天下の名品を手に入れたことである。

どのようなものか。

一、天王寺屋宗及《てんのうじやそうぎゅう》所持の菓子の絵
一、薬師院《やくしいん》所蔵の茶壺《ちゃつぼ》「小松島《こまつしま》」
一、油屋常祐《あぶらやじょうゆう》所持の花入れ「柑子口《こうじぐち》」
一、松永久秀所持の絵「煙寺晩鐘図《えんじばんしょうず》」

これらを手に入れるのに、信長のしたことは、松井友閑と丹羽長秀をやって、

「欲《ほ》しい」

という自分の意を伝えただけである。

伝えられた誰もが、ただちに何も言わず、これらを信長に献上した。

信長は、その代価として、金銀を彼らに与えはしたが、強奪したも同然のことであった。

もしも、これを拒否したらどうなるか、彼らもよくわかっていたに違いない。

四月一四日、将軍御所の建築が完成した祝いとして、観世《かんぜ》、金春《こんぱる》、二流合同の能の会が催《もよお》された。

将軍義昭はもとより、徳川家康、松永久秀、諸国の大名が集まった。

四月二〇日、京から越前《えちぜん》へ出陣。

二五日、敦賀《つるが》へ軍を出し、敵の首一三七〇を取る。

四月三〇日、岐阜に帰還。

この頃、一揆が起こり、これを制圧。

五月一九日、杉谷善住坊《すぎたにぜんじゅぼう》に狙撃《そげき》される。

杉谷善住坊は、捕らえられ、後《のち》に、街道の地に首まで埋められ、通る者に、その首を鋸《のこぎり》で挽《ひ》かせた。

六月四日、六角義賢《ろっかくよしかた》父子が扇動《せんどう》して近江南部で一揆、これを制圧。

六月一九日、小谷城攻めのため、出馬。

六月二八日、朝倉《あさくら》、浅井と姉川《あねがわ》の合戦《かっせん》。

七月六日、上洛。

七月八日、岐阜に帰還。

八月二〇日、南方へ出陣。二六日には、敵のたてこもる野田《のだ》、福島《ふくしま》を攻撃するための陣を敷いた。


敵は南方の諸浪人である。

この場合、南方というのは、奈良のあたりを指す。北の平安京《へいあんきょう》から見て、奈良の東大寺《とうだいじ》を中心とする仏教を南都《なんと》仏教と呼ぶのと同じである。

敵の主《おも》だった顔ぶれは——

細川昭元《ほそかわあきもと》、三好長逸《ながやす》、三好康長《やすなが》、安宅信康《あたぎのぶやす》、十河存保《そごうまさやす》、篠原長房《しのはらながふさ》、石成友通《いわなりともみち》、松山某《まつやまなにがし》、香西《こうさい》越後守《えちごのかみ》、三好政勝《まさかつ》、斎藤龍興《たつおき》、長井道利《ながいみちとし》——これらの軍八〇〇〇が、野田、福島にたてこもったのである。

根来《ねごろ》、雑賀《さいが》、など、紀伊《きい》の軍二万が信長に味方したため、野田、福島の旗色が悪くなり、これに困ったのが大坂《おおざか》であった。

大坂、というのは、この時、石山本願寺《いしやまほんがんじ》のことである。かねてより、信長と対立していた石山本願寺は、野田、福島が陥落《かんらく》しては自分たちが危ないと見て、信長に攻撃をしかけてきたのである。

この戦の最中、九月一六日、朝倉、浅井の軍勢三万が坂本《さかもと》へ攻め寄せてきた。

朝倉、浅井は比叡山にこもって、この戦は年内まで続いた。

元亀元年だけを見ても、戦の連続で、ほとんど休みなく信長は戦いつづけている。

秀吉——木下藤吉郎が横山城に入ったのも、この一連の戦で、浅井方に睨《にら》みをきかせておくためであり、主君たる信長が、自由に動くことができるようにするためであった。

（三）

元亀二年、九月一二日——

信長は比叡山を焼き打ちする。

これにには理由がある。

前述したように、前の年の八月、信長は、南方の野田、福島へ出陣している。

これは、信長にとっては重大な戦であった。

このとき、勝利はしたものの、根来、雑賀が敵にまわっていたら、信長の生命も危なかったところだ。

こういう時に、朝倉、浅井が攻めてきたのである。

浅井長政《ながまさ》には、信長の妹であるお市《いち》を嫁《とつ》がせている。その浅井が敵にまわっている。このことでは、信長は、あやうく命を落としかけた。

その恨《うら》みがある。

野田、福島からもどった信長は、浅井、朝倉軍とまたもや戦うことになったのだが、この時、浅井、朝倉に味方したのが比叡山であった。

昨年のこの戦の時、信長は、比叡山に申し入れをした。

延暦寺《えんりやくじ》の僧衆一〇人ほどを呼び寄せ、次のように告げた。

「もし、この信長の味方につくならば、信長領国内にある延暦寺荘園は、もとの通り返還しようではないか」

と。

「しかし、出家の身として、どちらか一方に味方できないというのなら、浅井、朝倉にも味方せずにいただきたい。我らの作戦や動きを妨害せずにいてもらえまいか」

信長は、刀鍔《かたなつば》を打ち合わせて、以上のことを誓った。

そして、つけ加えたのは、

「もしも、この二カ条に反したときは、根本中堂《こんぽんちゆうどう》、日吉大社《ひえたいしや》、一山《いちざん》ことごとくを焼き払って、この地上から跡かたもなく消し去ってやろう」

ということであった。

しかし、比叡山は、信長のこの申し入れに返事をせず、浅井、朝倉の味方をして、その軍勢を、比叡山に入れたのである。

禁制の魚肉、鳥肉を喰《くら》い、女を山内に入れて、さんざん僧らしからぬ行ないを、比叡山ではやっている——というのは、後からつけ加えた口実のひとつだ。

この時期の信長は、それほど暇《ひま》ではない。

比叡山の僧たちが、いくら戒律《かいりつ》を犯しているからといって、それだけで攻めたりはしない。それなりの理由があったのである。

比叡山攻めで、信長は自らが口にしたことを全て実行してのけた。

これには諸説あるものの、『信長公記』によれば——

根本中堂をはじめとして、日吉大社、仏堂、神社、僧坊《そうぼう》、経蔵《きょうぞう》、一棟も残さず、一挙に焼きはらったという。

僧、俗《ぞく》、子供、学僧《がくそう》、上人《しょうにん》、全ての人間の首を斬った。

捕らえられた者たちを、信長は検分した。

「私は、これこれという者です」

という者や、

「この人物は、比叡山の高僧で——」

などという者もいたが、そのことごとくを信長は、斬首《ざんしゅ》させた。

高僧、貴僧、学識のある僧、その全ての首が胴から離れたのである。

その中には、女人《にょにん》や、小童《こわっぱ》もいて、

「我らは、比叡山とは関係がございませぬ。どうか、生命ばかりはお助けを……」

このように口にしていた女や幼童《ようどう》たちも、ことごとく首を刎《は》ねられた。

この時、地に転がった首、数千であったという。

しかし、ここに、奇妙なことがあった。

その奇っ怪な事件のおこった場所というのが常行堂《じょうぎょうどう》であった。

常行堂とは、比叡山にあって、念仏三昧《ねんぶつざんまい》の行《ぎょう》をするための堂である。

本尊は、阿弥陀如来――

僧たちは、ここに籠《こ》もって、九〇日間、ほとんど眠らずの行をする。

阿弥陀如来の周囲を、念仏しながら歩いて回る。手摺《てす》りがあり、天井から紐《ひも》が下がっている。

休む時は、手摺りに寄りかかって、休む。仮眠をとる時も同じだ。座らずに立ったまま、手摺りに寄りかかって眠る。歩く時に疲れたら、手摺りに縋《すが》って歩き、天井から下がった紐に縋って、息を整える。

わずかに、排便の時と、食事の時だけ、これから解放される。

荒行《あらぎょう》である。

それをするのが常行堂だ。

さほど大きな堂ではない。

これが、何故《なにゆえ》、焼けなかったのか。

それについて語ったのが、丹羽長秀の家臣、有馬久兵衛《ありまきゅうべえ》である。

久兵衛は、他の十数人の家臣と共に、この常行堂を囲んだ。

「たれかあるか、出て来ねばこちらからゆくぞ」

五人ほどで、中へ入った。

松明《たいまつ》の灯《あか》りで見れば、たれもいない。

本尊の阿弥陀如来があるばかりで、その周囲を回ったが、潜んでいる者はいない。

「火を放て」

久兵衛が、命令した。

松明を持った者が、久兵衛を含めて三人。

火を放とうとしたが、さすがに、本尊の阿弥陀如来像の前では、それもはばかられた。

後ろへ回った。

如来像の背後には、漆黒《しっこく》の闇の空間がある。

五人はそちらへ回った。

三本の松明が燃えていても、なお、闇が濃い。ねばい、ねっとりとした闇であった。

橋本源次郎《はしもとげんじろう》という者が、手にした松明を、一本の柱の根元に投げた。

めらめらと炎が上がって、今にも柱に燃え移ろうかと思えた時——

ふっ、
と、投げた松明の炎が消えた。

炎は消えたが、赤く、燠《おき》のように、落ちた松明の炎が息をしているようである。

二本目を投げた。

一本目の松明の上に、それは重なって落ち、ほんの一瞬、炎が大きくあがりかけたが、その松明の灯りも、同様に、ふっ、と消えた。

手にした三本目の松明を投げようとして、久兵衛が迷ったのは、この三本目の炎まで消えてしまったら、どうやって外へ出たらよいのかと考えたからであった。

この〝どうやって外へ出たらよいのか〟という思いは、〝どうやって逃げたらよいのか〟という思いとほぼ同じであった。

その、迷った一瞬に、声が聞こえた。

「やめておけ――」

と、その声は言った。

男の声であった。

久兵衛は、仲間の誰かが発した声かと思い、他の四人を見回したが、いずれも、〝違う〟というように首を小さく振った。

ということは、ここにいる五人全員が、今の声を耳にしたことになる。

外から、仲間が入ってきたのかと気配をうかがってみたが、どうやらそうでもないらしい。

誰の眼にも、怯《おび》えの色が浮いていた。

そこへ――

「ここは、我が神のおわす場所じゃ、失《う》せよ――」

声が言った。

その声と共に、久兵衛が手にした松明の炎が、ふっ、と消えて、周囲の重い闇が、どっと五人に押し寄せてきた。

五人は、息を呑《の》んだまま、動けない。

眼が慣れてみれば、炎は消えたものの、三つの松明は、この闇の中で、赤く、呼吸するように光っていて、何とか、柱や、床くらいは見てとれる。

その時――

ぽん、
という音が聴こえた。

誰でもわかる。

鼓《つづみ》の音だ。

何者かが、この闇の中で、鼓を打ったのである。

ぽん、
ぽん、
鼓の音が、さらに聴こえた。

見れば、闇の中で、何かが動いている。

子供だ。

童子《どうじ》である。

それも、人形のように小さな童子であった。

ふたりの童子だ。

頭に烏帽子《えぼし》をかぶっている。

それと、さらによく見やれば、人――ではなく、鼠《ねずみ》であった。

二匹の小さな鼠が、童子姿となって、それぞれ右手に笹、左手に茗荷《みようが》を握って踊っているのである。

ぽん、
ぽん、
と、鼓が鳴る。

その音に合わせて、鼠の童子が足を踏んで踊るのである。

その背後に、立つものがあった。

丈《たけ》二尺（約六〇センチメートル）ほどの小さな人だ。
姿こそ人だが、人ではありえない。
このように小さな人などいない。
見れば、落ちた松明二本を、その左足の下に踏んでいる。
狩衣《かりぎぬ》を着て、頭には唐《とう》風の頭巾《ずきん》をかぶっている。
左手に鼓を持ち、それを、右手の指先で打っているのである。
ぽん、
ぽん、
その狩衣の人——男は、口をかあっと大きく開いている。
笑っているようだ。
呵々大笑《かかたいしよう》している顔だ。
しかし、その笑い声は聞こえてこない。
ただ、口を大きく開いて、笑っている。
いや、ことによったら、それは、怒っているように見えなくもない。
何をしに来た。
出てゆけ。
そう言って怒っているのかもしれない。
さっきの声が、この、鼓を打つ男が発したものなのであれば、そうかもしれない。
「な、何者じゃ……」
有馬久兵衛が問うた。

「我は、この堂を守る、摩多羅神《またらじん》……」

その、鼓を打つもの
は言った。

地の底で、蛇が鱗《うろこ》をこすりあわせるような声であった。

さっきの声とは違う。

ということは、さっき、聞こえた声は、このものが発したものではなかったのか。

「おのれ、妖物《ようぶつ》！」

なけなしの勇気を振り絞《しぼ》って、有馬久兵衛は叫んだ。

「斬れ、斬ってしまえ」

「応《おう》」

とこたえて、ひとりが剣を両手に握って斬りかかると、その男はつんのめるように前に倒れ込んだ。

倒れた身体《からだ》に首がない。

首は、ごろりごろりと転がって、摩多羅神の横で止まった。

止まった首が立ち、眼を見開いて有馬久兵衛を睨んだ。

ぽん、
と、摩多羅神が鼓を打つ。

すると、立った首の口がかっと開かれ、

「去《い》ねい、有馬」

そう言った。

鼠の童子のうちの一匹が、その首の頭の上に乗って踊り出す。

「斬れ、やれっ」

有馬久兵衛が言う。

ふたりの兵が、前に出た。

ひとりは槍《やり》を持ち、もうひとりは剣を右手に持っている。

おそるおそる、槍を突き出しながら前に進むと、もう一匹の鼠の童子が、
ひょい、
と、跳《と》んで、槍の穂先の上に乗った。

鼠の童子は、手に持った笹と茗荷を振り、踊りながら柄《え》の上を近づいてきた。

「わっ」

と声を上げて、その兵は槍を振ったが、童子は落ちない。

「くわっ」

槍を振った。

と――

その槍の穂先が、前に出ていた、剣を右手に握っていた兵の脇腹に突き刺さった。

「ぐええっ」

刀を取り落として、その兵が倒れた。

倒れた身体に首がない。

首はごろりごろりと転がって、前の首の横に並んで立った。

眼をむいて、有馬久兵衛を睨んでいる。

ぽん、

と、鼓が鳴った。

首が、かっと口を開いて、

「去ねい」

そう言った。

「去ねい」

「去ねい」

ふたつの首が、声をそろえていう。

「有馬さま！」

橋本源次郎は、悲鳴のような声をあげて、有馬久兵衛を見た。

逃げたい。

しかし、逃げて、有馬久兵衛にそれを報告されたら、信長に何と言われるか。

どんな罰を受けるか。

この摩多羅神も恐ろしいが、信長もこわい。

そう思っているのがわかる。

橋本源次郎の顔つきが、その時変わった。

何か別の人格が、その内側から姿を現わしたようにも見えた。

橋本源次郎は、いきなり剣を抜き放った。

その切先《きっさき》を、有馬久兵衛に向けた。

「どうした、橋本――」

「有馬殿、死になされ。ここから生きて帰るのが、我だけなら、いかようにも言うことができるでな」
「狂うたか、橋本」
有馬久兵衛は、手にしていた松明を、橋本源次郎に向かって投げつけた。
先が、橋本源次郎の顔に当たる。
火の粉《こ》が散った。
橋本源次郎がひるんだ隙《すき》に、有馬久兵衛は剣を抜いていた。
ぽん、
と、鼓が鳴った。
「てえいっ」
「しゃあっ」
ぎがっ、
剣と剣がぶつかって、音をたてた。
ぽん、
と鼓が鳴る。
ぽん、
ぽん、
その音に合わせるように、有馬久兵衛と橋本源次郎が闘《たたか》いはじめた。
ぽん、
ぽん、
おかしい。

まるで、自分たちは、鼓の音に操られているようだと有馬久兵衛は思った。

鼓の音に踊らされ、闘わされている。

その拍子《ひょうし》に合わせて身体が動く。

ずぶり、
と、有馬久兵衛の手にした剣の先が、橋本源次郎の喉《のど》に潜《もぐ》り込む。

ごぼり、
と、橋本源次郎の口から血が溢《あふ》れ出す。

「去ねい、去ねい、有馬」

流れ出す血と共に、橋本源次郎が言った。

その首がもげて、ごとん、と床に落ちる。

その首が床に立つ。

その首の上に、鼠の童子が立って、踊り出す。

「去ねい」

「去ねい」

「去ねい」

首たちが言う。

ぽん、
ぽん、
ぽん、
摩多羅神が鼓を打つ。

ぞっとした。

そこまでが、有馬久兵衛の限界であった。

しかし、逃げよ、とは有馬久兵衛は言わなかった。

「外へ！」

そう叫んだ。

有馬久兵衛と残った兵は、それでようやく外へ飛び出したのである。

「たれもおらぬ」

外へ出た有馬久兵衛は、外にいる仲間に告げ、

「火は放った。次じゃ」

そう叫んだ。

それで、皆は、その場から移動したのである。

（四）

あとで、このことが問題になった。

というのも、有馬久兵衛と一緒に常行堂の中に入ったはずの仲間三人が出てこなかったからである。

後から来るものと皆は思い、有馬久兵衛の言うままに移動したが、実は有馬以外の三人が出てくるのは、誰も目撃していないのだ。

結局、常行堂は、焼けたのだが、三人の死体はその炎で焼けてしまったのだが、その後、三人

のことが噂《うわさ》となり、問いつめられて、有馬久兵衛が、常行堂で何があったかを白状したのである。

これは、むろん、信長の知るところとなり、有馬久兵衛ともうひとりは、腹を切らされた。

信長が、このできごとに興味を持ったのは、この話を一緒に耳にした、松井友閑が、

「ほう、摩多羅神にござりまするか――」

そう言ったからである。

「摩多羅神が、何じゃというのだ」

信長が問う。

「常行堂の後《うし》ろ戸《ど》の神にござります」

「後ろ戸の神？」

「宿《しゆく》の神――宿神《しゆくじん》にござります」

友閑は言った。

「宿神？　なんじゃ……」

「はい」

と頭を下げ、

「我らが、芸の神にござります」

そう言って、友閑は、信長に説明を始めた。

念仏三昧の行《ぎよう》をする常行堂の本尊は阿弥陀如来である。

常行堂には、この阿弥陀如来の他に、もう一体の像――神が祀《まつ》られている。

これが、後ろ戸の神、摩多羅神である。

その祀られる場所は、阿弥陀如来の後ろの空間である。

念仏三昧の行は、阿弥陀如来の周囲を回るため、その背後にも当然、空間がある。その空間に、摩多羅神は祀られる。

摩多羅神——そもそもは、異国の神であるという。

「比叡山に『渓嵐拾葉集《けいらんしゆうようしゆう》』という書がござりまして、この書によれば、慈覚大師円仁《じかくだいしえんにん》が、唐より帰朝するおり、船上にて、虚空《こくう》より響く声を耳にしたと言われております」

その声は次のように言ったという。

〝我は摩多羅神という神である。障礙《しようがい》神にてあれば、我をおそれうやまわぬ者には祟《たた》りをなすであろう〟

「以来、比叡山では、この摩多羅神を、常行堂の後ろ戸へ祀ったと言われております。そしてこの摩多羅神の眷属《けんぞく》が、丁禮多《ていれいた》、爾子多《にした》なるふたりの童子にて、左右の手に笹と茗荷を持つとされておりますれば、二匹の鼠がそうでありましょう」

さらに——

と、友閑は言葉を続けた。

「この摩多羅神については、世阿弥《ぜあみ》の著《あら》わした『風姿花伝《ふうしかでん》』にも書かれております」

ある時——

古代インド——天竺において、祇園精舎《ぎおんしようじや》で釈迦如来が説法《せつぽう》をしようとしたというのである。

このとき、かつての釈迦の弟子のひとりであった提婆達多《だいばだつた》が、外道《げどう》一万人を引き連れて、これを邪魔しようとした。

それをさせぬため、釈迦の弟子たちが祇園精舎の後ろ戸で、歌舞音曲《かぶおんぎよく》のもよおしをした。すると、提婆達多たちは、釈迦の説法を邪魔することを忘れ、その歌舞音曲を見物してしまったため、釈迦は無事に説法を終えることができたというのである。

以来、摩多羅神を祀る時は、如来の堂の後ろ戸になったのであろうと、友閑は言うのである。

「しかし、不思議《ふしぎ》なことに、この逸話、仏典のいずれを探しても見あたりませぬ――」

友閑の話を、しばし、眼を閉じて聞いていた信長、やがて、かっと眼を開き、

「ゆく」

そう言った。

（五）

まだ、火の臭いが残っている。

歩けば、焼けた木材の間から、くすぶった煙が立ちあがっている。

そして、無数の屍体――

屍体の多くは焼けて、無惨《むざん》に焦《こ》げた肉をさらしている。

首のない屍体もあれば、腕や手のない屍体、そして、背中を大きく割られた屍体もあった。刃物で割られた屍体の、その裂《さ》け目の奥には、火で煮えそこねた肉が、赤く覗いていたりする。

信長は、そういう光景を、眉《まゆ》をひそめもせずに眺《なが》めながら、先頭に立って歩いている。

従っているのは、猿――秀吉と松井友閑、そして、数人ほどの兵である。一〇名に満たない。

勝敗が決したとはいえ、まだ、叡山の山中には、討《う》ち逃した僧兵が残っているかもしれない。

が、そういう人間たちがいたとしても、まさか信長が、自身で、こうして山に登ってくるとは思

っていないであろう。

しかし、念には念を入れねばならない。

秀吉などは、数人でゆこうとする信長に、

「殿、それは危《あぶ》のうござります」

と、多人数でゆくことを勧《すす》めたのだが、信長はただひとこと、

「かまわぬ」

そう言っただけで、陣を出てしまったのである。

着いた。

杉林の中に、半分焼けた常行堂が建っている。

他の建物が、ほとんど焼け落ちてしまっているのに比《くら》べ、驚くほど無傷であった。杉の古木に囲まれたこの一画だけが、森々《しんしん》として違う空気が漂《ただよ》っている。

扉は、開いたままになっている。

信長が先頭に立って、中へ入ってゆく。

友閑、秀吉の順で、中に入った。

一緒に入った兵は、四名。

他の者は、外で待機している。

昼とはいえ、建物の内部は暗い。

正面に、阿弥陀如来像があるのを一瞥《いちべつ》すると、

「友閑、摩多羅神はどこじゃ」

信長は、背後にいる友閑に向かって声をかけた。

「摩多羅神は、後ろ戸の神なれば、如来の後ろに――」

友閑が言う。

「案内《あない》せよ」

「は」

頭を下げ、

「失礼つかまつります」

信長の前に出ると、友閑はしずしずと如来の後ろへと回り込んでゆく。

「来たことは？」

「初めてにござります」

言いながら進んでゆく友閑の後に、信長は続いた。

友閑が足を止めたのは、阿弥陀如来の背後の空間、その北側の壁に設置された厨子《ずし》の前であった。

屍体が三つ、転がっている。

そして、厨子のちょうど前の床に、首が三つ、これはきれいに並んでいた。

信長が耳にした通りである。

まだ腐臭《ふしゅう》こそあがっていないが、血の臭気がこもっていて、床に溜まった三人分の血は、乾ききってはいなかった。

「変化《へんげ》のものはおるか」

信長は、周囲を眺める。

何かあったら、信長を守らねばならない兵たちは、腰を落として、油断なくあたりを眺めている。

「おらぬな」

信長が、自ら言う。

「摩多羅神は？」

「おそらくは、この厨子の中かと――」

信長の眼が、厨子を睨む。

人の背丈《せたけ》ほどの、小さな堂だ。

屋根があり、両開きの観音扉《かんのんとびら》がついている。

「開けよ」

友閑が前に進み出ると、

「この猿が……」

そう言って友閑の横に並んだのは、秀吉であった。

秀吉は、ひとつ息を吸い、意を決して、両手を前に伸ばした。

ここでぐずぐずしては、信長の機嫌が悪くなる。

扉を開いた。

厨子の中は、さらに暗い。

奥に、高さ七寸（約二一センチ）足らずの小さな像が安置されているとはかろうじてわかるものの、それがどのような像かはわからない。

その像の前に、二体の、さらに小さな童子の像が並んでいる。

いずれも烏帽子を被り、右手に笹、左手に茗荷を持ち、足を持ちあげて踊っている。

「奥におわすのが、摩多羅神、手前の二童子が、丁禮多、爾子多であろうと思われます――」

友閑が言う。

すると、つかつかと信長が歩み寄ってきて、

「退《の》けい」

ふたりを左右に分けて、自分が厨子の正面に立った。

両手を伸ばし、左右の手で二童子の像をそれぞれ摑《つか》み、外へ引き出して、眺めた。

「ただの人形じゃ」

二童子を床に叩《たた》きつけた。

「焼け」

短く言った。

続いて信長は、右手を伸ばし、奥に安置された像を取り出した。

その姿が、見えた。

唐風の頭巾を被り、赤い衣を着て、左手に鼓を持っている。

そして、髯《ひげ》。

口が大きく開いており、呵々大笑しているように見える。

摩多羅神が、鼓を打ち、その前で二童子が踊っている――そういう趣向の像の配置のようであった。

しげしげとその像を眺め、

「ぬしが摩多羅神か――」

信長は、その像に聞こえるような声で言った。

むろん、摩多羅神の像は答えない。

信長は、左手に摩多羅神を持ちかえ、右手の指先で摩多羅神の右手をつまんだ。

ぴしっ、
という、小さな音がした。

「あ、」

と、皆が声をあげたのは、信長が摩多羅神の右手を、折ってしまったからだ。

その折れ口をしげしげと眺め、信長は摩多羅神の右手を床に投げ捨てた。

次が、左手であった。

信長は、鼓を持った摩多羅神の左手を、その鼓ごと、折った。

その折れ口を眺め、匂いを嗅《か》ぎ、

「これは、神ではない」

信長は、摩多羅神の、鼓を持った左手を投げ捨て、床に落ちたそれを、足下に踏んだ。

「ただの木ではないか」

頭《こうべ》をあげ、一同を見た。

「皆焼け」

信長は言った。

その後、思いなおしたように、手の中の両手の失《な》くなった摩多羅神を見つめ、もとの厨子の中にその像をもどした。

「いや、焼かぬでよい」

信長は、さっきとは逆のことを口にした。

そして、厨子の暗がりの中に置かれた摩多羅神を見やった。

「おい、焼かぬでおいてやろう。かわりに、おれに祟るがよい。ぬしがまことに障礙《しょうげ》の神なれば、このおれに祟ってみよ――」

そして信長は、

「おもしろい。おもしろいことになったわ。神とおれの戦じゃ――」

そう言って、からからと嗤《わら》ったのであった。

（六）

「お濃、こういうことがあった」

と、信長が帰蝶にこのことを語ったのは、安土の常楽寺に戻ってからである。

昨年二月、安土で相撲会を催《もよお》した時も、帰蝶は、信長の傍《そば》にあって、これを見物している。

帰蝶は、にこにこしながら信長の話を聴《き》いている。

叡山の僧三〇〇〇人を斬り殺した話などは、以前であれば、

「まあ」

と眉をひそめてもおかしくないのだが、この頃は、ただ笑って信長の話を聴くようになっている。

一度、信長の子を宿したのだが、その子が流れてしまって、以来、帰蝶の口数が、少なくなっている。

ころころとよく笑ったりする女であったが、その後は、あまり笑わなくなった。笑う時は、声

を出さずに笑う。

日々、帰蝶は、透明な、人間の居場所とは違う場所に立って、静かに信長を眺めている——そういうような女になっている。もともと、帰蝶はそういうところがあって、常の人間とは違っていて、信長もそれを愛《め》でていたのであるが、近頃の帰蝶は、ますます人間の居場所からは遠く離れていってしまっているようであった。

しかし、摩多羅神のくだりは、妙に帰蝶の心を動かしたようで、

「それはまた、おもしろいことでござりますね」

いつになく嬉《うれ》しそうに、帰蝶は言った。

「それで、勝てるのでござりましょうか——」

ここで帰蝶が〝勝てるのか〟ということを口にしたのは、信長が、摩多羅神とのことを戦にたとえたからであろう。

「それは、祟られるか祟られぬか、ということか?」

「どうでしょう?」

帰蝶は微笑した。

「勝ったかどうかということだが、これに勝敗があるとするなら、まず、祟りとは何かを決めておく必要がある」

「必要?」

「人が、死ぬということが祟りということであれば、人とは皆死すべきものなれば、全ての人が負けということになろう——」

「はい」

「不意の事故や、病《やまい》、戦、裏切りなどによって、我らは死ぬものだが、それは祟りとは別ものじゃ。もしも祟りというものが、人に死をもたらすことしかできぬというのなら、それはことさらおそるるべきものではない。馬から落ちて死ぬ、転んで頭を打って死ぬ、戦で矢を受けて死ぬ、そういう死と同じである。祟りということでおそれる必要のないものだ。戦で、多くの者を、おれは死に至らしめた。それで祟りを受けたり、死したる者の恨みによって死ぬというのなら、とっくにおれなどは死んでおらねばならぬ。おれだけではない。武田、上杉《うえすぎ》、北条、いずれも、死者の恨みで、とっくにその血がこの世から根だやしになっているところじゃ。ところが、どうじゃ。上杉も北条も、今のところ揺るぎなく、武田に至ってはますます勢いを増しているところではないか――」

信長は、日頃の自分の思うところを、珍しく饒舌《じょうぜつ》に語った。

帰蝶は、それを、にこにこしながら聴いている。

寺の、濡れ縁の上だ。

ふたりきりである。

こういう時間が、信長は好きらしい。

「祟りなぞというものは、人の心が作るものじゃ。天神《てんじん》となった道真《みちざね》公も、あれは人が作ったものさ。雷や病で次々に人が死ぬ。それはよくあることじゃ。それを、心に後ろめたきものを持つ者が、祟りと呼んでいるだけのことぞ――」

「なるほどさようにござりますか。祟りも、もののけも、みんな人の心がその人に見させるものということでござりますね」

帰蝶は、囁《ささや》くようにうなずいた。

（七）

信長が、比叡山を焼き討ちしたその翌年——

元亀三年（一五七二）一〇月三日。

山が、動いた。

武田信玄が、甲府《こうふ》を出陣したのである。

しかし、これを信長は、知らなかったのである。

知ったのは、しばらくたってからであった。

しかし、知ったからとて、この、いったん動き出した巨大な山を止める術《すべ》が、信長にはなかった。

九ノ巻　飛び加藤《かとう》

（一）

岐阜にいる信長が、松井友閑を自分のもとに呼び出したのは、元亀四年（一五七三）、一月半《なか》ばに入ってからである。

「飛び加藤を呼べ」

信長は、友閑にそう言った。

何故《なにゆえ》でござりまするか？

とは、友閑も問わない。

必要であれば、信長はその理由を口にする。

それを口にしないのは、その必要がないと信長が判断しているからである。

「ふたりきりで会いたいと、そう伝えよ」

信長が口にしたのは、それだけであった。

「承知つかまつりました」

友閑は、そう言って頭を下げただけである。

飛び加藤は、それから、五日後にやって来た。

五日後の晩——

信長が、独《ひと》りで眠っていると、夢の中に声がかかった。

鳶《とび》の首をした、僧衣《そうい》の者が出てきて、

「起きよ」

と言う。

「起きよ、信長。起きねば寝首を掻《か》いて、義昭のところへ持ってゆくぞ——」

義昭——今、信長と抗争中の足利義昭のことだ。

信長は、眼を開いた。

仰向《あおむ》けのまま開いた眼から、闇が体内にまで流れ込んできた。

ゆっくりと、上体を起こす。

「起きたな……」

声がした。

眼を開いても、闇の中である。

いつもであれば、夜半に眼を覚ましても、何かは見える。

ぼんやりと、外の月明かりに照らされた室内や、星明かりの外が、室内よりむしろ明るく見えたりする。

しかし、今、信長の周囲にあるのは、濃い闇ばかりである。

「おれを呼んだか」

漆黒《しっこく》の闇の中で、信長は、その声がどちらから聴《き》こえてくるのかさぐろうとしたが、わからない。

闇そのものが、信長に語りかけてきているようであった。

おれというのは、むろん、誰のことか、信長にはわかっている。

飛び加藤である。

「ああ、呼んだ」

「京の空にな、足に赤い紐《ひも》を結ばれた一〇〇羽近い鳶が舞った。よほどの急な用事か――」

「そうだ」

「信玄のことであろう」

声は、間違いなく聴こえているのだが、どの方向から聴こえてくるのか、それがわからない。

「三方ヶ原《みかたがはら》では、家康はさんざんな目に遭《あ》わされたそうだな」

「その通りだ」

信玄の進撃は、凄《すさ》まじかった。

北条と和睦《わぼく》して、東の脅威《きょうい》にひと息ついた信玄は、巨大な龍が動くが如《ごと》く、途中の城や砦《とりで》のことごとくを、叩《たた》き潰《つぶ》し、昨年一二月には、三方ヶ原で家康を蠅《はえ》を叩くが如くにやっつけた。

家康は、浜松城に籠城《ろうじょう》して、信玄と戦《いくさ》をする肚《はら》を決めていた。

その家康をあざ嗤《わら》うように、信玄の軍は、浜松を無視して通り過ぎていった。

これはもう、家康としては、打って出るしかない。

信玄が、城から出てこいと誘っているのはわかっている。打って出れば、やられるとわかっている。それでも、家康は打って出なければならない。

次に、信玄が相手をするのは、信長である。

その信長に、何もせずに信玄を黙って通したとあっては、あとで何をされるかわからないからだ。

その家康の肚を、全て見透《みす》かしたように、信玄は通り過ぎた。

家康は出てゆくしかない。

出てゆき、三方ヶ原で木端微塵《こっぱみじん》に粉砕《ふんさい》された。

ここは、信玄の、名人芸である。

そして、今、信玄は、年を越して、野田《のだ》城を囲んでいるのである。

次は、いよいよ信長であった。

「いよいよ、おれを頼る気になったか――」

「なった」

一四歳の時、信長は、この妖怪のような加藤段蔵と会っている。

二六年前のその時、飛び加藤は、

〝その時は、おれの身体《からだ》と同じ重さほどの黄金《くがね》を用意せよ。それで、おれが、ぬしが殺してほしいと思う人間を殺してやろうではないか――〟

このように言っている。

「くやしかろう、信長よ」

「うむ」

信長はうなずいた。

桶狭間の時も、浅井に裏切られた時も、信長は己《おの》れの力で乗りきっている。

これまでに、飛び加藤を呼んだことはただの一度きりだ。

それは頼みごとがあってのことではない。

桶狭間に、今川義元を襲う時、

〝それを見物せよ〟

と、飛び加藤に言うためであった。

く、
く、
く、
と、満足そうな含み笑いが聞こえてきた。

「二六年前、おれは、おまえの心の中に、一匹の妖物《ようぶつ》を棲《す》みつかせた。その妖物が、ついに育ったということじゃ」

闇が、信長に語りかけてくる。

きりり、
という音が闇に響いたのは、信長が歯を嚙《か》んだからである。

「言え」

飛び加藤が言う。

「何が欲《ほ》しいのじゃ」

「信玄の首」

信長は言った。

「言うたな」

飛び加藤が言う。

「ついに言うたなあ、信長よ」

その声に、喜悦《きえつ》の響きがある。

「あの信長が、ついに、この飛び加藤に頼みごとをしたぞ――」

「間違いなく、できるか」

「むろん」

飛び加藤が、うなずく気配があった。

「しかし、おれのやり方でじゃ。ただ、首を取ってくるだけの仕事では、他にもできる者はいよう。おれは、おれにしかできぬ方法でやる」

「ぬしにしか、できぬ方法？」

「それが、芸というものぞ。その芸なくば、この世はつまらぬ……」

うひひひひ、
という、ぞっとするような笑い声を、信長は聴いたように思った。

嬉《うれ》しくて嬉しくてたまらず、思わず心の中で、飛び加藤が笑った――その、心の声を聴いたような気がしたのだ。

「しばらく待て――」

飛び加藤の声がした。

「ぬしも、持ち物が多うなって、昔のようには捨身《すてみ》になれぬのであろうよ。つまらぬ。つまらぬが、しかし、それでよい。それが、あの信長であるというのが、おもしろい……」

そして、それきり、飛び加藤の声は聴こえなくなった。

（二）

野田城は、三河の城である。

『三河物語』に、「藪《やぶ》のうちに小城あり」と記《しる》されている通りの、小さな城である。

しかし、小さな城ながら、守りは堅い。

元亀二年に、一度、武田の軍によって落とされている。これを教訓として、あらたに城が築かれた。

この新しい城、野田城は、河岸段丘《かがんだんきゅう》の上に地形を利用して造られていて、攻め口が限られており、攻め方が難しい。

そこで、信玄のとった方法というのは、甲斐から、金掘《かなほり》衆を呼ぶことであった。

金山において、金を掘っている連中で、穴を掘る専門家集団だ。彼らに本丸の東西から穴を掘らせ、野田城の水脈《すいみゃく》を断《た》ってしまったのである。

それで、今、野田城は、水を断たれた状態にある。

それにしても――

野田城の軍勢は、この時、わずかに五〇〇。

城将は菅沼定盈《すがぬまさだみつ》。

武田の軍勢、三万。

どうやっても、武田が負ける戦ではなかったのである。

この時、城の中に、村松芳休《むらまつほうきゅう》という者がいた。

笛の名手である。
この芳休が、ここで、ひとつの奇跡を生み出すことになるのである。

（三）

芳休は、月の下で眠っていた。
軍勢五〇〇、誰でもが屋根の下で眠れるわけではない。
その一〇〇名ほどは、外で眠ることになる。
その一〇〇名の中に、芳休は入っていたのである。
正月とはいえ、まだ、冷える。
外で眠る時は、菰《こも》を被《かぶ》る。
それでも寒い。
建物の陰や、木立ちの下で、他の者と身を寄せあって眠り、寝ずの番は交代でやる。
その晩――
芳休は、他の者と身を寄せあって、建物の陰で眠っていた。
眠りは浅い。
その眠りの中へ、声が聴こえてきた。
「もうし、芳休さま。もうし、芳休さま――」
女の声であった。
「お眼をお開けくださいまし」

まるで、すぐ耳元に女の唇があって、その唇が囁《ささや》いているようである。動く唇が、耳に触《ふ》れていそうなほどだ。

芳休が眼を開けると、軒越《のきご》しに月が見えた。

半月に近い月が、軒にひっかかったように光っている。

上体を起こし、周囲を見回してみるが、たれの姿もない。

疲れた兵たちが、あちこちで身体に菰《こも》をかけて眠っている。

その寝息や、鼾《いびき》があがっている他は、風の音もない。

再び眠ろうとすると、

「こちらへ」

そういう声がする。

立ちあがって、また、あたりを見回してみるが、やはり、女の姿はない。

そもそも、この城の中にいる女は、わずかで、こんな時間に外へ出ているはずもない。

「こちらへ……」

という声が、また聴こえた。

西の方からだ。

すぐ近くから聴こえているようであった。月明かりの中、西の方へゆくと、

「こちらへ、芳休さま、こちらへ――」

さらにまた西から声がする。

ついに、西の端《はし》までたどりついた。

そこは、城を囲む塀《へい》であった。

その塀の上に、女が立っていた。

唐衣《からぎぬ》を着た、髪の長い女だ。

昔の衣裳《いしょう》だ。

宮中に仕《つか》えるやんごとない女が身につける衣《きぬ》だ。

芳休は、昔、楽師をしていたことがあって、初めて見るものではないが、こんな場所にこんな姿の女がいるわけはないとはわかる。

しかも、塀の上に立って、風にその裾《すそ》を揺らしているのである。

幻か。

妖物か。

それとも、夢か。

あるいは、何かが自分をたぶらかそうとしているのか。

「ようこそ、おいでくだされました、芳休さま……」

女は、白い顔を芳休に向けて、そう言った。

芳休は、何か、女に問おうとしたのだが、そうすると、この女が何かをたくらんでいる妖物とすれば、その術中にますますはまってしまうとわかっているから、声を発することができない。

「実は、わたくしは、人ではござりませぬ。芳休さまから見れば、妖《あや》しのものにござります……」

女は、自《みず》ら自分が妖しのものであることを白状した。

それで、逆に、芳休は女のことを信用できるのではないかと思ってしまったのである。

「このわしに何か用事か?」

芳休は女に問うていた。

「笛を――」

女は、薄赤い唇を柔らかく開いて、芳休の耳にその言葉を注ぎ込んだ。

「笛?」

「あなたさまの笛を聴かせていただきたく……」

「わしの笛を?」

「はい。芳休さまの笛のことは、かねてより聞き及んでおります」

女は、濡《ぬ》れた眸《め》で芳休を見つめた。

村松芳休、笛の名手である。

伊勢国山田《やまだ》の生まれで、笛のことでは、多少は世間に名を知られた人物であった。

身分は僧であり、たまたま野田城にあった時、信玄の軍に囲まれて、図《はか》らずも籠城することになってしまった。

女は続ける。

「わたくしは、このあたりに棲む、白狐《びゃっこ》にござります。齢《よわい》百を超え、このように人語をしゃべることもできるようになりました。こたびの戦では、一族もろとも棲むところを追われ、難儀をいたしておりましたが、城中に芳休さまのあることを昨日知りまして、こうしてやってきた次第《しだい》にござります」

「わしに笛を吹かせるために?」

「さようにござります。こたびの戦では、我らの仲間のうちにも死ぬるものあって、我ら、一刻も早《はよ》うこの戦いが終わることを願っているのですが、その気配、いまだござりませぬ。ほとほと弱りはてておりますところでございますが、どうぞ、今宵《こよい》は我らを慰《なぐさ》めるために、ぜひ、芳休さまの笛をお聴かせいただきたく、こうしてお願いにあがりました……」

にわかには信じられぬことを、女はいった。

しかし、たとえ女が本当に白狐であろうと、その願いというのが、笛を吹くということであれば、たやすいことであった。

「あなたさまの笛、我らのみならず、城中の方々や、さらには城外にてこの城を囲んでいる武者《むしゃ》たちにも届き、その心を慰めることになりましょう。なにとぞ、なにとぞ――」

「わかった。吹かせてもらおうか――」

そう言って、芳休は、懐《ふところ》から笛を取り出し、それを吹いた。

その音《ね》、陰々《いんいん》として夜気《やき》に乗り、城内、城外に届いた。

時に月光を震わせ、その音は月にも昇ってゆくようであり、闇すらもその音に感応《かんのう》してあやしく光るようであった。

笛が終わると、女は涙を流して喜び、

「ありがとうございました」

礼を言って、頭を下げた。

「できうることなれば、毎夜、この刻限に、芳休さまの笛をお聴かせいただくこと、できましょうか……」

芳休も、ここまで言われては、悪い気はしない。

相手が妖物であれ、人であれ、また夢のことであれ、笛を吹くことによって、自身も慰められた。

吹き終わってみれば、城中の闇の中で、何人もの人間が、眼覚めて笛の音に聴きいっていた気配がある。

「我が笛でよければ……」

芳休はうなずいた。

芳休自身も、いつ果てるとも知れぬ生命《いのち》である。

明日には、城に兵が入ってきて死ぬるやも知れず、それならば、生きている今、笛を吹くというのは、天から与えられた仕事であるような気もした。

こうして、芳休は、毎夜、城内の櫓《やぐら》に上って笛を吹くこととなったのである。

そして、一一夜目――

二月八日の晩。

芳休の笛が終わると同時に、城内に一本の矢が射《い》かけられた。

城内にあって、笛の音を聴いていた、石原《いしはら》小十郎《こじゅうろう》という者の足下の地面に、その矢が突き立った。

矢文《やぶみ》であった。

文の中に、小指の先ほどの金ひと粒が包まれていて、文面には、

　夜毎《よごと》の笛の音に、戦の無聊《ぶれう》をなぐさめられし候《さうらふ》。まことに妙《たへ》なる笛の調《しらべ》、鬼と笛ととりかへたる源《みなもとの》　博雅《ひろまさ》殿の笛もまたかくあるべし。笛の礼に、この笛の殿に武田の金を贈るものなり。

このように書かれていた。

翌、二月九日。

武田軍が、奇妙な行動に出た。

城外の草地に、竹の垣を立てはじめたのである。

高さ、八尺（約二四〇センチ）。

幅、八尺。

そして、その陰に床几《しょうぎ》を持ち込むのが見えた。

これを城中から見ていたのが、鳥居三左衛門《とりいさんざえもん》という鉄砲の名手である。

鳥居がまず気がついたのが、その距離であった。

竹垣が作られたのが、鉄砲の弾丸《たま》が、どうにか届くかどうかという距離であった。

届くかどうかということでは、届く。

しかし、当てることは難しく、当たったとしても、致命傷を与えられない距離。

まさしく、これは、そういう鉄砲の距離である。

鉄砲で撃《う》たれたくはないが、それでもできるだけ城に近い距離——そこに竹の垣を作って立てたということは、万が一のことに備えて、鉄砲でねらわれても、弾をはじくためのものであろう。

床几を置いたということは、誰かそこへ座るということであろう。

その誰かが、鉄砲で撃たれぬための用心としか考えられない。

その誰かとは何者か。

武田信玄。

鳥居の脳裏《のうり》にまず浮かんだのはその名前であった。

浮かんでから、そうだ、間違いない、とそう思った。

思ったら、心臓がごつんごつんと胸から飛び出しそうになるくらい、鼓動《こどう》が速くなった。

戦の最中に、ただの兵や、他の家臣が、こんなことを勝手にやれるわけはない。信玄自身だからこそできることではないか。

何のために？

決まっている。

笛を聴くためだ。

昨夜の矢文のことは、すでに城内に広まっており、誰もが知るところだ。

その文のことが念頭にあったから、すぐに信玄の名が浮かんだのだ。

芳休の吹く笛のこと、はじめは城に近いところに身を置く兵たちの聴くところであったのが、だんだんと評判になり、ついに信玄の耳にも届いたのに違いない。

今夜、あの場所で信玄が笛を聴くのだ。

鳥居は、このことを誰にも言わなかった。

自分で、全てを用意した。

城にある鉄砲で、一番性能の良いものを選び、玉薬《たまぐすり》を倍詰めて、弾を込めた。

これで引き鉄《ひがね》を引いたら、薬の量が多すぎて、鉄砲が手元で破裂して、指がちぎれるかもしれない。

しかし、そんなことは言っていられない。

鉄砲狭間《ざま》に、鉄砲を設置した。

ちょうど、銃口が、あの竹垣に向くようにした。

竹垣の向こう側の床几に、人が座した時の頭の高さはどうか。

いや、頭ではねらいがはずれる可能性が大きいから、胸の高さをねらおう。

充分、ねらいをつけてから、鉄砲狭間の手前に、二本の杭《くい》を打ち込んで、それに、鉄砲を縛《しば》りつけた。

銃口は、きちんと、竹垣の中央に向けた。

これで、あの竹を撃ち抜くことさえできれば、その向こうにいる者に、必ずや弾は当たることであろう。

それで、夜を待った。

夜——

いつもの刻限に、芳休が笛を吹きはじめた。

はたして、城外の闇の中に、人の気配があった。

鳥居の胸は高鳴った。

いつ、引き鉄を引くか。

それは、すでに決めていた。

曲が終わったその瞬間だ。

もしも、自分の放った弾が相手に当たって、その者が、死ぬのなら、せめて、最後まで笛を聴かせてやろうと思ったのである。

嫋々《じょうじょう》と笛の音は響き、やがて、闇に溶けるように、消えた。

そこで、鳥居は引き鉄を引いた。

たあん‼

激しい音が、城内、城外の闇に轟《とどろ》いた。

常の、倍の大きさの音であった。

そして、鳥居の耳は、弾丸が、竹を打ち割る音を確かに聴いていた。

竹は、弾丸をはじくに適したものであり、その丸みから、周囲へ弾丸を逸《そ》らしたりすることもできる。それを、鳥居は充分に承知していた。

だから、弾丸が竹に当たった時、竹が弾をはじいたのか、威力に負けて竹が割れたのか、その音でわかる。

今、耳にしたのは、弾丸が間違いなく竹を割って、その向こう側に届いた音だ。

届いたのなら、弾丸は、間違いなくその向こうにいた者の身体を貫《つらぬ》いたはずだ。

その手応《てごた》えがあった。

「殿……」

闇の中に、そういう声が響くのを、鳥居は、はっきり耳にしていた。

「大変じゃ、御《おん》大将が撃たれたぞ」

そういう声も耳にした。

やった――

自分の放った弾丸が、信玄に当たったのだ。

（四）

しかし、信玄の軍は、相変わらず野田城を囲んで、それを解かなかった。

そして、ついに、野田城主定盈が折れた。

城を明け渡し、投降することを条件に、城兵たちの助命を願って、それが、受け入れられたのである。

こうして、野田城は、信玄のものになり、定盈は捕虜となった。

これが、二月一六日である。

この野田城陥落によって、危《あや》うくなったのが三河――つまり、徳川家康であった。

いよいよ、吉田《よしだ》城、岡崎城に信玄が入ってくるかという時、なんと、武田軍が甲斐へと進軍の方向を変えたのである。

吉田城、岡崎城の徳川家康を蹴《け》ちらせば、当然、次は美濃の信長である。

信長を踏み潰してゆけば、当然上洛《じょうらく》であり、そうなれば、天下の覇者《はしゃ》は、間違いなく武田信玄であった。

そういう時に、武田軍は、引き返しはじめたのであった。

海へ向かって、流れ下るしかない大河が、なんと、上流に向かって流れを変えたようなものだ。

一説によれば、この時信玄は病気であったという。

その病状が悪化したために、侵攻を途中であるにもかかわらず止めて、甲斐へと軍を戻したのであると。

『甲陽軍鑑《こうようぐんかん》』によれば、甲斐に引き返すその途中、信濃伊那郡駒場《しなのいなこまば》において、武田信玄は病《やまい》のために世を去ったと伝えられている。

この死は、信玄自身の遺言によって、数年の間、隠されたという。

信長のもとに、飛び加藤がやってきたのは、信玄の死から五日後の、四月一七日であった。

（五）

信長は、岐阜にいる。

もちろん、野田城を陥落させたあと、信玄の進軍が止まり、やがて甲斐へもどりはじめたことは承知をしている。

しかし、五日前の四月一二日に、信玄が没したことまではまだ知らない。

だが、信玄の脅威が消えたと察した信長は、動きが疾《はや》かった。

三月二五日に上洛の途についている。

信長の相手は、足利義昭であった。

信玄の勢いがあった頃は、義昭も強気であった。

信長との和議を破り、毛利や小早川《こばやかわ》、浦上《うらがみ》らと通じて、なんとか信長に抵抗しようとした。

しかし、信玄の脅威が去った後、信長はたちまち上洛して、賀茂《かも》や嵯峨《さが》などの洛外《らくがい》に放火し、義昭に和議を迫ったのだが、義昭はこれに応じなかった。

信長は、怒って義昭の御所《ごしょ》に火を放ち、そうしてようやく義昭は信長とあらたな和議を結んだのである。

信長は、京から岐阜に戻ったばかりである。

信長は、寝所《しんじょ》にあって、眠っている。

そこへ、声がかかったのである。

「おい、信長よ……」

そういう声が、夢の中に忍び込んできたのである。

「起きよ……」

すぐに、たれの声であるか、信長にはわかった。

かっ、
と眼を開いて、身を起こした。

足元の闇の中に、黒いものがわだかまっている。

「目覚めたか」

低い、泥の煮えるような声。

「飛び加藤か……」

信長は言った。

「いかにも……」

わだかまった闇が答える。

顔は見えない。

信長は、ちらりと、右横へ視線を走らせた。

そこには、帰蝶の寝床がのべてある。

「どうした？」

飛び加藤の声が響く。

「お濃がいる」

信長は、声を低めた。

飛び加藤との会話は、極秘のことだ。

たとえ、帰蝶であろうと聞かれるわけにはいかない。

「お濃？」

いぶかしげな、飛び加藤の声が響く。

「そうじゃ」

わずかに、沈黙があり、闇の中から、
く、
く、
く、
という、含み笑いが聞こえてきた。

「信長ともあろうものが、女のことを気にするか――」

「笑《わろ》うたか、飛び加藤」

「安心せよ、信長。その女は起きぬ」

飛び加藤が言う。

この漢《おとこ》がそう言うのなら、そうであろうと信長は思った。

「用事は？」

信長が聞く。

「ぬしが、このおれに頼みごとをした、あの一件よ――」

「信玄のことか」

「うむ」

「信玄がどうした？」

「信玄は死んだ」

「なに⁉」

信長は、まだ下半身に掛かっていた夜着《よぎ》をはぎとり、寝床の上に胡座《あぐら》をかいた。

大きく身をのり出している。

それでも、すぐそこにいるはずの飛び加藤の姿は、闇と区別がつかぬほど黒く、もやもやとわだかまっている。

「信玄が、野田城のあと、引き返したろう」

「それは知っている」

「あれは、おれがやったことじゃ」

「どういうことだ」

「夜、鳥居三左衛門という小物の放った鉄砲の弾に貫かれ、それで死んだ」

「そこでか？」

「いいや、引きあげる途中駒場で儚《はかな》くなった。五日前、四月の一二日じゃ――」

「本当か⁉」

「嘘《うそ》をついて何になる。野田城のあと、上洛をあきらめて引き返したは、たれもが知るところぞ」

それは、飛び加藤の言う通り、信長を含めて、たれもが知るところだ。

引き返したということは、信玄に何かあったということであろうが、まさか、死に至ったとは
――

「天下の信玄が、小物の放った弾で死ぬ。それがおれの芸じゃ。やったおれも、おもしろかった……」

「ぬしがやったのではないのか」

「おれは、直接は手を下さぬ。それをやってしまってはつまらぬではないか。赤子《あかご》でもできることじゃ」

「――――」

信長は、一瞬、沈黙した。

確かに、信玄が引き返したということは、信玄に何かがあって、結局それが信玄を死に至らしめたということでいい。

だが、それを仕掛けたのが飛び加藤であるという証拠はない。

飛び加藤は、ただ情勢をうかがっていただけで、その最中に偶然信玄が死に、それが飛び加藤の知るところとなって、自分の手柄であると報告に来ただけであるのかもしれない。

鳥居某《なにがし》の名を出し、それを自分が仕組んだことというのは、いずれ、事実が信長に伝わった時、辻褄《つじつま》を合わせるために、口にしていることではないのか。

「疑うか、信長よ――」

飛び加藤が言う。

「この飛び加藤が、ぬしの前に現われて、おれの為《な》した技《わざ》じゃと言うた――これが証拠じゃ。それで、不服か？」

「本当のことであろうよ」

信長は言った。

「おまえは、こうして、この信長の寝所にまで侵入してきた。このおれの寝首《ねくび》を掻くことくらいはたやすかろう。それで言えば、信玄の首も、同様であろう。しかし、それではつまらぬというのも、わかる」

信長は、正直な思いを口にした。

「だが、おれが所望《しょもう》したは、信玄が首ぞ」

信長が言うと、急に、からからと飛び加藤が笑い声をあげた。

「そう言うと思うたわ」

その言葉が終わるか終わらぬかのうちに、何かの塊《かたまり》が宙を飛んで、どさりと重い音をたてて、信長の膝先《ひざさき》に落ちた。

信長は、それに手を伸ばした。

何かが触れた。

人の首であった。

ぎょっとしたが、さすがに、信長は手を引っ込めたりはしなかった。

両手で抱《かか》えて持ちあげる。

「これは⁉」

「信玄が首じゃ」

その声と共に、あたりが、わずかに明るくなった。

飛び加藤の姿が見えた。

飛び加藤は、信長の足元に胡座《こざ》していた。

左手を上に持ちあげている。

その左手に、灯《あか》りが点《とも》っていた。

こよりのようなものを、左手の人差し指と親指でつまんで立てている。油でも染《し》み込ませてあるのか、そのこよりの先が燃えている。

重い首であった。

額《ひたい》から後頭部にかけて、きれいに禿《は》げあがっている。

耳の周囲に髪が残っていて、それが頬髯《ほおひげ》まで繋《つな》がっていた。

鼻の下の髭《ひげ》が、太く、濃い。

——これが信玄か。

この時、信長は、初めて信玄と対したことになる。

その唇は、その首がまだ意志を持っているかのように、一文字《いちもんじ》に結ばれていた。

信長は、これまで、武田信玄と会ったことがない。

だが、この首が本物であると、見た瞬間に理解した。

わざわざ、飛び加藤が、偽首《にせくび》を持ってくるわけもない。

それに、この首には、まさに王者の風格の如きものがある。

薄く、化粧《けわい》がほどこされているのが不思議《ふしぎ》であった。

「おう、信玄どの……」

思わず、信長は信玄の首を持ちあげ、その唇を、赤い舌を出してべろりと舐《な》めあげた。

「奇妙なことをする……」

飛び加藤がつぶやいた。

信長としては、相手は、これまで自分を苦しめてきた人間である。

しかし、不思議に敵意も憎しみも感じなかった。

共に、同じ時代に生き、策謀の限りを尽くして、戦国の覇者たらんとしてきた同朋《どうほう》である。

おそらく、死することなくば、この信玄こそが、覇者となっていたろうと思う。

その首と対面している。

深夜、その首を自分が今抱えている。

そのことに、信長は、激《いと》しく感動し、そして思わず、その唇を舐めてしまったのである。

たまらなく、その首が愛しくもあった。

「かかかかか……」

飛び加藤が笑った。

「いや、よいものを見せてもろうたぞ、信長よ」

飛び加藤が、右手を差し出した。

「では、その首、返してもらおうか」

「返す?」

「約束は果たした。この首、戻しておかねばならぬ」

「ほう?」

「甲斐の躑躅《つつじ》ヶ崎《がさき》の塗籠《ぬりごめ》の中に、もどしておかねばならぬでな」

「躑躅ヶ崎の塗籠？」

「そこからもろうてきた首じゃ」

「わかった」

信長は、首を投げずに立ちあがり、二歩、三歩あゆんで、飛び加藤の右手の上にのせた。

その途端《とたん》、ふっ、と灯りが消え、あたりはまた真の闇となった。

その闇に、飛び加藤の声が響く。

「おい、信長、去る前に、よいことを教えてやろう」

「なんじゃ」

立ったまま、信長が闇に問う。

「信玄め、死ぬる前に、家臣どもに遺言《ゆいごん》した――」

「遺言？」

「我が死を、三年の間秘せと――」

「ほう」

「いまわの際《きわ》に、そう言うのを、潜《ひそ》んで耳にした……」

「さもあろうよ」

もしも、信玄が死んだとわかれば、徳川、上杉、北条、周辺の国が押し寄せて、甲斐の国はあっという間に、好き放題に切り取られてしまうであろう。

「今、これを知るのは、信長よ、ぬしだけじゃ」

しかし、いずれ、近いうちに、信玄の死は、どれだけ秘されようと、他国の知るところとなるであろう。

徳川、上杉、北条の間者《かんじゃ》が、いずれの国にも入り込んでいる。

それは、間違いない。

しかし今、他国に対して、自分が一歩先がけて、信玄の死を知った。

これを、わざわざ他国に言う必要はない。

自分だけが、知っていればよいことであった。

むろん、秀吉にも友閑にも、勝家にも言う必要がない。

「礼を言う」

信長は言った。

「いずれ、約束の礼は、もらいにくる。くれぐれも、約定《やくじょう》、たがえるなよ」

約定――それは、飛び加藤の身体の重さの分だけ、黄金《くがね》を与えるというものである。

「わかっている」

「わしが目方《めかた》は、一七貫《かん》と半じゃ」

その後、一歩、二歩と、飛び加藤の床を踏む足音が聞こえた。

三歩目は聞こえなかった。

おそらく、宙に飛んだのであろう。

（六）

黄金一七貫半――
現代の重さ表記では、約六五キログラム。

途方もない量である。

どのくらいの量であるのか。

慶長《けいちょう》小判でいえば、一枚一八グラムとして、三六一一枚の量にあたる。しかしながら、最も金の含有率が高いといわれる慶長小判でも、約八五パーセントである。純粋に金だけのことで考えれば、慶長小判が四二四九枚必要になる。

千両箱で四箱と、二四九両。

しかし、この頃、もちろん、まだ慶長小判などというものはない。

この頃の日本の黄金といえば、その元は砂金である。

東大寺の大仏に使用された黄金がだいたい一五〇キログラムであったというから、その半分近い重さの黄金を、信長は砂金で用意しなければならない。

飛び加藤が消えたその翌日――

信長が自室から出た時、庭先に一羽の鳶が天から降りてきた。

その嘴《くちばし》に、一枚の紙片を咥《くわ》えていた。

それを庭へ落とし、鳶はそのまま天空に飛び去った。

その紙片に、

「黄金一七貫半、半年以内に用意せよ」

そう記されていた。

むろん、信長は、その黄金を用意するつもりでいた。

した約定は守る。

それが信長の矜持《きょうじ》であった。

たとえ、その約束の相手が、人でなく妖物であったとしてもである。

信長は、松井友閑と秀吉を呼び、人払いをして、三人だけとなった。

織田家中にあって、飛び加藤の話をすることができるのは、信長にとってはこの両名だけである。

「聞け」

信長は、声を低め、この男にしては珍しく、顔をふたりの方へ寄せて、

「信玄が死んだぞ……」

そう言った。

秀吉と友閑は、驚愕《きょうがく》した。

「真実《まこと》でございますか⁉」

秀吉の声は、信長よりも大きかった。

いつもであれば、叱《しか》られる。

——真実かとは、どういう意味じゃ。

——このおれが嘘をつくということか。

その言葉がない。

「六日前じゃ」

「ということは、四月一二日に——」

松井友閑が、興奮をおさえながら言った。

「病の噂《うわさ》、本当でございましたか」

秀吉の声は、興奮を隠しきれないながら、もう、常の大きさにもどっていた。

野田城の後、ふいに信玄が引き返したことは、誰もが知るところであった。

何故《なにゆえ》、信玄は引き返したのか。

推測されたのは、急な病である。

織田はもちろん、北条、上杉などあちこちから、間者、素《す》っ破《ぱ》、乱破《らっぱ》が、この真相をさぐるために甲州《こうしゅう》へ放たれている。

秀吉も、間者を放った。

その知らせは、

「病」

であった。

あるいは、死んだかもしれぬという知らせまであったが、信用のほどは疑わしかった。

「病ではない」

信長が、ふたりを睨《にら》む。

「飛び加藤が殺した」

信長の言葉に、

「むう……」

「なんと……」

秀吉と友閑は、絶句し、顔を見あわせた。

「おれが、飛び加藤に頼んで殺させたのじゃ」

秀吉も、友閑も、信長が、鳶に赤い糸を結ばせて、京の空に放たせたのは知っている。

それが、飛び加藤を呼ぶためであるというのも、ふたりの知るところであった。

信長が、そういうことをさせたのは、家中の多くの者は知っているが、その意味まで理解しているのは、秀吉と友閑だけである。

しかし、信長が、飛び加藤といつ会ったのか、どのような頼みごとをしたのか、そこまでは知らない。

「鳥居三左衛門という小者が放った鉄砲の弾にやられたのじゃ」

信長が、短く、飛び加藤の言った言葉を説明した。

「あやつめ、信玄の首を、おれに放り投げてよこしたわ」

「まさか⁉」

言った秀吉の頰に、信長の拳《こぶし》が飛んだ。

「も、申しわけございませぬ」

打たれた瞬間、倒れながら、秀吉はそこに這《は》いつくばって平伏した。

「おれが噓を言うと思うたか、猿よ」

信長は、片膝立ちになっている。

「驚きのあまりについ口から出てしまったもの。決して、決して……」

秀吉、ここはただひたすらに額を床にこすりつけるだけである。

「まことに、信玄の首であった」

信長は、片膝を立てたまま言った。

その首が、本物かどうか。

どうしてその首が、偽首でないとわかったのか。

それを問いたいところだが、問えない。

しかし、信長がその首が本物であると確信しているのは、間違いない。

ならば、その首は、間違いなく本物の信玄の首であろうと思わざるを得ない。

自分の判断に曖昧《あいまい》さのある時は、

「思うところを言うてみよ」

信長はこのように訊《き》いてくる。

その時には、いかようにも思うところをのべたところで、信長は家臣を叱ることはない。

だが、こういう時は別であった。

しかし、それで家臣が萎縮《いしゅく》してしまい、思うところがあるにもかかわらず、何も言わぬというのも、信長の嫌うところであった。

臣下の者たちは、絶えず、この複雑にして単純な信長の心の裡《うち》を忖度《そんたく》することが必要であった。

「いずれにせよ、約定をたがえるわけにはいかぬ。黄金一七貫半、用意せねばならぬ」

信長は、秀吉から視線を転じ、

「友閑」

立てた片膝をたたんで、そこに座した。

「は」

「黄金一〇貫、半年で用意せよ」

何故一〇貫か、とは、友閑も訊《たず》ねない。

すでに、七貫半のあてはあるということなのであろう。

「承知いたしました」

友閑は頭を下げる。

「その裁量は、ぬしにまかせる。おれの下知《げじ》も必要になろう。その時は言え」

「はは」

黄金一〇貫、ただ手に入れろと言っても、簡単なことではない。

友閑の手に余ることはわかっている。

そのため、自分の力が必要な時には、どうすればよいかを言ってこいと信長は言っているのである。

ただ、どうするかは、友閑が考えねばならない。

「しかし、気に入らぬ」

信長は、独語した。

何がでござりまするか——

とは、秀吉も友閑も問わない。

信長が、自身でそれを口にするのがわかっていたからである。

「気に入らぬのは己れの心の弱さじゃ……」

声は低かったが、赤く燃える熾火《おきび》の如き熱さがその言葉にはあった。

「おれからあやつに頼みごとをしておきながらこれを口にするのはくやしいが、これでは、神仏に願いごとをしたのと同じではないか——」

信長は、秀吉に向かい、

「どうじゃ」

と、問うた。

ここは、気のきいた言葉や言い回しで、場の雰囲気を転ずるわけにはいかない場面であった。信長は、極《きわ》めて真面目に問うているからである。しかも、自分の弱さをさらしている。

どう答えればよいか。

――相手は、神仏ではありませぬ。あれは妖物にございます。

そうは言えない。

「飛び加藤は、神仏にあらず。妖物にもあらず。人にございます。その人に仕事を頼み、その仕事に対して金子《きんす》を払う、大工に手間賃を払うのと同じでございましょう」

「それならばよい」

「はい……」

「しかし、これは、大工の仕事とは違う。これでよいならば、黄金をそろえて、あやつに頼めばよいだけのことではないか。北条を殺せ、誰それの首を取ってこい。そう言えばそれですむ。神仏は何もせぬが、あやつは言われた通りのことをやってのける。が、それですむなら、人の世とは何じゃ。戦とは何じゃ。天下から、道理に合わぬこと、神や仏を追い出してやることができぬではないか――」

「――――」

「おれは、神仏など信じぬ。もしも、仏罰《ぶつばつ》があるというのなら、叡山を焼き討《う》ちしたおれなどは、真っ先に仏罰が下って、今ごろは地獄で血の池に溺《おぼ》れていなければならぬ。もしも、人に魂《たましい》というものがあって、死した後《のち》もその魂が残って人に祟《たた》るというのなら、おれはとっくに、怨《うら》まれ、憑《と》り殺されておらねばならぬ。それがどうじゃ、まだ、おれは生きている。人を何人殺そうが、祟られることも、憑り殺されることもない。そうであろう」

「確かに——」

秀吉も、ここは、うなずくより他にない。

「しかし、飛び加藤がいる……」

信長は言った。

「その飛び加藤を、おれは、無知蒙昧《むちもうまい》の輩《やから》が神仏をたよりにするが如くに、たよりにしてしまった——」

その自分が許せぬのだと、信長は言っているらしい。

「あの信長が、ついに、この飛び加藤に頼みごとをしたぞ——あやつはそう言って、このおれを笑《わろ》うた……」

信長が、歯をきりきりと噛んだ。

「どこぞの誰でも、あやつに黄金を用意して、信長の首をとってこいと命ずれば、あやつはいつでもたやすくおれの首を取ってゆくであろう」

信長は、狂おしく、身をよじるようにしてそう言った。

「あれは、この世にあってはならぬものじゃ——」

信長は、秀吉に顔をよせ、

「猿よ、飛び加藤を殺せ……」

低い、囁くような声でそう言った。

「黄金を、あやつに渡す時がよかろう。約定は守る。あやつに、黄金を与えた後で、あやつを殺す。その算段は、猿よ、おまえがせよ——」

これは、信長の命令であった。

拒否する選択肢《せんたくし》は、秀吉にはない。

ごくり、
と、音をたててかたい唾《つば》を呑《の》み込み、

「承知いたしました」

それしかない答えを、秀吉は口にして、深々と頭を下げたのであった。

（七）

信長は、尻に火が点《つ》いたように忙しい。

七月五日、四月に和議を結んだばかりの足利義昭が、槇島《まきしま》城に入ってまたもや挙兵したからである。

もっとも、信長も義昭を信じていたわけではない。

五月には、彦根《ひこね》の佐和山《さわやま》城に移り、大船を建造するため、号令を発している。

長さ三〇間《けん》（約五四メートル）。

幅七間（約一三メートル）。

艪《ろ》一〇〇丁。

三〇〇〇人からの軍勢が乗り込んで、琵琶湖をおし渡ることのできる艫舳《ともへ》に櫓《やぐら》をあげた大船である。

大工の岡部又右衛門《おかべまたえもん》が棟梁《とうりよう》で、近江中の鍛冶《かじ》、番匠《ばんしよう》、杣《きこり》を集めて、これを造らせた。

急ぎに急がせたので、この天下の巨船が、なんと七月三日には完成した。

義昭挙兵の、二日前である。

信長は、この船で琵琶湖を渡り、坂本から京に入った。これが、七日のことである。信長の動きは早い。

一八日には義昭を鎮圧《ちんあつ》した。

信長は、またもや義昭を許して、その身柄を三好義継のいる河内若江城《かわちわかえ》へ入れた。このとき、義昭を送り届けたのが、木下藤吉郎である。

信長は、その後、義昭に協力した磯貝久次《いそがいひさつぐ》や岩成友通《いわなりともみち》を討ったが、義昭だけは殺さない。

ちなみに、この七月から、木下藤吉郎は、羽柴藤吉郎秀吉を名のるようになっている。

この秀吉に、飛び加藤から声がかかったのは、河内若江城から京にもどってきたその晩のことである。

秀吉は、疲れている。

道具として、あちこちが傷《いた》んでいるが、信長の使い方が荒く、休む間もないので、その傷みを修理することもなく、走り続けている。

河内からもどって、信長にこのことを報告し、泥のように寝床に横たわった。

伽《とぎ》の女も呼ばずに、闇の中で仰向けになった。

眠いはずなのに、なかなか眠気が襲ってこない。

闇の中で、眸がさえざえと光っている。

闇の床は、秀吉にとって、一番ほっとする場所であった。

少しでも光がある時は、一瞬たりとも気を抜かずに表情を作っている。

常に信長が傍《かたわ》らにあるつもりで生きている。

秀吉は、自分の心の奥に棲む自分についてわかっていた。

自分は、たれよりも情が強《こわ》い。

たれよりも、先に立ちたいと思っている。

自分の内部の、奥の奥に棲むものが、どれほど怖《こわ》いものであるか。

それを見つめる勇気がない。

見つめようとすると、逆にそいつから見つめられ、自分ととってかわられてしまうからだ。

だから、ひたむきに働く。

働いていないと、動き続けていないと、それが表面に出てきてしまうからだ。

むしろ、信長の存在がありがたい。

信長のためのよき道具となる——そのために生き続けている限りは、その怖いものと向き合わずにすむ。

普段は、道具の顔をしている。

怒る時もそうだ。

笑う時もそうだ。

自分は、道具として、この時どうすべきかで、怒る顔も、笑う顔も決める。

自分が、本当の自分の顔になる時は、闇の中で寝床に沈んだ時だけだ。

自分の中に棲むもののことを隠さねばならない。

隠し通さねばならない。

たれにも口にしたことのない野心が、自分の裡にあることを、自分はよく知っている。

独りの時でさえ、それは口にしたことがない。

それを口にしたら、そいつが身を滅《ほろ》ぼさずにはおかないからだ。

今、自分は、よほど凄まじい顔をしているに違いない。

信長がいることがありがたかった。

信長がいるからこそ、その怖い自分と向き合わずにすんでいるのである。

しかし、気になっている。

帰り際に、信長が、自分にかけてきた言葉があるからだ。

その言葉、その声が、耳から離れない。

「どうじゃ、算段はついたか」

信長はそう言ったのだ。

なんの算段かは口にしなかった。

周囲《まわり》に、人がいたからだ。

何のことか、もちろん、秀吉にはわかっている。

飛び加藤のことだ。

飛び加藤を、どうやって殺すか、その算段はついたかと、信長は言っているのである。

飛び加藤の名は、他の者がいるところでは口にできない。

その名を信長が口にするのは、松井友閑と秀吉の前だけだ。

信長が、信玄の首を取ってこいと飛び加藤に頼んだことを知る者は、信長本人をのぞけば、友閑と自分だけだ。

そして、信長は、飛び加藤を殺す算段をせよと、秀吉に命じたのである。

奇怪な男であった。

信長が、である。

自分と松井友閑が、信長に仕えるようになったのは、飛び加藤との縁からだ。

だからこそ、ふたりの前で、信長は飛び加藤の名を口にできるのだが、まさか、その飛び加藤を殺せと命じたことが、そのまま飛び加藤に伝わるとは、考えてもみなかったのであろうか。

いや、考えぬはずはない。

考えた上で、それを口にしているのである。

自分と友閑は、よほど、信長から信頼されていたのか。

「いささかは」

その時、秀吉はそう答えている。

「いずれ、聞かせよ」

信長は、そう言って、立ちあがった。

その〝いささか〟について、〝いずれ〟信長に語らねばならない。

信長の〝いずれ〟は早い。

この一日、二日の間であろうと、秀吉は思っている。

秀吉が、〝いささか〟と答えたのは、正直なところだ。

まさに〝いささか〟である。

わずかだ。

秀吉が考えたのは、次のようなことだ。

黄金を渡す時が、その機会である。

飛び加藤が、その現場へ姿を現わした時、有無を言わさず、殺す。

鉄砲で、撃つ。

一丁や二丁ではない。

少なくとも、一〇丁くらいの鉄砲で、撃つ。

刀よりは鉄砲。

それも、遠い間合から撃つ。

毒は、無理であろう。

臭いや、わずかに口に含んだだけで、飛び加藤はそれに気づくであろう。

刀も、槍《やり》もだめだ。

いずれかへ呼び出し、隣の間へ、刀や槍を隠した者を置いて、いきなり、襖《ふすま》を開けて討つ。

しかし、それでは、飛び加藤に気《け》どられてしまうであろう。

何よりも、そこに至るまでの間に、飛び加藤と顔を合わせ、話をすることになる。

そのときに、飛び加藤に気どられる。

会話をしている間に、術にかけられてしまうであろう。

何も知らぬ者に、飛び加藤の世話をさせれば、気どられずにすむかもしれないが、何故《なぜ》、ここに友閑か秀吉がいないのかと、それを飛び加藤は怪しむであろう。

自分か、松井友閑は、その場にはずせない。

だから、飛び加藤が姿を現わしたその瞬間に、ためらわずに、鉄砲で撃ち殺してしまうのがよいであろう。

しかし、どのような状況を用意すれば、それが叶《かな》うのか。

甲賀《こうか》、伊賀《いが》の忍びや、乱破、素っ破にやらせても、まず、飛び加藤を殺すことは叶うまい。

ならば、どうすればよいのか。

そこで、秀吉の思考は、どうどうめぐりをしてしまうのである。

秀吉は、困っている。

闇の中で、獣《けもの》のようにうずくまっている。

そこへ——

「眠れぬのか——」

低い声が、闇の中から響いてきた。

秀吉は、自分の血が、一瞬にして凍りついたような気がした。

誰の声であるか、耳にした瞬間に理解できたからだ。

しかし、どこからしゃべったのか。

すぐ耳元であるような気もするし、床下か天井から響いたような気もするからだ。

「凄まじい顔をしておるぞ、秀吉。まるで化物《ばけもの》じゃ……」

飛び加藤の声が言う。

「それが、おのれの真実《まこと》の顔か——」

まるで、自分の顔が見えているような口ぶりであった。

しかし、その言葉に乗って、会話をしてしまうと、己れの心の裡の全てを、飛び加藤に見せてしまうような気がした。

「飛び加藤どの……」

「どうじゃ、おれを殺す算段はできたか?」

飛び加藤の声の中には、ちょっと笑っているような響きがあった。

「何を言われまするか」

秀吉は、そう言って寝床の上で起きあがり、そこに座した。

「そろそろ、そんなことを言い出す頃あいであろうが――」

「まさか」

言いながら、秀吉は、脇に冷や汗をかいている。

「なんじゃ、つまらぬ」

飛び加藤の声が言う。

「そろそろ、信長も、おれが邪魔になってきたのではないか――」

「めっそうもございませぬ」

秀吉は、闇のどこかにいる飛び加藤に向かって、きっぱりと言った。

ここは、迷うところではない。

「ところで、黄金だが、用意はできたか」

「松井友閑があたっておりますれば、ほどなくかと――」

何しろ、途方もない量の黄金である。

そう、一朝一夕《いっちょういっせき》にそろえられるものではない。

「期限を設《もう》けよう」

「いつまででございますか」

「もう、三月《みつき》ほどでどうじゃ」

「わたくしめが、信長さまにかわって、軽々《けいけい》にお答えできるお話ではございませぬ」

「それもそうじゃ」

飛び加藤の笑う気配があった。

「では、信長に伝えよ。あと三月と、この飛び加藤が言うていたとな」

「承知いたしました」

「遊びじゃ、秀吉どの……」

ふいに、飛び加藤が言った。

「遊び？」

何のことか。

「この世の全てのことじゃ。いずれにしろ、死ぬるまで、いかにこの世をおもしろう過ごすか、そういうことじゃ――」

飛び加藤の声が、ゆっくりと遠くなってゆく。

「信長に伝えよ。このことは、ぬしとおれとの遊びじゃとな。わかったか……」

含み笑いが、遠くなり、それが、闇の彼方《かなた》に消えた。

（八）

翌日――

秀吉は、昨夜のことを、全て、つつみ隠さずに、ありのままを伝えた。

飛び加藤が口にした〝算段〟のことも、正直に語った。

いったい、誰が、いつ、〝算段〟のことを洩《も》らしたのかと、信長が言い出すかと思っていた。

そうすれば、自分が疑われる。

そこに気をつかって隠したりすると、信長には逆効果となる。

秀吉は、覚悟してそれを伝えた。

「妖怪じゃな、飛び加藤……」

信長は、むしろ、からからと笑った。

秀吉は、飛び加藤も飛び加藤だが、信長のことも、ある種の化物ではないかと思う。

飛び加藤が口にした〝遊び〟のことを伝えると、

「であるか」

信長は、何かひどく納得したかのようにうなずいた。

「まあ、遊びということであるやもしれぬな、人の世は……」

ぽつりとつぶやいたが、ここでは信長は笑わなかった。

（九）

天正《てんしょう》元年（一五七三）のこの時期も、信長軍は忙しかった。

この日本国のどの武将の率《ひき》いる軍よりも働いていた。

秀吉もおおいに働き、柴田勝家も働き、松井友閑もまた、信長の親衛隊として働きまくっていた。

しかし、最もよく働いていたのが、主《あるじ》である信長自身であったことは言うまでもない。

七月に、義昭のことをかたづけてから、真っ先にやったのが改元のことであった。朝廷に働きかけて、元号を元亀から天正に改めたのである。

岩成友通を討ち、自ら焼いた京の都の復興をはかり、木戸《きど》城、田中《たなか》城を明智光秀に与え、八月には、江北《ごうほく》の阿閉淡路守《あつじあわじのかみ》、浅見対馬守《あさみつしまのかみ》を調略《ちようりやく》し、朝倉義景《よしかげ》、浅井長政と戦った。美濃の斎藤龍興はこの時討ち死にしている。

八月二〇日に義景は自刃《じじん》、その首は京で獄門にかけられた。

九月に入って、浅井長政が自刃。長政の妻で、信長の妹お市は娘三人と共に城を出て信長のもとに帰った後、天正一〇年、柴田勝家の妻となった。

浅井の土地は、秀吉に与えられ、信長の首を鉄砲でねらった杉谷善住坊を、信長は地面に立《た》て埋《うず》めにして、通行人にその頸《くび》を鋸《のこぎり》で引かせて殺した。

活発化していた長島《ながしま》の一向一揆についても手当てをし、伊賀、甲賀とも戦って、ようやく岐阜へ帰ったのは、一〇月も末になってからであった。

「なあ、お濃——」

信長が、帰蝶に声をかけたのは、夜のことであった。

久しぶりに閨《ねや》を共にした時だ。

「長島の連中は、始末におえぬ」

「何故《なにゆえ》に？」

帰蝶が、閨の中で言う。

「あやつらは、人ではない。妖怪ぞ」

「まあ……」

帰蝶の言葉に、信長は嬉しそうに、自身の考えを解説する。

「人というものを量る時に、通常、その尺度とすべきは、まずは命の重さじゃ。時には名誉であるとか、親子の情なるものの目方の方が重くなることもあるが、まずは命をもって第一とすべきなのである」

信長は、はっきりとそう言った。

「それを、あやつらは――」

信長は、腕の中に抱えていた帰蝶を押しやって、床の上に胡坐《こざ》した。

「念仏《ねんぶつ》を命よりも大事にする」

信長は、帰蝶を睨み下ろしている。

「それで……」

帰蝶は、身を整えて、自らも床の上に正座した。

「念仏すれば、誰であれ、極楽浄土《じょうど》に往生《おうじょう》できると思い込んでいる」

これが、自分には我慢できぬのじゃと、信長は身悶《みもだ》えするように言った。

それを、声を大きくして叫びたい。

仏教――一向宗ともいう浄土真宗《じょうどしんしゅう》の教えとして、阿弥陀如来という存在がいる。

この阿弥陀如来、門徒《もんと》が「南無阿弥陀仏《なむあみだぶつ》」と唱《とな》えさえすれば、どのような人間でも救ってくれるというのである。

それが、善人であるか、悪人であるかを問わない。たとえ、盗人《ぬすっと》であれ、人を何人殺していようが、ひとたび、

「南無阿弥陀仏」

と唱えれば、阿弥陀如来が法力《ほうりき》をもって救ってくれるというのである。

この考えをつきつめてゆくと、阿弥陀如来という存在は、本能として人を救わずにはいられな

いのであるという。

もはや、「南無阿弥陀仏」と唱える必要すらない。

何もせずとも、阿弥陀如来が救ってくれて、極楽往生させてくれるというのである。

これを信じている人間には、交渉のしようがない。

命を第一義に考える者たちであれば、その命を助けるかわりに、金や領地が好きな者には、その金や領地を与えるかわりに、名誉が好きな者には、その名誉を与えるかわりに――と、命という戦略の基盤が存在する。

しかし、一向宗の門徒たちには、その基盤がない。

「奴らの言う極楽浄土など、この世にない」

信長は、自分に言い聞かせるようにつぶやく。

「これほどにわかりきったことを、どうやって、あやつらにわからせてやることができるのか――」

できない。

そういう原理の部分で、信長はいらだっているのである。

「伊賀、甲賀の連中も、その意味では同じぞ。そういうものの中でも、とくに……」

そこまで言って、信長は言葉を切り、帰蝶を見た。

帰蝶の眸《め》が、闇の中で緑色に光ったように見えたからだ。

「おれのことかよ……」

帰蝶の口から、男の声が洩《も》れた。

この声を、信長は知っている。

加藤段蔵——飛び加藤の声であった。

「飛び加藤……」

「そろそろ、黄金《くがね》の用意ができる頃であろうと思うてな、会いに来た」

帰蝶の眸が、真《ま》っ直《す》ぐに信長を見つめている。

「もう来る頃と思うていた……」

信長は、肚を決めて、そう言った。

「黄金は？」

「友閑が集めた」

「では、一〇日後はどうじゃ」

「かまわぬが、義昭あたりが、またおかしな動きをしたら、それどころではなくなるやもしれぬ」

「その時はその時じゃ。一〇日後がならぬようになったら、鳶に、赤い糸ではなく白い糸を結んで飛ばせ。それでおれにはわかる」

「場所はどうするのじゃ」

「さてどうしようか」

「この城まで取りに来るかよ」

「そこで、おれを殺すか」

「約束は守る。殺すにしても、それはぬしに黄金を渡してからじゃ」

秀吉に言ったのと同じことを、信長は口にした。

「言うわ、信長め」

「で、場所は？」

「城の近くに、長良川が流れているな――」

「うむ」

信長はうなずく。

城というのは、岐阜城のことだ。

その北を東から西へ、確かに長良川が流れている。

「二里《り》も上流へ行かぬところで、東から津保《つぼ》川が長良川に合流している」

「うむ」

信長は、またうなずく。

「その合流せしところから、津保川をわずかに上流へ行ったところで、今川《いま》が津保川に流れ込んでいる」

飛び加藤の口にしたところのことは、全て信長は承知している。

「その流れ込んでいるところから、少し上流へ歩くと、橋が架《か》かっている」

「津保川に架かった橋だな」

「うむ」

飛び加藤がうなずく。

木曾川に並んで天下の暴れ川である長良川には、ほとんど橋は架けられない。しかし、その支流である津保川には、確かに橋が架けられている。

それは、信長の知るところであった。

「馬渡《まわた》り橋じゃ」

飛び加藤が言う。

かつて、そこに浅瀬があり、馬に乗ったまま渡ることができたところだ。

そこへ、信長が橋を架けたのである。

欄干《らんかん》も何もない橋だ。

土手から向こうの土手へ、河原に橋脚を立て、橋が渡っている。

川の中ほどには、水の中に橋脚が立てられている。

「一〇日後の昼、陽《ひ》が一番高くなった時、そこへ黄金を用意しておけ。これほどの――」

と、飛び加藤は、その大きさを手で宙に描いてみせた。

「木箱の中に、黄金一七貫半を間違いなく入れて、橋の上へ置いておくのじゃ。おれが取りにゆく」

「ひとりでか？」

「むろん。ぬしは、供《とも》の者を、何人連れてきてもよい。しかし、橋の上へは、信長よ、ぬしがひとりで来い――」

「わかった」

「よいか。橋の中央じゃ。足の下を水が流れている、そのあたりでよい」

「承知」

信長がうなずく。

「よいか、信長よ」

帰蝶の顔が、信長を見て笑う。

「なんだ」

「おれを殺してよいぞ」

飛び加藤が、囁くように言った。

「その時、殺せるものなら殺してみよ」

「算段がついたらな」

「秀吉に算段させるなよ」

「何故じゃ」

「秀吉は、智恵は回るが、信長よ、おまえほど肚が据《す》わっておらぬ」

「たしかに秀吉には、荷が重かろうな」

「あやつは、おれのことが好きだからな。非情になりきれぬ」

くくく、と、飛び加藤が、帰蝶の顔で笑う。

「うむ」

「おまえは特別じゃ。だから、おまえはおもしろい――」

「一七貫半の黄金、ひとりでは重いぞ……」

「心配はいらぬ。ちゃんと持ってゆくさ――」

「どうやって持ってゆくか、見物させてもらおうか――」

「楽しみにしておれ……」

飛び加藤が言った。

その時――

ことん、
と、帰蝶の首が前に倒れ、帰蝶は、そのまま動かなくなった。

信長は、倒れてくるその身体を抱き止めた。
帰蝶は、信長の胸に右頬をあてて、静かな寝息をたてていた。
殺せるか、飛び加藤――
信長は、帰蝶の身体を腕の中に抱えながら、心の中でつぶやいていた。
そうして――
一〇日後、信長は、飛び加藤と馬渡り橋で会うこととなったのである。

（十）

信長は、馬渡り橋の中ほどに、ただ独りで立っている。
幅六尺（約一八〇センチ）。
木造の橋である。
欄干がない。
橋の下を、津保川が流れている。
本流、長良川に比《くら》べれば少ないものの、そこそこの水量はあった。
水は、澄んでいて青い。
秋――
ひと雨降るごとに、鮎《あゆ》が川を下る頃だ。
信長の立つあたりが、一番深い。
陽は、そろそろ中天《ちゆうてん》にさしかかろうとしていた。

陽差しの中で、信長独りが、秋の風に吹かれている。

川は、信長の右手から流れてきている。

信長の背後、川の左岸に、五〇〇人に余る兵がいる。

飛び加藤が信長に言ったのは、人を何人引き連れてきてもよいということであった。

信長の場合、人、というのは、当然、家臣であり、それはつまり兵ということだ。

いくら自国領であるとはいえ、信長の立場であれば、数名というわけにはいかない。もしも、信長が、人数も連れずにこんな場所へ出向くことが知れたら、これをよい機会として、亡き者にしようと考える者がいないとも限らない。いや、いる。それもひとりやふたりではない。

若い頃は、数名で、あるいは単身、馬を駆って走ったこともある。しかし、あの頃の信長と今の信長は、その立つ場所が違う。

それを、信長はよく承知していた。

だからこその五〇〇人である。

当然、その中には、秀吉の姿も、松井友閑の姿もある。

鉄砲を持つ者、一〇〇人。

飛び加藤が口にしたのは、

〝橋の上へは、信長よ、ぬしがひとりで来い――〟

ということであった。

その約束は守っている。

今、飛び加藤がどこにいるにしろ、この兵の数と鉄砲の数は見てとっているであろう。

当然、姿を現わしたら、鉄砲でねらわれることも飛び加藤は覚悟しているはずだ。

どこから、飛び加藤はやってくるのか。

対岸から、橋の上を歩いてやってくるのか。

これだと、もろにねらわれやすい。

黄金を渡してから――

飛び加藤を殺そうとするにしても、それは、黄金を手渡した後であると信長は口にしている。

それを、飛び加藤が信用するかどうか。

戦国の世では、騙《だま》し討《う》ちは日常茶飯事《さはんじ》で行なわれている。

信長も、それはやったことがある。

黄金を渡す前に、鉄砲でねらったからといって、それを非難するような飛び加藤ではない。

この陣容を見て、飛び加藤が姿を現わさないことも考えられる。

その時は、その時だ。

黄金は信長のものだ。

この時間と場所を口にしたのは、飛び加藤の方なのだ。

もしも、これを恐れて姿を現わさないのであれば、そういう飛び加藤は、もはやこわくはない。

が――

飛び加藤は来るであろう。

信長は、そう考えている。

来る。

あの男なら、必ず。

どのように姿を現わすのか。

信長は、それを見物するつもりでいる。

いつでも来い、飛び加藤。

信長は、すでに肚をくくっている。

信長の前には、黄金の入った漆塗《うるし》りの木箱が置かれている。中に、ちょうど、一七貫半の黄金が入っている。

この中に、何が入っているのか、どうして自分たちが、今、この場所に来ているのか。兵たちはその理由を知らない。

知っているのは、秀吉と松井友閑だけである。

秀吉と友閑には、今日、どうするかを伝えてある。

計画は、充分に練った。

後は、それを行なう胆力《たんりょく》があるかどうかだ。

自分には、その胆力がある。

信長はそう思っている。

さあ、早《はよ》う来い。

信長は、自分の心《しん》の臓《ぞう》が、今にもはぜてしまいそうに、大きく脈打っているのがわかる。

それが楽しかった。

河原では、薄《すすき》の銀の穂先が揺れている。

陽は、どのあたりか。

信長が、空を見あげた。

まさに、陽は今、天の一番高い場所に昇りつめていた。

その時——

「おい、信長よ……」

声がした。

「黄金《くがね》の用意ができたようじゃな」

飛び加藤の声であった。

どこから聞こえてくるのか。

どこにも姿は見えない。

「ここじゃ」

すぐ後ろから声がした。

振り返る。

誰もいない。

橋が続いていて、土手の上に、兵たちと、秀吉、友閑の顔が見える。

秀吉と友閑は、どうして信長がこちらを振り向いたのか、という怪訝《けげん》そうな顔をしていた。

「前じゃ」

声がした。

元のように、右岸に顔を戻すと、黄金の入った木箱を挟《はさ》んだ向こう側に、飛び加藤が立っていたのである。

信長の背後から、どよめきが湧《わ》きあがる。

まやかしではない。

左岸に立つ五百人の兵たちも、今、はじめて飛び加藤の姿を見たのだ。
しかし、どうやって姿を現わしたのか。
まさか、対岸からこちらまで、歩いてきたとは思えない。
上か。
天から降ったか、あるいは——
下か。
橋の下に潜んでいて、今、橋の上に出てきたのか。
これは、後で、秀吉か友閑に問わねばなるまい。
「橋の下にでも隠れていたか？」
信長が問う。
「好きに思え」
飛び加藤が笑っている。
それはそうだ。
後は、もう、後方は秀吉と友閑にまかせておけばいい。
あらためて、飛び加藤を見る。
老人かと思ったが、そうではなかった。
二六年前に見たのと、同じ年齢、同じ風体《ふうてい》の男が立っている。
四〇前後。
武士とも商人とも見えない。
髪を後方で束《たば》ね、紐で結んでいる黒衣《こくい》の男。

人相がわからない。

眼の前にあるこの顔を記憶して、眼を閉じると、どういう顔だちか、もう、思い出せなくなっている。

どういう顔にも思える。

であるはずなのに、二六年前に見たのと同じ顔であると信長にはわかっている。

あの時、この漢は、牛を呑んでみせた。

その技を、木の上の子供が見破った。

その現場に自分はおり、この漢の技に興味を持ったのだ。

それで、この妖怪に興味を持たれたのだ。

その時、自分は、一四であったはずだ。

「見事なものじゃ、鉄砲隊が一〇〇。左右に五〇人ずつ分かれて、こっちをねろうておる」

飛び加藤が、信長の背後に眼をやりながら言った。

言われなくとも、信長にはわかっている。

秀吉と友閑が、命ぜられた通りのことをきちんと指揮してやっているのだ。

「ぬしが何をするかわからぬでな、おれの身を案じてのことじゃ」

「そういうことにしておこうよ」

「ふふん」

「しかし、簡単には撃てまいよ。距離があるでな。いくら上手にねろうても、はずれる。しかし、鉄砲一〇〇丁、何発か当たるであろうなあ。そのかわり、はずれた弾の何発かは、ぬしにも当たる……」

飛び加藤は、笑いながら言った。

「撃つとしたら、ぬしとおれが、別れて、ほどよく離れたところか――」

「飛び加藤よ、口数が多いのは、不安からか――」

信長が言うと、飛び加藤はからからと笑った。

「隠れてねらう鉄砲はこわくはないが、こうもあからさまに正面からねらわれると、正直こわいのう……」

本気とも、戯《たわむ》れともとれる言い方であった。

「どれ、約束の黄金、拝《おが》ませてもらおうか」

「この箱の中じゃ」

「では、その箱の蓋《ふた》を開けて、中を見せよ」

「わかった」

信長が、身をかがめて、箱の蓋を開けて、その蓋を脇に置いた。

信長が立ちあがる。

飛び加藤が、一歩前へ出て、箱の中を覗《のぞ》く。

砂金が入っていた。

その顔に、黄金の色が映る。

中天にある陽が箱の中に差して、反射した光が飛び加藤の顔を照らしているのである。

「では、信長よ。この箱の中の黄金を、この川に捨てよ」

とんでもないことを、飛び加藤は言った。

「なに!?」

さすがに、信長も、これには驚きの声をあげた。

「聞こえなんだか。この砂金を、箱を傾けて、全てこの川の中へこぼすのじゃ」

「本気か」

「むろん」

飛び加藤はうなずく。

「わしが黄金じゃ。このわしが好きにしてどこが悪い」

「それもそうじゃ」

信長がうなずく。

「信長よ、これは、ぬしとわしの遊びじゃ。遊べ」

「おもしろい」

信長は笑った。

「おもしろいのう、飛び加藤どの――」

信長は、声をあげて笑った。

本当に楽しそうであった。

信長は、笑いながら再びしゃがみ、箱を持って傾けた。

箱の口から、さらさらと砂金がこぼれはじめた。

それが、きらきらと光りながら、水の中へ落ちてゆく。

砂金といっても、いずれもが砂のように細かい粒ではない。

米くらいの大きさのものから、大きなものでは幼児の小指の先くらいの大きさのものまでさまざまだ。

それが、きらきらと水中に沈んでゆき、沈みながら流されてゆく。

水が澄んでいるため、青い水中でも金に光が当たっている。

何とも美しい光景であった。

ほどなく、全ての砂金は、川の中へ捨てられ、どこへ流れ去ったか、もうわからなくなっている。

国のひとつふたつを買いとれる量の黄金が、美しい泡のように消えた。

「信長よ、確かに約束の黄金、受けとった」

飛び加藤が言った。

「では、飛び加藤どの、こんどはこの信長の座興《ざきょう》につきおうてもらおうか」

「座興?」

「遊びじゃ。桶狭間以来、この信長、もう賭《か》けはせぬと決心したのじゃが、今一度、座興として、賭けをしてみとうなったのじゃ——」

「このおれと、賭けを?」

「うむ」

「賭けものは?」

「我らの命じゃ」

言った時には、信長は、高く右手をあげていた。

その瞬間、一〇〇丁の鉄砲が、一斉《いっせい》に轟音《ごうおん》をあげて、火を吹いていた。

びしっ、
びしっ、

と、数発の弾丸が、音を立てて飛び加藤の身体に当たるのがわかった。

当然、信長も被弾した。

信長が膝を突いた時、

「くわっ」

飛び加藤の叫ぶ声が聞こえていた。

飛び加藤は、さっき、夥《おびただ》しい量の黄金を呑み込んだばかりの青い川の流れの中に、倒れ込むようにして身を躍《おど》らせていたのである。

大量の血が、水の中に広がるのが見えた。

その血と共に、たちまち飛び加藤の姿は水に呑み込まれ、流されて見えなくなった。

（十一）

信長は、左肩と、右脚《みぎあし》に被弾していた。

奇跡的に、浅傷《あさで》であった。

当然、川下に流れ去った飛び加藤の屍体《したい》の探索がなされたが、それは見つからなかった。

十ノ巻　安土《あづち》城

（一）

信長が、正式に安土城に入ったのは、天正七年（一五七九）五月一一日のことである。信長、四六歳の時だ。

天正四年（一五七六）、丹羽長秀に築城を命じてから入城まで、足かけで四年かかったことになる。

この安土城は、それ以前はもとより、その後も、他に類を見ないような独創と奇想に溢《あふ》れた城であった。信長の世界観、宇宙観を、そのまま具現化したような城であった。太田牛一の『信長公記』によれば、天主閣《てんしゅかく》の石蔵《いしぐら》の高さは一二間《けん》（約二二メートル）余りあったという。

石蔵――つまり石垣部分のことだ。

この内部を土蔵とした。

これを地下一階とすれば、その上に六階分の建物が建てられている。層で数えれば全七層の建物である。

これ以前、天守《てんしゅ》（主）の存在した城と言えば、幾《いく》つか考えられるが、松永久秀の信貴山《しぎさん》城が一番知られているであろう。しかし、この城は、天正五年（一五七七）に信長に攻められて焼け落ちている。いずれにしろ、本格的な天守（主）を有した城と言えば、この安土城をもって嚆矢《こうし》としていいだろう。

しかも、それを天主と呼ばせたのも信長である。

異様の建築物であった。

当時の建築家、画家、あらゆる技術と芸術が、この城のために結集されたのである。

大工棟梁《とうりよう》は、岡部又右衛門。塗《ぬ》師頭《しがしら》は刑部《ぎようぶ》、銀《しろがね》細工《ざいく》師頭《しがしら》は宮西遊左衛門《みやにしゆうざえもん》。瓦《かわら》は唐人《とうじん》の一観《いつかん》が指揮をして、その下にいる奈良の工人が焼いたものだ。

天主最上階の金具は後藤光乗《ごとうこうじよう》が手がけ、京や地方からやってきた金工《かなだくみ》がこれを助けた。

それ以外の金を使用したところは、京の躰阿弥永勝《たいあみながかつ》が担当をした。

絵師の中心は狩野永徳《かのうえいとく》。

この彼らの全てが、信長という異様人《いようじん》が脳内に思い描いた美のために奉仕したのである。

これは、ほとんど時を同じくして、オスマン・トルコのスレイマン大帝（この当時は故人であったが）の悲願であったセリミエ・モスクが建てられた状況と似ていなくもない。

この建築の指揮をとったのはシナンという元キリスト教徒の建築家であったが、この時も、国中の芸術家たちの技が、このモスク建築のために結集されたのである。

さらにまたこの同じ時期に、イタリアではミケランジェロという天才建築家にして芸術家が、晩年のほとんど全てをかけて、サン・ピエトロ大聖堂の建築を手がけていたのである。

世界史の同じ時期に、三つの歴史的な建築物が、世界の三カ所で造られたわけだが、そのうちの安土城は、すでにこの世にない。

他の二者が石による建造物であったのに対し、安土城は木造であったため、焼け落ちてしまったからなのだが、これはこれで、ある意味仏教的な光景であろう。

信長は生涯にわたって神や仏を信じなかった。

しかし、それこそが、本来の仏教の原理に一番近い考え方であり、信長は、実は、もともとの仏教思想に、当時、一番近い場所に立っていた人物ではないかと、筆者には思えてならないのである。

元来、仏教では神は存在しないものである。

来世《らいせ》もない。

ブッダ・ゴータマが説《と》いた思想は、その意味で信長の思想に近かったような気がする。この仏教の始祖が説いたのは、

「全てのものは移ろいゆく。この地上にとどまるものは何ものもない」

という宇宙の原理であって、その上で、精神的な安息をどのように求めるかという、心の技術であった。

信長は同じ原理から出発して、

「一期《いちご》は夢よ、ただ狂え」

という、そのような生き方を選んでしまった人物だったのではないか。

閑話休題《かんわきゅうだい》——

話をもどせば、信長が造った安土城は、信長の美意識や思想が、溢れかえって天主の高欄《こうらん》からこぼれ落ちてくるような、そういう城であった。

もちろん、天主だけのことを言っているのではない。

その城の位置、城下の町組み、これが四〇代の信長の到達点であった。

天主で言えば、その美は、黒と金ということにつきる。

たとえば、二階の座敷の内壁には、すべて布を張り、これに黒漆《くろうるし》を塗らせた。

西の一二畳の部屋には、狩野永徳に命じて墨絵で梅を描かせている。

最上階七階は金だ。しかし、柱には布を張らせ、やはりこれに黒漆を塗らせている。六〇に余る狭間《さま》の戸は鉄《くろがね》で、これにも黒漆を塗らせている。

黒と金。

三間四方の内側の壁は全て金。

四方の内柱には昇り竜、下り竜、天井には天人《てんにん》が舞い降りる図、座敷の内側には、三皇《さんこう》、五帝《ごてい》、孔門十哲《こうもんじってつ》、商山四皓《しょうざんしこう》、竹林《ちくりん》の七賢人《しちけんじん》を描かせている。

その下の六階は、八角形で、これは奈良法隆寺《ほうりゆうじ》の夢殿《ゆめどの》と同じである。

ここの柱は朱塗《しゆぬ》りで、仏教世界が描かれている。

五階には、どのような絵も描かれていない。

虚《きよ》である。

しかも、天主の内部は、実はほとんど空洞でできている。

天主のあちこちに、飾《かざ》りはあるものの、その中心は空虚《くうきよ》そのものだ。

安土城の地下から数えて四層分——高さにして二〇メートルが何もない巨大なる空間なのである。

本来、このような建物の中心には、大きな木の柱が、上から下まで貫《つらぬ》いて立つものなのだが、その柱すらないのである。

焼け落ちて、わからなくなってしまったのではない。

その柱を立てるべき、礎石《そせき》すら見つかっていないのである。他の柱はほとんど見つかっているのに、肝心のこの中心木を立てるための礎石が発見されないということはあり得ない。

この虚《うつ》ろこそが、信長という異様人の中心にそびえ立つ背骨のごときものだったのではないか。

(二)

信長は、この天主(守)で眠っている。

本来、天主というのは、生活の場ではない。

城の主《あるじ》が、天主で寝泊まりするということはない。

ただ、例外がある。

それが、後に造られる大坂城と、この安土城であった。

秀吉も信長も、この天主で眠ったのである。

信長は、ただ独《ひと》りである。

最上階の中心で、眠り続けている。

と——

「起きよ……」

という声がする。

「信長よ、起きよ……」

信長は、闇の中で、
かっ、
と眼を開く。

たれか、おれを呼んだか。

信長の心に去来《きょらい》したのは、あの飛び加藤——加藤段蔵のことである。

この何年、あの馬渡り橋の一件以来、加藤段蔵の噂《うわさ》は、耳に届いてこない。

死んだと考えるのは早計《そうけい》だが、死んでいておかしくない。

松井友閑、秀吉にさぐらせたが、飛び加藤が生きているという、どういう話も世間から伝わってこない。

それで、放っておくことにした。

馬渡り橋でのことが天正元年（一五七三）であるから、すでに足かけ七年が経《た》っていることになる。

夜着《よぎ》をあげて身を起こし、

「飛び加藤か？」

信長は問うた。

不思議《ふしぎ》に、恐怖はない。

相手が飛び加藤なら、ここまで忍んでくるのはたやすいことであろうし、殺す気ならばもう殺されている。

起こしたということは、殺すつもりがないか、もう少し後で殺そうということなのであろう。

つまり——

「おれと、話をしにきたか?」

信長は言った。

「おまえは、おれのことが気になるのであろう——」

自分は、飛び加藤に好かれている。

そう思っている。

自分も、飛び加藤のことは好いている。

それは、相手にも伝わっているのであろう。

互いに、古い遊び相手だ。

「よい城ではないか……」

そういう声の方を見れば、横手の壁が、闇の中でほのかに光っている。

黄金色のわずかな光だ。

そこに竹林が描かれている。

その竹林の中で、七人の賢人が遊んでいる。

ある者は碁《ご》を打ち、ある者は語らい、ある者は絵を描き、琴を弾《ひ》いている。

七人の名は、阮籍《げんせき》、嵆康《けいこう》、山濤《さんとう》、劉伶《りゅうれい》、阮咸《げんかん》、向秀《しょうしゅう》、王戎《おうじゅう》である。

中国の三国《さんごく》時代に実在した人物たちである。

互いに酒を飲んだり、政《まつりごと》を憂《うれ》えて清談を交わしたりした人物たちであるが、歴史上はこの七人が竹林に集《つど》ったという事実はない。

このうちの、阮籍の顔が、こちらを向いて笑っている。

はて、阮籍はこちらを向いてなどいなかったはずだが……

そう思った時——

「久しぶりじゃ、信長……」

その阮籍の唇が動いた。

その顔が笑っている。

「おれを、殺しにきたかよ……」

信長は言った。

「馬鹿な。あの一件を恨《うら》んでのことなら、おまえは、遊びというものの本当のところをわかっておらぬ……」

「何しにきた？」

「だから、遊びにきたのよ」

ひょい、
と、阮籍が足を踏み出した。

金色にほのかに光る小さな阮籍が、床の上に立った。

「また始めよう」

「何をだ」

「遊びをさ……」

阮籍が、にいっと笑う。

「遊ぶ？」

「最近は、遊び相手が減ってなあ。身体《からだ》のあちこちも痛む。残念なことに、あそこで死ねなかったのでな、動けるようになったら、また、遊び相手をさがさねばならぬ……」

阮籍──飛び加藤は、淋《さび》しそうに笑った。

「おれが、遊び相手か……」

信長が言う。

「そういうことじゃ」

飛び加藤がうなずく。

「遊ぶのはいやじゃと言うたら？」

「言わぬよ。信長よ、おまえはなあ──」

「何故《なぜ》わかる？」

「この城を見よ」

「この城を？」

「おそろしくきらびやかで、これまでこの世のどこにもなかったものじゃ」

「そのように造ったのだからな」

「この城は、ぬし自身じゃ」

「ふん……」

「中心が虚ろでできている」

「──」

「じゃから、この城は素晴らしい」

「飛び加藤に誉められるとは、こそばゆい……」

信長はそう言ったが、飛び加藤はそれにかまわず続けた。

「おまえの中心にも、同じ虚ろがそびえておる。わしは、その虚ろじゃ。その虚ろに棲《す》む妖怪よ……」

「ふふん」

「信長よ、命がけの遊びじゃ」

「所詮《しょせん》、この世は、そういうものであろうよ」

「そういうもの？」

「領地を切りとったり、切りとられたり——考えられる限りの手練《てれん》と手管《てくだ》を使《つこ》うてやる遊びじや。しくじれば、命を落として首になる……」

「うむ」

飛び加藤である阮籍が、妙に真顔になってうなずく。

その顔を眺《なが》めてから、何か思い出したように、信長は口を開いた。

「飛び加藤よ、前から一度、ぬしには訊《き》こうと思うていたことがある」

「何じゃ」

絵であるはずの阮籍の顔が、生身の顔のように、信長を見ている。

「ぬしほどの技があれば、小国のひとつやふたつは、手に入れること、易《やす》かろう」

「ひとつふたつならばな——」

「それで、天下を望もうという気はおこらなんだのか？」

「見損《みそこ》なうなよ、信長」

「見損なう？」

「おれは、おれの器量を心得ておるということさ——」

「ほう」

「確かにな、おれは、今、ここでぬしの首を取ることができる」

「であろうな」

「ぬしだけではない。家康であろうが、足利義昭の首であろうが、おれに取れぬ首はない——」

「うむ」

「それをやったところで、天下などとれぬわ——」

「で、あろうな」

「おれにはな、人望がない。人としての徳がない。おれを畏《おそ》れる者はあっても、従《つ》いてくる者がない……」

「——」

「おれが持っているものは、技じゃ。煎《せん》じつめれば、術《じゅつ》よ。人の首を取ることはできても、それだけのことよ。それくらいはぬしも承知のことであろう」

「——」

「おれの術は、芸じゃ。この芸をもって世を渡る。おれの芸をおもしろう思う者あらば、いかようにでも踊る。ただ、我が舞を見たいというのなら、その見物料は高いがな……」

「馬渡り橋では、一番近いところから見物させてもろうた……」

信長の言葉に、阮籍が右手で左胸を押さえた。

「あの時の傷じゃが……」

「おう……」

「まだ、夜に痛む」

「よい気味じゃ」

「これがなかなか、くやしい」

「ふふん」

「くやしいが、おもしろい」

「おれも、楽しんだ」

「信長よ……」

「なんじゃ」

「もう、おれを呼ぶのに、鳶の足に糸など結《ゆ》わえぬでよい」

「ほう……」

「おれが、そうしたい時、勝手にぬしの前に姿をあらわすでな」

「今夜のように?」

「そうじゃ」

「次の遊びは決まったか」

「うむ」

「それは何じゃ」

「まあ、それは言わぬでおこうよ。楽しみが減るでなあ……」

「それもそうじゃ」

「ただ、ひとつだけ言うておく」

「何じゃ」

「ぬしの虚ろの中に棲むもの、それは、おれだけではないということじゃ」

「何が棲んでいる?」

「言わぬ」

「――――」

「これは、謎なぞじゃ」

絵である阮籍が、にんまりと、はじめて嗤《わら》った。

「もう、始まっておるぞ、信長よ」

「遊びがか？」

「そうじゃ。ぬしに、この虚ろの話をした時が始まりじゃ」

「――――」

「信長よ。ぬしは信ぜぬであろうが、実は、神も仏も、この世にはあるのだぞ」

「はじまったな」

「ああ。神や仏や、このおれのような妖物《ようぶつ》が棲むのは、信長よ、それは人の中にある虚ろの中ぞ……」

「覚えておく」

「もう、去《ゆ》く」

阮籍が、背を向けた。

ひと足、ふた足、壁に近づいて、右足からひょい、と壁の絵の中に踏み込んだ。

そして、阮籍は、竹林の中にもとの姿でおさまっていた。

そうなってみれば、何ごともなかったようである。

信長自身が、夜の闇の中で、闇である自身とずっと対話を繰《く》り返していたようにも見える。

「ふふん……」

闇の中で、信長は静かに微笑していた。

（三）

信長が、この安土でやったことは、様々あるが、ここで記《しる》しておくべきことと言えば、宗論《しゅうろん》と相撲《すもう》であろう。

すでに、イエズス会士と仏僧との宗論のあったことは触《ふ》れているが、信長は宗論好きであった。

これは、信長が、神や仏を信じなかったこととは矛盾《むじゅん》しない。

宗教といったものが、どのような論のもとに成立しているか、そのことについては、信長は人一倍の興味をもっていた。

信長は、安土に入ったその天正七年五月——その同じ月に、もう宗論を行なっている。

もちろん、これは、信長自身が宗論をたたかわせたわけではない。たたかったのは、法華宗と浄土宗の僧である。

五月の半《なか》ばというから、信長が安土の天主に眠るようになって、すぐのことである。

関東から、霊誉玉念《れいよぎよくねん》という浄土宗の長老がやってきて、安土城下で説法《せっぽう》をしていたというのである。

この説法の会に、法華宗の建部紹智《たけべしょうち》と大脇伝助《おおわきでんすけ》という人物が顔を出していて、

「そのことに疑義あり」

いきなり問答をしかけたのである。

このふたり、僧ではない。

年も若く、ただ、法華宗の信者というだけで、身分は町人である。とても、霊誉の相手が務まる器量はない。

「若輩《じゃくはい》の旁《かたがた》へひらきを申《もうし》候《そうろう》共、仏法《ぶっぽう》の上、更《さら》に耳に入《い》るべからず。所詮両人の憑《たの》まれ候法華坊主を出《い》だされ候はば返答申すべし」

おまえたちでは、いくら話をしても、仏法の深いところはわかるまい。もしも、ちゃんとした法華の僧がやってくるというのなら、相手をしようではないか——

このくらいの意味である。

さっそく、これが実現することとなったのは、互いにこの宗論をよい機会と考えてのことであろうと思われる。

京に代わって、新しく日本国の中心となるかもしれない安土の地で、どの宗派が覇権をとるかの争いである。

信長の宗論好きを、両宗ともに利用しようとしたのであろう。

霊誉に宗論をふっかけた若いふたりも、おそらくは、京の法華宗の者たちからつかわされた鉄《てつ》砲玉《ぽうだま》のような役割をになっていたのであろう。

法華宗の錚々《そうそう》たる顔ぶれが、京からやってくることとなった。

頂妙寺《ちょうみょうじ》の日珖《にっこう》、常光院《じょうこういん》の日諦《にったい》、久遠院《くおんいん》の日淵《にちえん》、妙顕寺《みょうけんじ》の大蔵坊《たいぞうぼう》、堺の油屋の主の弟で妙国寺《みょうこくじ》の僧普伝《ふでん》——

これは、おもしろいことになったぞとばかり、他の土地、他の宗派の僧侶やこういうことの好きな人間たちが、ぞくぞくと安土へ集まってきた。

「大袈裟《おおげさ》なことにならぬように――」

と、信長は両宗に伝えたものの、もちろん信長はこのできごとに興味をもっているし、両宗派もおさまらない。

結局、

「宗論に 究《きわまる》」

と、『信長公記』にある。

「なれば、勝負の判者《はんじゃ》をおれが用意してやろう」

信長はそう言って、さっそく審判として、京の五山《ごさん》の中でも博識と評判の、南禅寺《なんぜんじ》の長老、景《けい》秀鉄叟《しゅうてつそう》を安土に呼びよせた。そしてもうひとり、因果居士《いんがこじ》。

場所は、安土城下の外れにある浄土宗の寺浄厳院《じょうごんいん》の仏殿と決まった。

安土内外から人も集まっているので、寺の警備に、津田信澄《つだのぶずみ》、菅屋長頼《すがやながより》、矢部家定《やべいえさだ》、堀秀政《ほりひでまさ》、長谷川秀一《はせがわひでかず》があたることになったから、たいへんな騒ぎとなった。

法華宗の、僧たちは、いずれも身に金糸銀糸《きんしぎんし》を使ったきらびやかな法衣《ほうえ》を着て現われた。

日珖、日諦、日淵、普伝が宗論の参加者で、大蔵坊が記録をとる係である。

一方の浄土宗側は、わずか二名。

当人である霊誉は、墨染《すみぞ》めの衣《ころも》という、いたって質素な姿である。

もうひとりである、安土は田中《たなか》の西光寺《さいこうじ》の長老聖誉貞安《せいよていあん》もまた、常の僧衣をまとってその場に登場した。

「法華の僧を呼べと口にしたのは私ですから、まず、私から申しあげましょう」

霊誉がそう言うと、貞安がそれを抑《おさ》えて、

「いきなり、霊誉さまから話すこともありませぬ。まずわたしから、話をいたしましょう――」

このように言った。

そうして、安土での宗論は始まったのである。

（四）

その宗論を、『信長公記』は問答形式で次のように記す。

貞安　『法華経』八軸《じく》の中に念仏《ねんぶつ》はあるか。
法華　念仏、これあり。
貞安　念仏の儀があるというのに、何故《なにゆえ》念仏すると無間地獄《むげんじごく》に落つると法華宗では説くのか。
法華　法華宗の阿弥陀如来と浄土宗の阿弥陀如来とは同じものか、別のものか。
貞安　どの経典に説かれている阿弥陀如来も一躰《いったい》である。
法華　ならば何故、浄土宗では、『法華経』の阿弥陀如来を捨てよと言うのか。
貞安　念仏を捨てよと言うにあらず。念仏を唱《とな》える時には念仏以外のことは全て捨てよということである。
法華　念仏する時に、『法華経』を捨てよという経文《きようもん》はあるか。
貞安　『法華経』を捨てよという経文はある。『浄土経』には、人それぞれにあった方便《ほうべん》をもって法を説けば、それぞれの悟《さと》りに至らせることができるとある。また、専《もつぱ》ら阿弥陀仏を一心に念じよとも書かれている。
法華　『無量義経《むりょうぎきょう》』は、その方便をもって四十余年法を説いたが、衆生《しゅじょう》はいまだに道を得ることができぬと言っているぞ。
貞安　四十余年、法を説いても得道《とくどう》させることがかなわなかったから以前の経典を捨てよと言うのであれば、方座《ほうざ》第四でいう妙《みょう》の一字は、捨てるのか、捨てないのか。
法華　四十余年の四妙の中のいずれの妙であるか。
貞安　『法華経』の妙である。あなたは知らぬのか。

これに法華宗側は答えることができず、困って沈黙してしまった。

貞安　捨てるのか捨てぬのかを尋《たず》ねし処《ところ》に無言とは――

ここに至って、ついに判者である南禅寺の長老鉄叟景秀をはじめとして、そこに集まっていた満座の者たちが、どっと笑い声をあげた。

集まっていた者たちは、法華宗側の者たちを囲んで、身にまとっていた袈裟《けさ》を剝《は》ぎとってしまった。

浄土宗側の勝利となってしまったのである。

この時、浄土宗の長老である霊誉玉念は、おもむろに立ちあがり、持っていた扇を開いた。

その姿、まるで舞うようであったという。

（五）

以上が『信長公記』の記すところであるが、実際の問答は、『因果居士記録』などによれば、さらに続いたことになっている。しかし、いずれにしても浄土宗側の勝利であったことは動かない。

哀れであったのは、敗《ま》けた法華宗側である。

頂妙寺の日珖は、群衆に叩《たた》かれ、『法華経』八巻は、見物の者たちによって破られた。

法華宗の僧たちや、宗徒《しゅうと》たちはあわてて逃げたのだが、津田信澄たちが追って捕らえてしまった。

信長の処置は苛烈《かれつ》であった。

そもそもの発端《ほったん》となった、最初に宗論をふっかけた法華宗徒の、建部紹智と大脇伝助のふたりのうち、大脇伝助は、召し出されて、

「一国一郡を持ち候身にても似合はざるに、おのれは卑俗《ひぞく》な身で、しかも町人であり、塩売りにてあるべし。今度《こたび》は、霊誉長老の宿を引き受けているにもかかわらず、その贔屓《ひいき》もせず、人にそそのかされて、問答を仕かけて、京、安土に騒動を起こしたことまことに不届《ふとどき》なり」

このように申し渡され、関係者の中では真っ先に首を刎《は》ねられた。

もうひとりの建部紹智は堺まで逃げたのだが、これも捕らえられて首を斬《き》られた。

妙国寺の僧普伝は、博識な僧で、宗派にかかわらず、あらゆる経典を読んでいて、どの宗派の僧でもなかったが、法華宗から金品を受けとっていたことが発覚した。

「きさま、日ごろは、この信長に、殿が申さば、いずれの宗派にもまいりますと口にしておったが、今度は金品に眼がくらんで法華についたな」

今度の宗論に勝ったら、一生贅沢《ぜいたく》な暮らしをさせてやろう——

法華宗からそのように言われて転《ころ》んだというのである。

「宗論の場においては、自《みずか》らは発言せず、他人に問答させ、勝ちそうになったらしゃしゃり出てこようという魂胆《こんたん》ははなはだ醜《みにく》し」

普伝もまた首を斬られてしまったのである。

法華宗側は、誓約書を書かされた。

敬白《けいはく》　起請文《きしょうもん》の事

一、今度《このたび》江州《ごうしゅう》浄厳院にて浄土宗と宗論 仕《つかまつ》り、法華宗負け申すに付いて、京の坊主普伝幷《ならび》に塩谷《しおたに》伝助仰付《おおせつ》けられ候事。

一、向後《こうご》他の宗に対し、一切法難致《いっさいほうなんいた》すべからざるの事。

一、法華一分の儀立置《たてお》かるべきの旨《むね》、忝《かたじけな》く存知《ぞんじ》奉《たてまつ》り候。法華上人《しょうにん》衆一先《ひとまず》牢人《ろうにん》仕り、重ねて召し直さるゝ《る》の事。

天正七年五月二十七日　法華宗

上様

浄土宗様

先の、キリスト教と仏教との宗論のおりに見せた、信長の好奇心のようなものは、すでにここにはない。

宗教というものについて、どこかで見切ってしまったのであろうか。

この時期、信長はその苛烈さを増してゆく。

信長に対して、謀叛《むほん》した荒木村重《あらきむらしげ》の郎党《ろうとう》のことごとくを、京で殺してしまったのである。

天正七年一二月一三日——

人質一二二人——郎党の妻女や幼児まで磔《はりつけ》にし、鉄砲で撃《う》ち殺し、槍や薙《なぎなた》で刺し殺した。

その他に、女三八八人、男一二四人——合わせて五百十余人を、四軒の家に押し込め、火を点《つ》けて焼き殺してしまったのである。


風のまはるに随《したが》って、魚のこぞる様《よう》に上を下へとなみより、焦熱《しょうねつ》・大焦熱のほのほにむせび、おどり上り飛び上り、悲しみの声煙につれて空に響き、獄卒《ごくそつ》の呵責《かしゃく》の攻めも是《これ》なるべし。肝魂《きもたましい》を失ひ、二目《ふため》共更《ともさら》に見る人なし。

と、太田牛一は『信長公記』に記している。

(六)

天正八年(一五八〇)——

近江の石馬寺《いしばじ》に栄螺坊《さざえぼう》という僧がいた。

この栄螺坊のところに——つまり石馬寺の宿坊《しゅくぼう》に、無辺《むへん》という廻国《かいこく》の旅僧《りょそう》が住むようになった。

この無辺、様々な不思議をなし、霊験《れいげん》をあらわすという。

覆《おお》いものの中身をあてたり、失《う》せものがどこにあるかを言いあてたり、色々のよからぬことが起こる因縁《いんねん》を見つけて、祈禱《きとう》してその害をとりのぞいたりする。

たとえば鍋を伏せておいて、その中《うち》に置かれた柑子《こうじ》の数をあてたりする。

たとえば、このところ家で不幸がたて続けに起こったりすると、その家の者が無辺のところに相談にやってくる。

「いずれにお住まいか？」

住んでいる場所を聞き、家族のことなどをあれこれ聞いて、

「明日また来なさい」

そう言って帰す。

翌日やってくると、

「昨夜、祈禱したところ、次のようなことがわかった。これは五年前に死んだ、おまえの家族の何の何がしという女の祟《たた》りじゃ。その者が使っていた櫛《くし》が、家の東にある柿の木の下に埋まっている。それを掘り出して、拙僧《せっそう》のところへ持ってきなさい。拙僧がよくよく供養《くよう》してしんぜる故《ゆえ》、よからぬことはもう起こるまい」

その通りになった。

こういうことが評判となって、毎日のように相談に来る者や、その不思議の術を学びたいと言って、大金を持ってやってくる者たちが、後をたたない。

この無辺、そうやって人が持ってくる金は自分の懐《ふところ》へは入れず、皆石馬寺に入れてしまう。

これが、信長の耳に届き、

「無辺とやらを呼べ」

ということになった。

信長の興味としては、もしも本当にそのような不思議のことがあるならば、ぜひとも自分の眼で見てみたいという好奇心である。

もうひとつには、

〝飛び加藤がまた何か仕かけてきたか〟

という興味であった。

そうならば、直接安土へ呼んで、対決してやろうという考えもあったのである。

栄螺坊が、無辺を連れてやってきた。

信長は、ふたりを厩《うまや》で引見《いんけん》した。

無辺をしみじみと見つめ、

「そなたの生国《しょうごく》はいずれであるか」

このように問うた。

「無辺にござります」

どこでもなくどこでもある、そのような意の、自分の名にひっかけた答えであった。

「日本国に生まれた者か、あるいは天竺人《びと》か、唐人か——」

「ただの修行僧にございます」

禅問答のようであり、信長の問いに答えてはいない。

「はて、不思議や、人の生まれるところは、日本国、天竺国、唐国——この三国のいずれかと思うていたのだが、どれも違うとあらば、そなた妖異のものであろう。火に炙《あぶ》ってその正体を見てくれよう。火の用意をいたせ」

もちろん、無辺も、信長は、冗談を口にしないとわかっている。こういうことで、やると言ったら必ずそうする人間である。

無辺おおいにあわてて、

「出羽《でわ》の羽黒山《はぐろさん》の者にござります」

このように言った。

すでに、信長は、無辺への興味を失っていた。

「では、覆いものを用意せよ」

信長が言うと、家臣たちが、木の板を持って姿を現わした。

その木の板の上に、鍋が伏せて置かれている。

その板が、信長と無辺との間の土の上に置かれた。

「この中身をあててみせよ」

もう、信長は、無辺は飛び加藤とは何の関係もない人間と見抜いている。

顔もいやしい。

無辺は、

「うーむ……」

「むうむ……」

唸《うな》るばかりで答えられない。

「さあ、早く験《げん》を見せてみよ」

ここでついに、無辺は両手をついて額《ひたい》を土にこすりつけた。

「申しわけありませぬ。嘘をついて人を騙《だま》しておりました」

覆いものの中身をこれまであてておりましたのは、中身を知る者をその場に呼んでおり、手を身体《からだ》のどこにあてるか、その手を拳《こぶし》に握るか開くか、様々なかたちで、無辺に知らせることによってあてていたのだという。

祟りなどについては、家の様子を聞いておいて、あとでこっそり櫛や、てきとうなものをどこかに埋めたり、井戸に放り込んでおいて、それをもっともらしく口にしていただけだという。

ただの売僧《まいす》であった。

もらった金品は、一部をこっそり自分のものにして、全て寺に差し出したように見せていただけであった。

多少の金品を寺に渡しても、長い間寺に逗留《とうりゅう》して、寝て食べているので、その宿銭《やどせん》としたら足りない額である。

信長は、この無辺を追放してしまった。

しかし、後になって、無辺が、夜にひそかに子のできぬ女や病気の女を坊に呼び、秘法を授《さず》けると称して、臍《へそ》くらべというあやしい行為におよんでいたことを耳にした。

「そなたの病《やまい》をなおしてしんぜよう」

互いに裸になって、臍を見せあい、男と女の秘めごとをかわしていたというのである。

信長は、激怒した。

諸国へ手を回して、この無辺を捕らえ、その首を刎ねてしまった。

信長は、栄螺坊を呼び、

「何故、あのようないかがわしい坊主を、とどめおいたのか」

このように問うた。

「申しわけございませぬ。気がつきませんでした。とどめおいたのは、寺の屋根が壊れて雨洩《あまも》りがするため、修理の費用を何とかしたいと、その勧進《かんじん》のためでございます。無辺がおりますと、人が集まって、金を落としてゆくため、そのままにしておきました——」

栄螺坊がこのように言うので、

「ならばこれを使え」

信長は、栄螺坊に銀子《ぎんす》三〇枚を下賜《かし》したのである。

信長は、飛び加藤の不在が、妙に淋しかった。

十一ノ巻　安土大相撲《おおずもう》

（一）

信長は、相撲《すもう》を好むこと甚《はなは》だしい武将であった。

それは、子供の頃からであり、自《みずか》らも河原などで、相撲を取り、織田家に人質として入っていた竹千代時代の家康にも取らせた。

家康にとっては、かなり迷惑なことであったろう。

「あれには閉口したよ」

と、後《のち》に家康は、石川数正に語っている。

竹千代時代の家康の付き人として、三河から共に織田家にやってきた人物だ。

「わしは、たれよりも負けず嫌いであったからな」

負けず嫌いなくせに、弱い。

相撲を取れば負けるとわかっている。だから、相撲なぞは取りたくなかった。それを、信長が無理に取らせたのである。

取れば、河原の砂の上に投げられる。

砂まみれになる。

くやしいから、もう一番取ることになる。

また負ける。

それでもう一番。

もう一番、もう一番と取って、負け続ける。最後には、わあわあと声をあげて両手を回してたち向かってゆき、やはり、負ける。

信長が見ているので、相手もわざと負けたりはしない。

信長が、一番容赦《ようしゃ》がなかった。

齢《とし》が下の家康に対して、本気で勝負をする。

それも向かってくる家康の顔を、拳《こぶし》で打ってくる。

「勝ち負けがはっきりする、ああいうものがあのお方は好きなのであろう」

これは、夜話《やわ》に、時おり家康がする話であった。

「世の中のことは、勝ち負けがはっきりせぬことがほとんどではないか。それをあのお方は我慢できなかったのであろう。そこをもう少し、上手になされば、あのように、たか転《ころ》びに転ぶこともなかったであろうに――」

ともあれ――

信長は相撲が好きであった。

安土城に移ってからのことで言えば、わかっているだけでも、天正六年（一五七八）の二月二九日を皮切りに、天正九年（一五八一）まで、九回の相撲会《すまいのえ》を催《もよお》している。

まず、天正六年の二月二九日――

この時は、近江の国中の力士三〇〇人を召し寄せた。

この中に二三人の優れた力士がいたというので、その者たちに褒美《ほうび》として、骨に金銀をあしらった扇を与えている。その二三人、名前もわかっている。

東馬二郎《とうまじろう》、たいとう、日野長光、正権、妙仁、円浄寺、地蔵坊、力円、草山、平蔵、宗永、木村伊小介《いこすけ》、周永、あら鹿、づこう、青地孫二郎、山田与兵衛、村田吉五、太田平左衛門、大塚新《おおつかしん》八《ぱち》、麻生三五《あそうさんご》、下川弥九郎、助五郎――以上の二三名である。

八月一五日――

この時は、近江だけでなく京からも力士を安土へ召し寄せて、会を催した。

その数一五〇〇人。

この時、五人抜きをした力士を六名あげているので、ひとりの人間が、何人もの相手をしたとわかる。

土地の力士であれ、家来の武将であれ、勝てば褒美をもらえ、時に召し抱《かか》えられ、出世もできたので、信長の開催する相撲会は、たいへん賑《にぎ》やかなものだったのではないか。

九月九日に、また開催。

天正七年（一五七九）の七月六日、七日は両日開催で、同年八月六日にも相撲会が開催された。この時に、甲賀の伴正林《ともしょうりん》は、年齢一八、九歳で、七人抜きを達成している。

天正八年（一五八〇）、五月五日、一七日にも開催。

六月二四日の会は、明け方から夜半に及び、夜に入ってからは提灯《ちょうちん》を点《とも》して相撲を取った。

この時は麻生三五が六人抜きをした。

天正九年四月二一日にも相撲会は開催され、大塚新八、たいとうなどが優れた相撲を取り、永《なが》田正貞《たまささだ》配下のうめという力士が不思議《ふしぎ》な取り口を見せたという。

二日連続して開催された分を合わせれば、一〇回も開催されたことになる。

安土城以前のことで言えば、四月から元亀元年となる年の三月三日に、近江の国中の力士を常楽寺に集め、相撲を取らせている。

この時の力士たちの名も残されている。

あらためて記せば、百済寺の鹿、百済寺の小鹿、たいとう、正権、長光、宮居眼左衛門、河原寺の大進、はし小僧、深尾又次郎、鯰江又一郎、青地与右衛門。

この時は青地与右衛門と、鯰江又一郎が勝ち残り、両名には金銀の飾《かざ》りが施《ほどこ》された大刀と脇差《わきざし》が与えられ、信長は二人を家臣として召し抱え、両名をもって相撲奉行《ぶぎょう》とした。

おそらくこれが、記録に残る、信長が開催した相撲会の最初であろう。

安土城以前の記録を数えれば、全部で一一回の記録が残されていることになる。

天正九年の四月で記録が終わったのは、翌天正一〇年（一五八二）六月に、信長が本能寺《ほんのうじ》で明智光秀によって死に至ったからである。

ただ、太田牛一が『信長公記』に記《しる》さなかった闘《たたか》いが、ひとつ、あった。

それが、天正九年一二月に行なわれた大相撲の辻合《つじあ》わせ会《え》であった。

（二）

うめは、闇の中で、土の上に座している。

裏庭だ。

困っている。

よい手も工夫も思いつかない。

「ひと月後に相撲《すまい》せよ」

信長からそう言われてしまったのである。

すでに二〇日が過ぎているので、相撲の日は一〇日後に迫っている。

一二月の二一日だ。

半月が中天《ちゆうてん》にかかっている。

わずかな月明かりの中で、虫が鳴いている。

秋の虫はとっくに鳴き終わり、今はただどういうわけか生き残った一匹の蟋蟀《こおろぎ》の声だけになっている。藪《やぶ》の中か、石の下かはわからないが、そこで鳴く蟋蟀の声が冷気と共に、しんしんと骨まで染《し》み込んでくる。

あれは自分だ。

きっかけは、主《あるじ》の永田正貞だ。

三年前の天正六年八月、安土で相撲会《すまいのえ》が開催されたのである。

これまでにない規模の会であった。

近江のみならず、京、甲賀、諸国から相撲人《すまいびと》が集まった。

その数、一五〇〇人。

村の力自慢や、浪人中の士《さむらい》など、有象無象《うぞうむぞう》の男たちが集まって、明け方から夜まで相撲を取った。

それはうめも見ている。

おもしろかった。

見ていて心が躍《おど》った。

ひと通りの取組が終わった後で、

「そういえば、正貞と貞大《さだひろ》、そちたちは剛《ごう》の者と耳にしておるが、いずれが強いか見てみたい。どうじゃ」

その場の思いつきではあるが、信長が一度口にした以上は、これは、やれとの命令に等しい。

「では、相撲《すまい》つかまつりましょう」

ふたりはそう答えるしかない。

正貞というのは永田正貞のことで、信長の家臣であり、刑部少輔《ぎょうぶしょうゆう》であり、元は近江佐々木《ささき》六角氏の将である。うめが仕《つか》えている主であった。

貞大というのは阿閉貞大のことだ。もともとは、浅井家の家臣であったのだが、信長に降《くだ》り、一乗谷城《いちじょうだに》の戦いでは先手《さきて》を務めた武将である。

しかし、それだけではすまなかった。

「これはこの両名だけというわけにもゆくまい。他にもどうじゃ」

と信長が言い出して、堀秀政、蒲生氏郷《がもううじさと》、万見重元《まんみしげもと》、布施公保《ふせきみやす》、後藤高治《ごとうたかはる》等が相撲を取り、その後にいよいよ正貞と貞大の相撲となった。

これは、たいへんな接戦であったが、最後に正貞が貞大を抱えあげ、背から投げ落として勝者となったのである。

評判では、阿閉貞大の方に分《ぶ》があると思われていたのだが、永田正貞がこれをひっくり返して、お互いに面目《めんぼく》を施した一番であった。

信長はこれを大いに喜び、褒美を与えたのだが、この勝負の時に、正貞は、左脚《ひだりあし》を傷《いた》め、以後は、相撲を取れなくなってしまったのである。

「今一度、おまえの相撲が見たかったのだが――」

と信長は残念がったのだが、もう正貞に相撲はとれない。

ある時、信長に、相撲のことで話をしているおり、

「我が家臣に、おもしろい男がおります」

と、正貞は言った。

「何という男じゃ」

「うめと申しまして、小兵《こひょう》ながら、おもしろい手を使います。しかし、あれが相撲と呼べますかどうか」

この言葉に興味をもったのか、

「ほう、どのような手じゃ」

信長が身をのり出してきた。

「手と足で、相手を突いたり蹴《け》ったりいたします」

「手を使ったり、足を使ったりというのは相撲にもあるではないか」

「うめのそれは、少し違います」

「どう違うのじゃ」

「口ではうまく説明できませぬ」

「なれば、一度、取らせてみようではないか――」

そういうことになって、この年――天正九年の四月二一日の相撲の会に、うめは出場したので

ある。

そして、うめは勝ってしまった。

これを、信長が、

「おもしろきかな、おもしろきかな」

絶讃した。

そして、二〇日前に、

「相撲《すまい》せよ」

との命が、うめに下ってしまったのである。

しかも、相手は、弥助《やすけ》――ヤスケである。

ヤスケは、この年の二月に、召し抱えた、切支丹《キリシタン》の国からやってきた黒坊主《くろぼうず》である。

信長が、京の本能寺に入ったのは、この年の二月二〇日であった。

その三日後に、伴天連《バテレン》――切支丹のぱあどれが、拝謁《はいえつ》のため、本能寺にやってきたのである。

そのぱあどれたちが連れていたのが、この黒坊主であった。

うめ自身も、そのとき、この異形人《いぎょうじん》を見ている。

身体《からだ》が、見あげるほど大きかった。

おそらく、六尺三寸（約一九一センチ）ほどはあったろう。

髪は縮れていて、一見は、剃《そ》ったあと髪が伸びかけた坊主のようであったが、髪が縮れているため、そのように見えただけだと後でわかった。

何より驚きであったのは、その肌が漆黒《しっこく》であったことだ。顔も、腕も、どこも炭のように真っ黒であった。

ただ、唇と、掌《てのひら》が桃色をしていた。

眼玉の白目の部分の白さと、歯の白さがやけに目立っていた。

信長は、おおいに興味を持ち、

「着ているものを脱《ぬ》がせよ」

そう言った。

下帯《したおび》だけの姿になって、黒坊主はそこに立った。

見たこともないくらい、胸の肉が盛りあがっていて、見える肌のどこまでもが黒かった。

「桶！」

信長は言った。

それだけで、すぐに、水の入った桶が運ばれてきた。

松井友閑が、自ら布を桶の水で濡《ぬ》らし、黒坊主の肌をこすった。しかし、いくらこすっても、黒坊主の肌は黒いままで、友閑が手にした布は、黒く染まらなかった。

それでようやく信長も本当に、この黒坊主は肌の色が黒いと納得した。

「おい、こやつをおれにくれ」

信長は、ぱあどれに言った。

それで、その日から、その黒坊主は信長の家来となったのである。

「名は」

信長が問うと、

「ヤスケ」

と、黒坊主は答えた。

それで、黒坊主の名前は、ヤスケとなったのである。

うめの闘う相手は、このヤスケであった。

(三)

うめの闘《たたか》い方は、独特であった。

組まないのである。

普通、相撲と言えば、まずは正面からぶつかりあう。

そして、組む。

時には横に飛んで逃げ、横から相手に組みついて、投げる。

場合によっては、ぶつからず、

「いざ」

「いざ」

と、互いに手をさしのべあって、組み、闘う場合もある。

ところが――

うめは、組まずに、蹴る。

相手の腹や、胸を蹴って、上手に距離をつくり、時に拳《こぶし》で相手の脇腹や、様々な部位を打つ。

この間、組ませない。場合によっては逃げ回る。跳び、回転し、走り、隙《すき》を見つけて打つのである。

そして、最後には、足で、相手の頭を蹴って、勝つ。

頭を蹴られた相手は、失神して、どうと前のめりに、時に仰向《あおむ》けに倒れて動かなくなる。

小兵であるうめが、工夫した闘い方であった。

相撲は、身体の大きい方が圧倒的に有利である。小兵のうめにとっては、組まれて褌《たふさぎ》を摑《つか》まれたら、まず、勝てない。それで、組まずに勝つ工夫をした結果が、この闘い方であった。

あとは、手首や腕、足などを摑まれないようにすれば、必ずどこかで、相手の頭に蹴りを入れる機会がやってくる。

こなければ、その機会を作る。

これは、相手に嫌がられた。

「何故《なにゆえ》、組まぬのだ」

「うめは卑怯《ひきょう》だ」

よくそう言われた。

そういう時には、

「これがおれのやり方じゃ」

そう言うことにしている。

もともと、負けず嫌いであった。

しかし、身体が小さい。

戦場《いくさば》での戦働《いくさばたら》きで言えば、使用するのは弓であり、槍《やり》であり、最後には刀か組み打ち勝負になる。この組み打ちになるまで——つまり、武器を手にしての闘いは、身体の大きさに関係がない。どちらが手にした武器をうまく操《あやつ》ることができるかで勝負が決まる。

なのに、どうして、相撲などで人の強弱を決めねばならぬのか。

それが嫌であった。

やれば負けるからである。

しかし、大主《おおあるじ》である信長が、相撲好きであるため、自然、自分の主である正貞も家臣に相撲を取らせることになる。

気が強くて負けん気の強いうめのことをうとましく思っている家臣や家来もいたから、

「うめよ、おぬしも取れ」

「おまえは取らぬのか」

ここぞとばかりに声がかかってくるのである。

相撲で、うめのことをへこませてやろうと考えている者たちが少なからずいたのである。

断わりきれずに出場する。

そして、負ける。

それが嫌で、工夫をしたのである。

それで、あまり声がかからなくなった。

「あれは相撲ではない」

「子供の喧嘩《けんか》じゃ」

負けた者は、そんなことを言う。

それで、自然に声がかからなくなったのだ。

そうなってみれば、ありがたい反面、工夫してやっと強くなったのにと、妙にくやしいところもある。

そういう時に、信長から声がかかったのである。

信長は、卑怯なことが嫌いである。

卑怯を病的に毛嫌いしている。それはうめもわかっている。だから、闘って、もし勝っても、

「うめ、卑怯である」

おしかりを受けはしないか。

怒って、まさか打ち首はないにしても、何かきつい罰を与えられるのではないか。

そういう心配と不安があったのである。

しかし、信長の前で自分の工夫を披露《ひろう》する——その名誉と欲望の方が強かった。

それで、相撲会に参加したのである。

参加も何も、

「殿の所望《しょもう》じゃ」

正貞にそう言われてしまっては、断わることはあり得ない。信長が所望したというのは、これはもう、命令と同じである。

息をしている限りは、どれほどの病《やまい》であってもやらないわけにはいかない。

それで、闘ったのである。

相手は、麻生三五という大兵《だいひょう》の力士であった。昨年——つまり、天正八年六月に安土で行なわれた相撲会で六人抜きをした剛の者である。うめより、頭ひとつ高い。

この力士と闘って、うめは勝ってしまったのである。

右脇腹に、肝《かん》の臓《ぞう》があり、ここを執拗《しつよう》に叩《たた》くと、相手の動きが鈍《にぶ》くなるのはわかっていたので、そこを蹴っては飛びのき、蹴っては飛びのきということを繰《く》り返して、弱ったところへ飛び込んで、頭を蹴ったら、すとんと膝《ひざ》から落ちて意識を失って前のめりに倒れてしまったのである。

これには、信じられぬくらいに信長が悦《よろこ》び、

「みごとである、みごとである」

二度もそう言った。

「男子が手に何も持たず、ふたりで向きあった以上は、その後いかなる手をもちいようと、卑怯ということはない。うめの工夫、あっぱれなり」

それで、織田家の家紋の入った小刀《ちいさがたな》や、衣《きぬ》なども賜《たま》わった。

あの時は勝てた。

しかし、今度の相手はヤスケである。

信じられぬくらいの大男である。

うめより、頭ひとつ半は大きい。

麻生三五は、身体は大きいが、動きは速くない。しっかり組めば、その力は無類。しかしながら、動きの遅さというところでは、充分につけ入る隙があったのである。

しかし、ヤスケは、動きが速い。

身体も大きくて、しかも、その身体の中に詰まっているのは、脂《あぶら》ではなく筋肉である。

実は、四月の相撲会では、ひと通りの勝負がすんだ後、

「弥助、おまえも相撲《すまい》せよ」

信長がそんなことを言い出して、ヤスケにも相撲を取らせたのである。

「たいとう、おまえが相手をせよ」

これはその場にいた者たちがどよめいた。

たいとうと言えば、信長が安土で行なった相撲会の、ほぼ全てに出場している強者《つわもの》である。

相撲で、誰がいちばん強いか、そう問われた時、誰もがまず一番にあげるのが、このたいとうの名であった。

丈《たけ》六尺（約一八〇センチ）。

身体にはゆったりと肉がつき、そのゆるい肉の一枚下には、岩より固い筋肉が詰まっている。

丈こそヤスケには劣《おと》るものの、身体の大きさ、重さでは、負けていない。

ヤスケは、本格的な相撲をするのは、その時が初めてであった。

しかしながら、正面からたいとうとぶつかって、押されなかった。

ぶつかった時、がつん、という凄《すさ》まじい音がした。

岩と岩がぶつかったような音だ。

そして、動かない。

何度かたいとうが投げを放つが、ヤスケがいずれものこした。ぐらつきはするものの、なんとか踏んばって、倒れない。

ヤスケの身体は柔らかく、足、腰が強い。

動きも速かった。

先に息があがってしまったのは、たいとうである。

そして、なんと、ヤスケは、これまで誰も持ちあげたことのなかったたいとうの身体を持ちあげ、自分の後ろへ投げ捨てて勝ってしまったのである。

誰もがたいとうの勝ちを信じていたのだが、これでは面目がない。いくら身体が大きくて、力が強いといっても、相手は素人《しろうと》である。相撲の専門家であるたいとうが負けるはずはないと、皆が思っていた。ところが、ヤスケが勝ってしまった。

たいとうとしては、もちろん言い分がある。その日は五人抜きをやっている。いずれも強い相手ばかりで疲れている。そういう時に、ヤスケとやらされたのだ。

しかし、たいとうは、そういった言いわけを口にしなかった。

黙って頭を下げ、その場から去ったのである。

その光景を、うめは見ているのである。

あのヤスケにどうやれば勝てるのか。

ヤスケは、たいとうを抱えあげた時、その身体を肩に担《かつ》ぎあげるようにした。左手でたいとうの左脚を、右手でたいとうの首を押さえ、自らの身体を反《そ》らせながら、一緒に後方へ倒れ込んだのである。

考え方によっては、同時に倒れたとも見える。

しかし、見ていれば明らかなように、これはヤスケが投げたのであり、先に身体が土についたのはたいとうであった。

ヤスケの勝ちでよい。

あのヤスケに勝てるか。

どう考えても勝てない。

もしかしたら、ヤスケは、自分たちの知らない異国の相撲をやったことがあるのではないか。

そういうことが、脳裏《のうり》に浮かんでは消えて、工夫がまとまらないのである。

大気はどんどん冷え込んできて、身体が冷たくなってきているのがわかる。

ただ一匹鳴いている蟋蟀の声が、いよいよ小さく、細く、嗄《かす》れて聴《き》こえてくる。

その声が、耳に忍び込んできて——

「困ったなあ、うめよ……」

そういう声が、耳元で響いたような気がした。

いったい何か？

空耳であろうか。

蟋蟀の声が、耳の穴に入り込んだ途端《とたん》、人の声に変化したようであった。

人の声にしても、小さく、幽《かす》かであった。

「だ、だれじゃ……」

うめは、低く声に出していた。

「蟋蟀さ……」

その声は、うめの耳の中で囁《ささや》いた。

「こ、蟋蟀？」

「おまえが、さっきからずっと、わしの声を聴いていたように、わしもおまえの心の声を聴いていたのじゃ……」

「なに⁉」

「弥助という、黒坊主に、相撲で勝ちたいのであろう。しかし、その工夫がならぬのであろう」

そうだ。

その通りだ。

しかし、ここで、うめは声に出して口にするのをためらった。

この声の主《ぬし》と会話をすると、心の中にまで入り込まれて、魂《たましい》までとられてしまうと思ったからだ。

「案ずるな、おまえをどうこうしようというわけではない。わしは、人の心の闇を喰うのが仕事と言えば仕事じゃが、しかし、おまえ、魂を鬼に売り渡しても、勝ちたいと、そう思うていたのではないか――」

その通りであった。

そのように思っていたのだ。

「どうじゃ、その工夫、このわしがしてやろうではないか」

「――」

「わしが、おまえを勝たせてやろうと言うておるのさあ……」

蟋蟀は言った。

本当か。

本当にこの声の主は、おれを勝たせてやろうと言っているのか。

うめは、心の中で、今言われた言葉を反芻《はんすう》した。

「できるのか、そのようなことが？」

うめは問うた。

「できるかできぬかは、ぬし次第《しだい》じゃ」

「なに⁉」

「工夫は、このわしがしてやろう。しかし、その工夫を生かすことができるかできぬかは、ぬしにかかっているということだな」

できる――

と、そう言わぬところが、信用できそうな気がした。

それに、この声は自信ありげだ。

だが……

「何のためじゃ？」

うめは問うた。

「おれに勝たせて、どういう得があるのだ」

「頼みたいことがある」

「なに⁉」

「信長に伝えてほしいことがあるのだ」

声の主は、うめの大主《おおあるじ》を呼びすてにしている。

「それは何だ」

「後で言う」

「後？」

「うむ」

「何で自分で伝えぬのだ」

「自分で伝えてしまっては、おもしろみがないからな」

「おもしろみだと？」

「遊びじゃ」

「遊び？」

「遊びなればこそ、もってまわったやり方をして、驚かせてやるほうが、信長も悦ぶであろう」

「上様を悦ばせたいと？」

「うむ。ぬしらが、あやつのために手柄をたてたり、相撲を取ったりすることと同じじゃ」

「よくわからぬ」

「わしはな、あやつが悦んだり、驚いたりする姿を見たいのさ……」

「そ、それは、つまり、上様——殿のことを……」

「さよう、わしは、あやつのことが好きでなあ」

声の主が、わずかに笑ったように、うめには思われた。

「おれが勝って、おまえさまの言葉を伝えれば、殿が悦ぶと……」

「悦ぶ」

自信ありげに声の主はうなずいた。

「ただし、信長に言う時には、ありのままを伝えよ。嘘《うそ》を混ぜてはならぬ。嘘は、嘘だけは、あやつはすぐに見破るでな」

「わかった」

うめは、うなずいた。

「では——」

蟋蟀の声が止《や》んだ。

闇の中から、ひたひたと、何者かが歩《あゆ》み出てくる気配があった。

（四）

天正九年一二月二一日——

この日行なわれた相撲会《すまいのえ》は、後に〝辻合わせ〟と呼ばれるようになった。

それには理由がある。

この日は、一〇組の取組が予定されていたのだが、その最初の取組が、うめとヤスケであった。

その闘いの前に、

「本日の取組にあたり、上様に奏上《そうじよう》いたしたき儀《ぎ》がございます」

うめがこのように言い出したのである。

うめの直接の主である永田正貞は、そんなことを聞いていなかったから、座にあって、あぶら汗が出るほどどうろたえた。

いったい、何を言うのか。

あらかじめ自分が聞いていれば、よしなにとりはからうことができる。

内容によっては、根回しが必要なことかもしれないのに、それがまったくわからなかったので、うろたえたのだ。

うめが奏上したことの内容が、信長の気にいらなかったら、どのような咎《とが》めを受けるかわかったものではない。

だからといって、今、ここでうめを止めたりしたら、もっとたいへんな事態になりかねない。

どうする――

正貞は、心の中で唸《うな》った。

しかし、この時には、もう、うめの肚《はら》は決まっているし、覚悟もできているので、堂々たるものである。

もちろん、これは、あらかじめ、蟋蟀に言われていたことだ。

〝取組の前に、このように言えばよい――〟

と。

「しかし、我が主の正貞様をさしおいて、わたしがそのようなことを、上様に直接申しあげてよろしいのでしょうか」

うめは問うた。

すると、蟋蟀は、

「かまわぬ」

言下《げんか》に肯定した。

「信長は、かようのことを好む」

信長の心根《こころね》を、全て承知しているかのような口調であった。

「それを、まず、信長に認めさせるのが、工夫のはじめじゃ」

それで、うめも肚をくくったのである。

「申してみよ」

信長は言った。

「相撲の取組の勝ち負けでござりますが、これまでは、相手よりも先に、足の裏以外のところが土についたら負けということになっておりますが、本日の私とヤスケの取組だけは、勝ち負けの判定を別のものにしていただきたいのでござります」

「どのようにせよと」

「一方が意識を失うか、自らまいったと宣言して負けを認めるか、そのいずれかで、勝ち負けを決めるということでいかがでござりましょうか――」

「ほう」

「そもそも、わたしにとっての相撲というものは、そこが戦場であれ、都の辻であれ、出合《でお》うた者ふたりが、いずれの器量が優れているかを試すものなれば、そのどちらかの足以外に土がついたら負けというのは、いささか勝敗の決め方としては、ぬるうござります。倒れ、土がついた後も闘いが続くのは戦場ではあたりまえのこと。何とぞ、この儀、お許しいただきたく――」

うめのこの言葉に、信長は、膝を叩き、

「おもしろし！」

大きな声を上げた。

「なるほど、うめの申すこと、一理ある。許す。なれば、いっそ、本日の取組は全て、今、うめの申したやり方で勝負せよ。なれば今日の取組、これまで通りとは違うもの故《ゆえ》、相撲会ではなく、そうじゃ、辻じゃ。辻で出合うた者たちの勝負故、辻合わせと呼ぶことにせよ」

こうして、この日の相撲会は、〝辻合わせ〟となったのである。

（五）

太鼓がひとつ、どおん、と打ち鳴らされて、取組は始まった。

向き合ってみると、ヤスケは、考えていた以上に大きかった。

互いに褌《たふさぎ》ひとつを腰につけているだけである。

ヤスケの身体は、山の如《ごと》くにそびえている。

漆黒の肌は、黒光りしていて、うめには鬼のように見えた。

大人と子供ほどの体格差があった。

勝敗の方式をどのように変えようとも、結末を変えることはとてもできまいと思えた。

それが、見ている者たちの思いである。

うめは、腰を低くし、右へ飛んだり左へ飛んだりしながら、ヤスケの動きを誘っている。

これは、前にやったうめの動きだ。前は、このように、右に左に動きながら、蹴ったり突いたりしつつ、勝利をつかんだのである。

しかし、ヤスケのほうは、ほとんど動かない。ただ、右へ動いたり、左へ動いたりするうめの方へ、いつも身体の正面を向けるように動き、そうしながら、少しずつ距離をつめてくる。

近づいて、蹴ろうとしても、足が届かない。

じわり、じわりと追いつめられているのはうめのほうであった。

うめが、足を使って蹴ってくるというのは、ヤスケも充分承知しているのであろう。

うめの蹴りは、空を切った。

そして——

うめの蹴りが、何度目か、空を切った時、いきなり前に出て、ヤスケが逆に蹴ってきたのである。

ヤスケの右足が、正面からうめの腹を蹴った。

この時、見ていた者たちが、
おう、
と呻《うめ》くような声をあげたのは、うめの身体が宙に浮いたからである。

宙に浮いて、うめの身体は大きく後方に飛ばされた。

どん、
と、うめは背中から落ちていた。

そこへ、ヤスケが駆け寄ってゆく。

倒れたうめの上へおおいかぶさりながら、ヤスケが右手を伸ばしてきた。

その右手を、下から、仰向けになったうめが、腕ごと捕らえていた。

上と下で対面したまま両足で、ヤスケの頭を挟《はさ》み込んでいた。

右足を、ヤスケの左肩からヤスケの頭の後ろへ回し、その回した右足首に、ヤスケの右腋《わき》の下から伸ばした左足を引っかけ、締めた。

「ぐっ」

と、ヤスケが喉《のど》の奥でくぐもった声をあげたが、その声は一瞬だけで、すぐに途切れていた。

むん、
ヤスケが、踏んばっているのがわかる。

ぐむむむ、
ヤスケが、自分の首にうめをまとわりつかせたまま、立ちあがる。

ヤスケが、身を反らせるようにしてうめの身体を天高く持ちあげ、自分の体重をあずけながら、うめを背中から地面に叩きつけようとした。

「わっ」

見ている者たちから、声があがった。

誰もが、うめの身体が地面に叩きつけられ、背骨の折れる音が響くと思ったに違いない。

しかし、その音は響かなかった。

音はしたが、それは、背から、うめの身体が地面に落ちた音だ。

叩きつけられたのではない。

うめは、ヤスケの首に両足を下からからめつかせたまま、動かない。

ヤスケもまた、うめの上にかぶさったまま動かない。

やがて――

うめの両足がほどかれた。

うめが、ヤスケの身体の下から這《は》い出てきた。

ヤスケは、尻を上に持ちあげたまま、額《ひたい》を地面についたかたちで、意識を失っていたのである。

「おうっ」

見物していた者たちが、どよめいた。

いったい何があったのか。

ともかく、うめは、ヤスケに勝ってしまったのである。

それだけは、その場にいた全ての者が認めるところであった。

（六）

「おそれながら、殿に奏上いたしたき儀がいまひとつござるのですが、それを、ここで申しあげてもよろしゅうござりましょうか」

うめが、畏《かしこ》まってそう言ったのは、信長が、褒美として自身の脇差を与えた後のことであった。

まずその前に、脇差を押し頂《いただ》いたうめに向かって、

「うめよ」

と、信長が声をかけたのである。

「はは」

と、うめが低頭すると、

「あの技、はじめからねろうていたのであろう」

信長は言った。

信長の機嫌はいい。

信長は、新しいものが好きである。それが、戦における軍略であれ、思想であれ、この大地が球体であるという知識であれ、新奇なものに心が動かされるのである。

たとえば、それが相撲の新しい技であってもだ。

「仰《おお》せの通りにござります」

「つまり、あの技のため、辻合わせのことを言い出したのであろう」

それを辻合わせと命名したのは信長だが、その方式のことを提案したのは、まさにうめであった。

「はい」

うめは、低頭したままうなずく。

「よい、面《おもて》をあげよ」

「はは」

と、うめが顔をあげる。

信長が笑っている。

「あれは、何という技じゃ」

「転び締《じ》めという技にございます」

「そちが名づけた技か」

「はい」

うめは、いったんうなずき、

「さりながら、名づけたのはわたくしにございますが、技の工夫はわたくしがしたものではありません。私は、あの技を教えてもろうただけでございます」

「なに⁉」

と、信長が怪訝《けげん》そうな顔をしたその時――

「おそれながら……」

と、先の言葉をうめが言い出したのである。

それに対して、信長は、

「かまわぬ、申してみよ」

好奇心でふくらんだ眼を、うめに向けたのであった。

「十日ほども前でございましたでしょうか。毎夜、ヤスケに勝つための技について考えてきたのですが、どうにもよき工夫がなりませぬ。ほとほと弱りはてていたところ、蟋蟀が声をかけてきたのでございます」

「なに、蟋蟀とな」

「はい」

うなずき、うめは、その晩のことについて語った。

「で、その蟋蟀が、手とり足とり、その技をわたくしに手解《てほど》きしてくれたのでございます——」

「ほう……」

「蟋蟀と申しましても、その実体は人で、闇の中から、幽鬼《ゆうき》のごとくにその人影があらわれた時には、胆《きも》が冷えました——」

で、そのおりに——

「もしも勝つようであれば、必ずや殿と対面することであろうから、その時、殿に伝えてほしきことがあるのだと、その者が……」

「蟋蟀が言うたのじゃな」

「はい」

「申してみよ」

「我らの遊び、次が最後であると——」

「次が最後?」

「はい」

「次はいつであると?」

「それは、わからぬと蟋蟀どのは、申されておりました」

「何故《なにゆえ》、最後と?」

問われて、うめは、口をつぐんだ。

「かまわぬ、言え」

うめの脳裏に浮かんだのは、

〝嘘を混ぜてはならぬ。嘘は、嘘だけは、あやつはすぐに見破るでな〟

という、蟋蟀の言葉であった。

「申しあげます」

うめは、覚悟を決めた。

「それは、その遊びで、殿が死ぬからであると――」

うめは、言い終えて、眼を閉じ、歯を食い縛《しば》った。

信長の怒声《どせい》が浴びせかけられると考えたからだ。

しかし、怒声は響かなかった。かわりに聴こえたのは、からからという信長の笑い声であった。

「死ぬと申したか、あやつめが――」

「――」

「このおれが死ぬと?」

眼を開くと、信長に見つめられていた。

「はい」

うめがうなずき、

「さもなくば、自分が死ぬと――」

そう言った。

「死ぬとな、あの妖怪が?」

「自分はもう、齢《よわい》百歳を超えているのだと、申されておりました。次はないと。しくじったら、自分の命がもう尽きるであろうと――」

「すでに、言葉で呪《まじ》をしかけてきておるのか、やつめ」

信長が、楽しそうに言う。

それを不思議そうな眼で見つめ、

「殿、ひとつうかがってもよろしゅうございましょうか？」

うめは言った。

「申せ」

「殿の口調からすると、殿は、あの者と、蟋蟀とお知り合いなのでございましょうか」

「古い知己《ちき》じゃ。我が遊び相手よ。命を懸《か》けたな――」

「命を？」

「そうじゃ。遊びは、命を懸けるからおもしろい。戦も同じぞ。命を懸けねば、なるものもならぬ」

信長は、嬉々《きき》として言った。

「それから、蟋蟀どのは、こうも申されておりました」

「それは？」

「次が、いつであるかはわからぬが、それが起こった時に、わかるであろうと。起こればわかる。そして、知ることになるであろうと――」

「何を知ることになると？」

「不思議を」

「不思議？」

「この世は、不思議に満ちていると。そして、この世の一番の不思議は、妖物《ようぶつ》でも、河童《かっぱ》でも、巨大な水蛇《すいだ》でもないと――」

「何だというのだ」

「人の心であると――」

「人の心だと？」

「はい」

「ほほう……」

信長は、何か、考えごとでもするかのように、少しばかり沈黙した。

そして――

「よう、わかった」

信長がうなずく。

「は――」

と、また、うめが頭を下げる。

「おもしろうなってきたわい。楽しみが増えたぞ。これだから、この遊びはやめられぬ。なあ、うめよ――」

信長は、そう言って、またひとしきり、からからと笑ったのであった。

十二ノ巻　盆山《ぼんさん》

（一）

後《のち》に本能寺の変と呼ばれるできごとが発生したのは、うめとヤスケの辻合わせのあった年の翌年のことであった。

天正一〇年六月二日、早朝――

信長が本能寺にあったのは、秀吉の中国《ちゅうごく》攻めに加わるためである。中国にゆく途中、京の本能寺に宿を取ったのだ。

この時、明智光秀は、一万三〇〇〇人の兵を率《ひき》いて丹波亀山《たんばかめやま》城から中国へ向かおうとしていた。毛利氏に就《つ》いている清水宗治《しみずむねはる》の居城である高松《たかまつ》城を攻めている秀吉に加担するためである。

この途中で、光秀は、その向かう方向を京へとかえて、本能寺の信長を攻めたのである。

おそらく、これは、日本史最大の謎であるが、いったい、どうして、光秀が、そのような決心をしたのか。

ともあれ――

この時期、信長は、ほぼ天下を手中に収めていたといっていい。

秀吉の高松城攻めにしても、それはほぼ成っており、その最後のしあげを、信長自身にやらせるため、秀吉が信長を呼んだのである。

あまりに大きな手柄をたてるとあとが怖《こわ》い、ということを秀吉はよく知っていた。信長の性格を、一番よく理解していたのが秀吉であった。

だから、最後のおいしいところを信長にくれてやるため、秀吉が信長を呼んで、しあげをさせようと考えたのである。

本能寺のあと、信長は、高松城へ向かう予定であった。その先兵役として、光秀は、信長よりひと足先に、中国へ向かおうとしていたのである。

しかし、光秀は、中国へは向かわずに、京の本能寺へ向かった。

その結果がどうであったかは、今日《こんにち》、ほとんどの人間の知るところである。

しかし、そこへゆく前に、この年の信長がどうであったのかをまず語っておきたい。

それについては、高野山《こうやさん》と比叡山を語るところから書き起こしたい。

（二）

私事ながら、かつて、高野山大学の図書館を案内していただいたことがある。

その蔵書数、約三〇万冊。

このうちの、一〇万冊、およそ三分の一が、高野山内外の寺院から寄託、寄贈された古典籍《こてんせき》で、ほとんどが仏教経典である。

奈良時代天平《てんぴょう》に写経された『大日経《だいにちきょう》』『蘇悉地羯羅経《そしつじからきょう》』『金剛頂経《こんごうちょうきょう》』は、重要文化財に指定されている。

図書館だけでも圧倒的な数量であり、高野山全体で考えれば、数百万点に及ぶ仏教資料が、この地には残されているのである。

こと、仏教関係の資料で言えば、東洋一、おそらくは世界一の規模になるのではないか。

高野山と同じ時期に創建された比叡山にも同等数の資料が残されていてもいいはずなのだが、それが、比叡山にはない。

「何故《なぜ》でしょう」

不思議《ふしぎ》に思って、案内をして下さった方に訊《たず》ねてみたら、

「それは、信長が焼かなかったからですね」

あっさりとした言葉が返ってきた。

なるほど、そういうことか。

信長は、比叡山を攻め、一部をのぞき、伽藍《がらん》や寺院のことごとくを焼いた。この時に、多くの典籍や仏像などが、灰になってしまったのである。

しかし、高野山は、焼かれなかった。

信長は、比叡山だけでなく、高野山も攻め、一説には一三万七二二〇余人の兵をもって囲み、これを滅《ほろ》ぼそうとしたのだが、できなかったというのである。

何故か。

高野山を囲んでいる最中に、本能寺の変が起こり、信長が死んでしまったからである。

この間、高野山側も、ただ手をこまねいて、凝《じ》っとしていたわけではない。

高野山では、ありとあらゆる呪法《ずほう》を試みて、信長を呪殺しようとしていたのである。

呪法都市として、高野山は、平安時代から今日《こんにち》まで、ずっと現役であったと考えていい。

たとえば、太平洋戦争のおりにも、敵国を相手に、連合国調伏《ちようぶく》の法——太元帥法《たいげんすいほう》を行なっているのである。

ちなみに、信長がこの地を攻めた時、わかっているだけで高野山は、太元帥法、如法《にょほう》不動法《ふどうほう》、如法愛染《あいぜん》法、如法勝軍地蔵《しょうぐんじぞう》法などをとり行ない、信長を呪殺しようとしているのである。

高野山にとっては、信長との戦いは、全山あげての呪法攻撃であり、この意味において、信長の死は、まさに高野山の呪法の勝利と考えてよい。

明智光秀の裏切りという、あり得ぬことが起こったのは、高野山側から考えた時、

「我が呪法の力である」

ということになる。

（三）

信長と高野山の戦いは、天正九年八月から始まった。

信長が、安土で、相撲会《すまいのえ》を、盛んに開催していたのと同じ年である。

ただし、信長と高野山の軋轢《あつれき》が始まる頃——それは天正九年の四月ということだが、その頃から、相撲会の開催は、少なくなり、記録からは見られなくなっている。その四月までは、信長と高野山の関係は、おおむね良好であったと言っていい。

戦《いくさ》の因《もと》ということで言えば、天正六年、荒木村重が、信長に叛旗《はんき》を翻《ひるがえ》したことにある。今日、有岡《ありおか》城の戦いとして知られているこの籠城戦《ろうじょうせん》は、この年に始まって、翌天正七年一〇月ま

で続いた。

この城から、村重本人は逃げ出して命ながらえたのだが、その妻や子は信長によって惨殺《ざんさつ》された。

籠城していた家臣の妻子一二二名は鉄砲などで殺害され、その他男一二四名、女三八八名は、四軒の農家に押し込められ、火を点《つ》けられて農家ごと焼き殺されている。

このおりに逃げた村重の家臣五人が、高野山に入って、そこに匿《かくま》われていたのである。これを知った信長が、天正九年にその家臣五人の引き渡しを命じたのだが、高野山はこれを拒否して、なんと信長の使者を殺してしまったのである。

信長は、これに怒り、全国の高野聖を捕らえて、斬殺《ざんさつ》した。その人数、数百人とも数千人とも言われている。

ともあれ、このようにして、高野山対信長の戦いは始まってしまったのである。

そうした年の暮れに、うめとヤスケの相撲《すもう》がとられたことになる。

さて――

その年、天正九年の一二月二二日――つまり、辻合わせのあった翌日。

信長は、秀吉とともに、安土城の天主《てんしゅ》にあった。

秀吉は、この頃、播磨《はりま》にあったのだが、歳末にあたって安土にもどってきていたのである。もちろん、もどっていたのは秀吉だけではない。他の家臣や、諸国の大名、小名や一門の者たちが、挨拶《あいさつ》のため、安土の信長のもとへやってきていたのである。

彼らは歳暮の贈りものとして、金銀、舶来物《はくらいもの》、衣《きぬ》、紋織《もんおり》などの高価な品々を信長に献上した。

秀吉自身も、この時は小袖《こそで》二〇〇枚を献上したばかりでなく、安土の女房衆にも、それぞれ小袖を贈っている。

信長は、この秀吉に対して、

「こたびの因幡《いなば》国鳥取《とつとり》の強固なる城や大敵に対し、一身の覚悟をもって戦い、これを平定せしこと、まことに武勇の誉《ほま》れである」

このように言って、茶の湯の道具、一二種の名物《めいぶつ》ばかりを集めて贈っているのである。

それが昼のことであった。

今は、夜である。

信長が、明日には播磨に帰ってゆく秀吉に、

「今日は残れ」

そのように言って、夜の食事を共にし、それが済んだ後、ふたりで天主に登ったのである。

他の者はどこにもいない。

一番上の層に、秀吉は信長とふたりきりだ。

中天《ちゆうてん》に月が出ている。

琵琶湖が、月明かりで青く光っているのが見える。

秀吉は、冷気の中で、信長と並んで無言で立っている。

何か御用でござりますか?

そう問いたいところを、凝《じ》っと我慢しているのである。

信長が、自《みずか》ら口を開くのを待っている。

と——

「猿よ、昨日のあれを見たか」

信長が、そう問うてきた。

〝昨日のあれ〟

というのは、もちろん、うめとヤスケの闘《たたか》いのことであろう。

「拝見いたしました」

秀吉は、慇懃《いんぎん》に頭を下げたのだが、傍《そば》に立つ信長に対して、
いつもと違う——

そう感じていた。

信長が身に纏《まと》っている雰囲気が、である。

常の信長であれば、

「見たか、猿よ」

そう問うてくるところである。

わざわざ〝昨日のあれ〟などという言葉はつけ足さない。

それを、瞬時に察知して、拝見などという言葉は使わず、

「見物いたしました」

と答えるのが、秀吉の拍子《ひょうし》である。

信長の様子によっては、いきなり、

「まことにおもしろうござりました」

と答えてもよいところだ。

信長との会話は、緊張感に満ちている。その緊張感が、信長との会話の疲れるところであり、
おもしろさでもあった。

しかし、信長の様子がいつもと少し異《こと》なっているのだ。

生気がない、というのとは違う。

信長という人間を見る時、秀吉が感ずるのは、火である。

いつも、信長という人間の中心には、炎のようなものが猛《たけ》っている。背骨のどこかに、その火のようなものが点《とも》っていて、時に、それは、内臓を焼き、肉を焼き、時に眼から吹きこぼれ、肌の表面にまでめらめらと燃えあがることがある。

時には、それが、いらだたしさのようにも見え、自分の考えたように世間が考えないことへの憤《いきどお》りや、怒りのようにも見える。

だから、秀吉が、信長を見る、ということは、その炎の色を見ることであった。その炎の勢い、猛り具合を見ることであった。

そのことでいうと、信長の中心にある炎の色が、今は見えなくなっているのである。

火はある。

信長という炎に手をかざせば、確かに火の温度は感ぜられるのだが、それがどのような色で、どのように燃えているのかがわからない。

灰の内側に隠されている熾火《おきび》のようなもの。

いくら温度が感ぜられても、灰をのけてみれば、熾火の量はそれほどでもない場合もあれば、のけてみると、いきなり熾火が盛んに燃えあがったりする場合もある。

叡山を焼いた時には、炎が、信長の全身から吹きこぼれているように見えていたのが、今はそれが見えない。

はて——

信長は、変わったのか。

秀吉は、そんなことを思っている。

「どう思う」

信長が訊ねてくる。

ここで、秀吉は、しくじったか、とそう思う。

信長が訊ねているのは、うめとヤスケの闘いのことではなく、うめに助言したという、蟋蟀《こおろぎ》のことではないか。

ここで、初めて、〝蟋蟀〟のことを知った家臣は大勢いる。

あの場にいた者で、〝蟋蟀〟について見当がついたのは、松井友閑とこの自分くらいではないか、と秀吉は思っている。

今、家臣たちの間で噂《うわさ》になっているのは、

〝蟋蟀どの〟

のことである。

信長が、

〝古い知己《ちき》じゃ〟

と口にしたこともあり、いったいたれのことであるのかという話題が、家臣たちの間ではひそかに語られているのである。

もちろん、それは信長も承知していることであろう。

だから、この〝どう思う〟は、蟋蟀のことであるのは間違いない。

問題は、先の発言である〝見たか〟である。

信長は、間違いなく〝見たか〟と問うている。だから、それは、蟋蟀のことではなく、やはりうめとヤスケの闘いのことでよいのだと秀吉は思いなおした。

つまり、信長は、この自分が〝拝見いたしました〟と答えたことで、その話題を終えたのだ。

そして、今、信長は、蟋蟀のことに、話題を転じたということになる。

それを、秀吉は、なんとか瞬時に判断し、

「蟋蟀どの、つまり、飛び加藤どのでございましょう」

そう答えた。

信長は、じろりと秀吉を見、

「遅れたな、猿」

そうつぶやいた。

瞬時に判断したつもりが、いつもより、答えるのが半拍子ほど遅れた――それに、信長は気づいたことになる。

「おまえにしては、珍しい」

ここで、秀吉は、謝らなかった。

謝ってしまっては、他の家臣、たとえば柴田勝家や明智光秀と同じになってしまう。

「今夜の殿は、わかりにくうございます」

ここは、正直に言った。

信長は、怒らなかった。

よかった――と秀吉は思っている。

今の言葉を発することによって、なんとかいつもの自分にもどることができたからだ。

「さもあろう」

信長は、微笑した。

その微笑が、すぐに消えた。

「猿よ、ぬしに言うておくことがある」

「は」

「おれとな、あの飛び加藤——加藤段蔵とのことじゃ」

「承《うけたまわ》ります」

「あやつと初めて出会《でお》うたのは、おれが一四の時じゃ。あやつは、城下の寺の前で、大道芸をしていた。牛を尻から呑《の》む芸を見せて、小銭《こぜに》を稼《かせ》いでおった……」

もちろん、芸である。

本当に、牛を尻から喰《く》うわけではない。

見物人たちに幻戯《めくらまし》をかけて、喰い、呑んでいるように見せていただけだ。

段蔵のその術を、木の上から見物していた子供が見破った。

これでは銭がとれぬと、段蔵はその場から去ったのだが、その後、術を見破った子供の首が、近くの地蔵の頭の上に載《の》っていた。

信長は、それを見ていて、段蔵の後を追った。

牛については、本当に段蔵が呑んでいるように見えたが、その後のことについては、信長はきちんと見えていた。

段蔵は、花を斬ると見せかけて、子供の首を斬り、それを地蔵の頭の上に載せたのである。

〝どうすれば、あのようなことができるのじゃ〟

教えてくれと、その時、信長は段蔵に問うた。

それからのつきあいだと、信長は猿に打ち明けた。

「どうやら、その時に、おれはあの妖物《ようぶつ》に憑《つ》かれたらしい。いや、好かれたのか――」

信長は、猿に言った。

「以来、三四年の、おれの遊び相手よ」

信長は、秀吉の感想を求めてはいない。ただ、しゃべりたいだけだ。

それを、秀吉はよくわかっていた。

黙って、信長の話に、耳を傾けている。

「猿よ、人は死ぬ」

信長は琵琶湖の上に出ている月を見あげながら言った。

「必ず死ぬ。人だけではない。馬であれ、犬であれ、草であれ、花であれ、命あるものは皆死ぬ。これだけは、全ての人に、全ての生あるものに平等じゃ。仏の教えで正しいのは、唯一《ゆいいつ》、これだけじゃ」

信長は、まだ、月を見あげている。

「それでよい」

そのほうが、いっそすがすがしい――

信長はそう言っているようであった。

人の世は、不平等である――信長は、そうも言っているようであった。

「人は必ず死ぬ――それを知った後のことは、皆、人が好きにすればよいだけのものじゃ」

信長は、猿にではなく、自分に言い聞かせているようであった。

「この世には、神も仏もない」

力強く言いきって、信長は、視線を琵琶湖にもどした。

「しかし、あると言うのならある。たとえば、それは美だ」

「美、でござりますか」

これは問うてもよいところだ。

むしろ、問わねばならないところである。

秀吉のこういう信長とのかけひきは、絶妙である。

「美とは何か。美とは、間違いなく存在する。九十九髪茄子《つくもかみなす》、初花肩衝《はつはなかたつき》――」

信長は、自分の気にいった茶器の名物の名をあげ、

「朝日の昇る姿、今夜の月――しかし、それは、見る者によって違う。見る者によっては、朝日や月など、どこが美しいのかと思うこともあろう。手に載るような茶器のどこがよいのかと思う者もいよう。しかし、人によっては、間違いなく、その美はある。好悪《こうお》も、美醜《びしゅう》も同じじゃ。もしも、神や仏があるとするなら、その美のようなあり方として、この世にあるであろうよ、なあ、猿」

「はい」

「だが、真実《まこと》にあるというものについては、人が見ても、猿が見ても、犬が見ても、あるものでのうてはならぬ」

「――――」

「たとえば、それは、あの天の月じゃ。たとえば、あの琵琶湖じゃ。たとえば、そこらに転《ころ》がっている石であり、山であり、川じゃ。それらのものは、たとえば、虫が見ても、そこにあるもの

じゃ。神や仏のことなど、美など思うたこともないような虫が見ても、石や月はそこにあるものではないか――」

「――――」

「真実、この世にあるというのは、そういうもののことじゃ。神も仏もない。あの世もない。人は、死ねば終わりじゃ。それだけのことじゃ。つまり猿よ、幽霊などというものも、この世にない。したがって、呪いや呪詛《ずそ》などというもので、人を殺すことができるということもないのだ」

ここにきて、ようやく、秀吉は、信長が何のことを言っているのかということがわかった。

高野山のことを言っているのだ。

「猿よ、高野では、全山挙《あ》げて、おれのことを呪詛しようとしているらしい」

信長は嗤《わら》った。

「それですめば、戦など必要ないではないか。よいか、猿よ、おれは今、呪詛で人は殺せぬと言うたばかりなのだが、実は呪詛で、人が死ぬということはある。猿よ、言葉でも人は死ぬ。殺したいと思う人間に、その者を死においやるような言葉を浴びせてやればよいのだ。そして、人は、本当に病《やまい》を得て死ぬ。自らの命を断つ。人とはそういうものだ。よいか、猿よ、おれが腹を切れと命ずれば、腹を切る者がいる。それも、言葉の力だ。呪詛とは、煎《せん》じ詰めれば、そういうものだ。呪詛で人が死ぬというのは、その者が、自分が呪詛されていると知るからだ。それで怯《おび》え、自ら命を断ったりする。自分が呪詛されていることを知らねば、どうというものではないのだ――」

確かに、信長の言っていることは、理屈が通っている。

その通りだと思う。

「もしも、おれが、たれかが呪詛している最中に、何かで死んだとて、それは、その呪詛によるものではないのだ」

合理主義の人である信長は、自分に言い聞かせるように言った。

やはり、今夜の信長は、いつもの信長ではない。

冗舌《じようぜつ》になっている。

信長は、たれにも、このような姿を見せない——それが、秀吉の知っている信長であった。

もしかしたら、信長は、呪詛を——いや、いやいやいや、呪詛ではなく、あの漢《おとこ》を、飛び加藤を恐れているのではないか。

いや、恐れてあたりまえだ。

自分であったら、たとえうめを通じてでも、段蔵にあのようなことを言われたら、怖い。

夜には、周囲に警固《けいご》人を置くであろう。

自分の家臣と、人気《ひとけ》のない天主で、ふたりきりで話をするなどということはしない。

秀吉は、自分の臆病をわかっている。

臆病であるからこそ、これまで、信長のもとでのしあがることができたのだ。

「段蔵め、高野のどこかに潜《ひそ》んで、すでにおれに仕掛けてきていたのかもしれぬな」

まさか、と秀吉は思う。

思った後で、いや、段蔵ならやりかねない、とも。

呪詛の王国である高野を、段蔵が術でたぶらかすということも、あるかもしれない。

「おれはな、猿よ、実は怖いのだ……」

信長はつぶやいた。

そこまで言うか、信長よ。

秀吉はむしろ、それを自分の前で口にした信長に、底の知れぬものを感じた。

自分ならば、やる。

信長の前でなら、怯えを口にできる。

わざと怯えたふりもできるし、本当の怯えも、時には口にできる。

それは、信長という漢を、どこかで信じているからだ。

この自分よりも、上の存在であると。

身分とか、そういうものではない。人としての目方、人としての存在として、信長が上であるとわかっている。

だから、信長の前で、怯えを口にできるのだ。

それは、信長に対する自分の甘えでもあると思っている。それがまた、本心であるからこそ、信長は自分を可愛がっているのだともわかっている。

「やつは、直接には、おれの首を取りには来ないであろう。やつが仕掛けてくるのなら、おれの周囲《まわり》じゃ。それは、高野か、足利か、あるいは秀吉よ、おまえか……」

「わたしに……」

「見当がつかぬよ。しかし――」

「しかし?」

「しかし、おもしろい。おれは、怖がっている己《おの》れを楽しんでいる」

本音であろうと、秀吉は思った。

信長は、明らかに、自分の命のかかったこの遊びをおもしろがっている。

「猿よ、神も仏も、道具ぞ」

「道具？」

「だから、おれは、神になろうとしているのだ」

信長が言った。

この時、秀吉は、一瞬、迷った。

信長が、何のことを言っているのかは、すぐにわかったのだが、どう答えていいのかが瞬時に判断できなかったのだ。

「摠見寺《そうけんじ》、吉田神道《よしだしんとう》のことでござりますか」

わずかに遅れはしたものの、これは、許される範囲であろう。

信長が、自ら、

〝おれは、神になろうとしているのだ〟

と口にしたものだから、心が一旦《いったん》停止してしまったのだ。

しかし、何のことかはわかった。

それが、摠見寺に関わりがあるとは、誰でも思いつく。だが、吉田神道というところまでたどりつくことができるのは、信長の家臣の中では、自分と松井友閑、明智光秀——他には森蘭丸《もりらんまる》くらいであろう。

わかったからといって、今のように答えられるのは、おそらく自分だけだ。

殿が、今口にされたことは、承知しております——それだけが伝わればいい。かといって、承知しているとだけ伝えても、信長には、本当に、こやつはわかっているのかという疑念が生ずるであろう。だから、摠見寺と、吉田神道の名を出したのである。

それで、信長にはわかる。

論評や、感じたことについてはいっさいはぶいている。

信長の語りに、合いの手を入れてやるくらいの感覚だ。

余計な説明ぬきに話をしても、充分にこちらは理解できるということを、秀吉は、信長に伝えたことになる。

「やはり、おまえにはわかるか」

信長は、独りごちた。

なるほど、信長は摠見寺、つまり吉田神道の話をしたかったのか。

人払いをし、この安土城の天主でふたりきりだ。

この自分ならば、飛び加藤のことであれ、摠見寺のことであれ、吉田神道のことであれ、自由に話ができる相手だ。

摠見寺というのは、信長が、安土城の郭内《かくない》に建てた寺である。

この寺に、信長は、本尊のかわりに盆山《ぼんさん》なる石を置いて、それを、自身の神体《しんたい》として、家臣や人々に拝《おが》ませたのである。

このことについては、イエズス会宣教師のルイス・フロイスが『日本史』の中で、次のように記《しる》している。


この不幸にして哀れな人物は、途方もない狂気と盲目に陥《おちい》り、自らに優る宇宙の主なる造《ぞう》物主《ぶつしゅ》は存在しないと述《の》べ、彼の家臣らが明言していたように、彼自身が地上で礼拝されることを望み、彼、すなわち信長以外に礼拝に価《あたい》する者は誰もいないと言うに至った。

そして、この冒瀆《ぼうとく》的な欲望を実現すべく、自邸に近く城から離れた円《まる》い山の上に一寺《いちじ》を建立《こんりゅう》することを命じ、そこに毒々しい野望的意志を書いて掲《かか》げたが、それを日本語から我らの言語に翻訳すれば、次の通りである。

この野望についての箇条書き、功徳《くどく》と利益《りやく》については、そのまま記せば煩雑《はんざつ》になるので、意訳して次に書いておきたい。

一、当所に礼拝する富者は、いよいよその富を増し、貧しき者は富者となるであろう。
二、礼拝する者は、八〇歳まで長生きし、病める者は癒《い》え、健康と平和が得られるであろう。
三、予が誕生日は聖日とし、当寺を参拝することを命ずる。
四、以上を信ずる者には、疑いなく、約束されたことが、必ず起こるであろう。信ぜぬ者は、現世においても来世においても、滅亡するであろう。

ざっと、このようなことが書かれている。

しかし、不思議なことが幾《いく》つかある。そのうちのひとつは、合理主義者で、神仏を信ずることのなかった信長が、どうしてこのようなことに及んだのか。

ルイス・フロイスは、『日本史』に、はっきり書いている。

彼にはかつて当王国を支配した者にはほとんど見られなかった特別な一事があった。それは、日本の偶像である神と仏に対する祭式をいっさい無視したことである。

その信長が、どうして、寺に、盆山なる石を置き、それを神として拝ませたのか。ルイス・フロイスは、さらに記す。

神々の社《やしろ》には、通常、日本では神体《シンタイ》と称する石がある。それは神像の心と実体を意味するが、安土にはそれがなく、信長は、予自らが神体である、と言っていた。しかし、矛盾しないように、ある人物が、それにふさわしい盆山《ボンサン》と称せられる一個の石を持参した際、彼は寺院のいちばん高所、すべての仏《ホトケ》の上に、一種の安置所、ないし窓のない仏龕《ぶつがん》を作り、そこにその石を収納するように命じた。

盆山なる石を、神として、信長自身として、礼拝することを命じたのである。

不思議のもうひとつは、石を神として拝ませたことではなく、寺である摠見寺に、どうして本尊ではなく、神体を置いたのか。

ちなみに、摠見寺は真言宗《しんごんしゆう》の寺であり、当然ながら、その中心となるべき仏は、まず大日如来である。

この日本国には、本地垂迹説《ほんじすいじやくせつ》という考え方がある。それは、日本古来の神道の神々も、その本地——つまり、本体は仏であるとする思想である。

神仏は同じ存在である——と、その思想は言うのである。

しかし、信長が、この思想をもとにして、自らを神と称したとは思えない。何しろ、御神体が、ただの石だからである。

このことについては、もうひとつ書いておかねばならないことがある。それは、ルイス・フロイスが、日本の神と仏について、理解が不十分で、御神体と御本尊を混同していたのではないかという疑いがあることだ。

しかし、ルイス・フロイスは、日本の神と仏の区別はきちんとついており、他の記述では、神体と本尊をきちんと書きわけており、両者の違いを正確に理解していた。ここだけ、その記述を間違えるわけもない。

ルイス・フロイスは、頭のいい、論理的な思考のできる、優れた宗教人である。キリスト教を日本において広めねばならない立場にある。そのため日本の宗教についてはきちんと学んでおり、仏教についても、神道についても、充分な知識を身につけており、日本人宗教者とも宗論《しゅうろん》をしたりしていて、神体と本尊について、何らかの誤解や、間違った思い込みがあったとは考え難《がた》い。

そこで気になってくるのは、盆山のことである。

盆山とは何か。

結論から言ってしまえば、盆栽《ぼんさい》のことである。ひと口に、盆山、盆栽と言っても、色々の種類があり、植物がいっさい植えられていない、石だけの盆山、盆栽もあるのである。

フロイスは、はっきり〝石〟と書いているので、信長が、礼拝させた盆山が、石であるというのは、ほぼ間違いがない。

では、いったい、どういういきさつで、そのようなことになったのか。

問題は、信長が、この盆山を、いつ、どのようにして手に入れたかである。

そもそも、誰が信長にこの石を持ってきたのか。

ルイス・フロイスは〝ある人物〟と書いているが、その人物とは誰か。

それは、ほぼわかっている。

この石が、信長の元にもたらされたのは、天正六年五月五日のことだ。

献上したのは、吉田兼見《かねみ》という人物であった。


では、この吉田兼見という人物は、いったい何者であるのか。

まずその肩書きを記しておけば、吉田神道の神主であり、当主である。

吉田神道とは何か。

室町《むろまち》の頃、京の吉田神社の神職であった吉田兼倶《かねとも》によって大成された神道の流派である。

別名、唯一《ゆいいつ》神道。

反本地垂迹説の立場をとる代表的な流派である。

まずは、本地垂迹説について、説明をしておきたい。

簡単に言ってしまえば、日本の神道の神々は、仏の化身《けしん》であるという考え方のことである。つまり、天照大御神《あまてらすおおみかみ》も、八幡神《はちまんしん》も、その本体は仏であると、本地垂迹説は言うのである。

もともとは、インドに発して、中国を経由して日本に入ってきた思想である。インドではめずらしくない考え方だ。

たとえば、ヒンドゥーの神、ヴィシュヌ神は、十の化身——アーヴァターラを持っている。

半人半魚のマツヤ。宇宙を支える亀、クールマ。猪《いのしし》のヴァラーハ。半獅子《しし》のナラシンハ。小人のヴァーマナ。聖仙《リシ》のパラシュラーマ。猿の王、ラーマ。クリシュナ。そして、ブッダ。未来仏とも言われるカルキ。

ヴィシュヌ神は、必要に応じて、この十種のアーヴァターラに姿を変えて、この世に現われるというのである。

この考え方が、仏教と共に日本に入ってきて、神仏習合《しんぶつしゅうごう》へと発展したのである。

神も仏も同じ——

たとえば、天照大御神は大日如来、あるいは十一面観世音菩薩《かんぜおんぼさつ》である。たとえば、大国主神《おおくにぬしのかみ》は、大黒天《だいこくてん》である。たとえば、国之常立神《くにのとこたちのかみ》は薬師《やくし》如来であるという具合に、神の本体は、仏であるという考え方が、仏教と共に日本に広まってしまったのである。

この本地垂迹説に対して、反本地垂迹説というのがある。

どういう説かというと、神の本体が仏なのではなく、その逆で、仏の本体こそが神なのであると、反本地垂迹説は言うのである。

その代表とも言うべき流派が、吉田神道であった。

こういう考え方——神本仏迹《しんぽんぶつじゃく》説がおこったのが鎌倉《かまくら》時代で、南北朝時代から室町時代にかけて盛んになり、仏教側——天台宗などからも、これに同調する者が現われ、慈遍《じへん》は、『旧事本紀《くじほんぎ》玄義《げんぎ》』『豊葦原神風和記《とよあしはらしんぷうわき》』を著《あら》わし、自身は神道に改宗してしまった。

また、『唯一神道名法要集《みょうほうようしゅう》』を著わして、これらの反本地垂迹説を大成させたのが、吉田神道の吉田兼倶であった。

信長に、盆山を献上した吉田兼見は、この吉田神道の、第九代の当主だったのである。

吉田兼見が、そもそもどういう目的でこの盆山を信長に献上したのかというと、もちろん、信長という神の依代《よりしろ》として、人々に拝ませるためではない。

はじめは、安土城の装飾品として、献上されたものである。

それが、どうして場所が移され、摠見寺に置かれるようになったのか。

これは、たぶん、吉田兼見の発想ではない。

おそらくは、信長の発想であろう。

では、どうして、信長はそのようなことをしたのか。

それは、もちろん、神となるためであった。

（四）

「猿よ……」

信長は、琵琶湖の上に輝く青い月を見あげながら、秀吉に声をかけた。

「は」

「人の世で、いちばん偉い者は、たれじゃ」

問われて、秀吉はぎりぎりの間を置いた。

信長自身が、自らの問いに自ら答えるつもりであろうと考えたからである。

もしも自分が答えれば、信長の呼吸を崩してしまうことになるからである。信長は、それをいやがるであろう。

もちろんそれは、瞬時と言えるほどのわずかな間であったが、間をこれ以上とれぬであろうと秀吉が判断し、まさに言葉を喉《のど》のあたりまで持ちあげてきたその時——

「我ら武士の世界のことで言えば、それは武士の棟梁たる将軍であろう」

信長は、月に光る夜の琵琶湖に向かって、その言葉を吐き出した。

「はい」

「では、その将軍を将軍たらしめているのはたれじゃ――」

この問いにも、信長は自ら答えた。

「それは、京におわす帝《みかど》じゃ」

「はい」

「なれば、その帝よりも上にはたれがいるか?」

「誰でございましょう」

「神じゃ」

信長は、きっぱりとその名を口にした。

「神である」

信長は、秀吉に向きなおり、そう断言した。

「その上は、ない。だから、おれは、神にならねばならぬ」

どのようにして――

とは、秀吉は、問わない。

信長の言葉を待った。

「古来、我が日本国において、人が神になった例は、無数にある」

信長はその名を口にした。

早良《さわら》親王――

菅原道真《すがわらの》――

平将門《たいらのまさかど》――

崇徳上皇《すとく》――

「しかし、その多くは、祟《たた》り神じゃ。しかも死して後、神として祭りあげられた。が、死んでからでは遅い。生きているうちに、神となってこそ、我が世は盤石《ばんじやく》のものになる……」

「はい」

「仏ではだめなのだ。人は、死すれば全てが仏になってしまう。来世《らいせ》があると語る故《ゆえ》、人は死を恐れなくなってしまう。死を恐れる人の心があればこそ、神は世に立つことができる。祟りを――つまり、死を恐れるからこそ、人は死者を神として祭りあげるのだ――」

「はい」

「猿よ、おれは、神も仏も信じてはおらぬ。そのおれが、どうして、生きながら、神になろうとするか、わかるか――」

「わかりませぬ」

見当はつく。

しかし、ここはわからぬと答えねばならぬところだ。

「試してみたいのじゃ。人というものが、いや、この信長がどこまで昇ってゆけるのかをな。この世をどこまで思いのままに動かせるのかをな。人はな、何でも拝む。巨大な石、山、樹《き》、たとえそれが人でなくても、石くれでも、人はそれを拝み、祀《まつ》るのだ。それを思えば、生きている生《なま》身《み》のこの信長を拝めぬわけはなかろう。盆山は、その布石《ふせき》よ。あれを拝む者は、この信長を拝むのだ。おれを恐れて拝む。祟り神としてな。おれは、生きながら、祟り神となるのだ……」

信長の言葉を聴《き》きながら、秀吉は驚嘆していた。

なるほど、そうか、人は神になることができるのだったな。

現に、信長が口にした通り、歴史上に、そういう人間は何人もいるではないか。

そして、今、人を神にする仕組みを有しているのは、秀吉の知る限り、この世に吉田神道のみである。

なるほど、そうか。

秀吉は、感動しながら、信長の言葉を聞いていた。

後のことであるが、秀吉は、実際に自ら神となった。

もちろん、これは、生きている間に秀吉がそう望み、準備をしたからである。

これを仕切ったのが、吉田神道の、他ならぬ、信長に盆山を献上した吉田兼見であったのである。

吉田神道は、朝廷に取り入って、神社などに神号《しんごう》を与える権利を有していたのである。

この吉田神道を使って、秀吉は豊国社《ほうこくしゃ》の神である豊国大明神《とよくにだいみょうじん》という神になったのだ。

さらに後の世に、神となったのが、徳川家康であった。

その時、世には、人を神とするシステムを持った神道がふたつ存在した。

そのひとつが、すでに記した明神の吉田神道であり、もうひとつが、日枝《ひえ》の山王《さんのう》神道をさらに発展させて天海《てんかい》が創《つく》りあげた山王一実《いちじつ》神道である。

実はこの時、家康を神にするのに、吉田神道、山王一実神道、いずれのシステムをもってするかについて家康の死後、多くの議論がたたかわされた。

吉田神道なら明神——

山王一実神道ならば、権現《ごんげん》——

この議論の時、

「大明神、よろしからず」

こう言ったのが、天海であった。

「大明神の、豊臣家を見よ。豊臣家は、今や滅び、徳川の世である。吉田神道で家康さまを大明神にするというのは、はなはだ縁起がよろしくない。山王一実神道の大権現にすべし」

この言葉によって、徳川家康は、日光《にっこう》に葬《ほうむ》られ、東照《とうしょう》大権現となったのだが、秀吉、家康の発想の大元《おおもと》は、生きながら、自らを神として祭りあげようとした信長にあるのは間違いがない。

信長が、盆山を、拝めと言い出した時、秀吉の脳裏《のうり》に浮かんだのが、吉田神道のことであった。

吉田神道が、朝廷から、社《やしろ》などに神号を与える権利を得ていることは、もちろん、秀吉は知っていた。加えて、盆山を献上したのが吉田神道の吉田兼見であることもわかっていた。

だから、これまで口にこそしなかったものの、信長が神になろうと考えるに至った背景——盆山を拝せよと言った信長の心の中には、この吉田神道のことがあるのであろうと推測した。

しかし、今、信長の考えを直《じか》に耳にして、あらためて、この信長という人間の恐ろしさを秀吉は実感したのである。

だが、これは……

秀吉は、己れの心の中に湧きあがってきた思いを、あわてて振り捨てた。

思えば、それを信長に覚《さと》られる——そう思ったからである。

秀吉の心の中に湧いたのは、

〝これは、やりすぎではないか〟

そういう思いであった。

確かに、信長の考えには驚嘆した。

自身が生きながら神となる――

だが、どこかに危うさがあるような気がした。

生きたまま、生身の人のまま、神号を得ようというのは、さすがに、どうなのか――

それとも、この信長という、人物にあっては、その危うささえも易々《やすやす》と乗り越えて、本当に神になってしまうのではないか。

しかし――

その思いを呑み込んだのである。

「猿よ、おれは、神のためにも、仏のためにも生きることをしない。人は、生きて、たかだか五〇年ぞ。神も仏も、おれにとっては道具として利用すべきものじゃ」

信長は、強い意志のこもった声で、そう言ったのである。

十三ノ巻――安土饗応《きようおう》

（一）

琵琶湖を見つめている。

夜の琵琶湖は、月の明かりを映して、きらきらと光っている。

水の面《おもて》に、光の道ができて、天守から足を踏み下ろせば、そのまま歩いてゆけそうであった。

歩いて行く、その先に、何があるのか。

仏の言う、浄土や極楽がそこにあるのであろうか。

熙子《ひろこ》は、もしかしたらそこにいて、ゆけば、笑ってこの自分をむかえてくれるであろうか。

光秀は、夜の琵琶湖を眺《なが》めながら、そんなことを考えている。

明智十兵衛《じゆうべえ》光秀――

天正一〇年五月のこの時、五五歳である。

眠れなかった。

眠れぬままに、夜着《よぎ》の中から抜けて、天守まで登ってきたのだ。

大津《おおつ》の北岸にある坂本城の天守である。

冷たい夜気《やき》が、ここちよい。

今、光秀の脳裏にあるのは、〝御成《おなり》〟のことである。

五日前、安土で信長に言われた言葉であった。

「これは、この信長の御成となるようはからえ」

信長は、はっきりとそう口にした。

「あとは、まかせる」

その言葉が、ずっと耳の奥に残っていて、光秀を眠らせないのである。

耳に飛び込んできた虫が、まだ死ねずに、耳の奥で這《は》っているようであった。

あの男、知っていてそのようなことを口にしたのか。

むろん、知ってのことだ。

その言葉を教えたのは、自分である。

あの男、というのは、信長のことだ。

御成——主人が臣下《しんか》の屋敷へ出向いて、もてなされること、臣下にとってはもてなすこと、これが御成だ。

原則として、この主人というのは、将軍でなければならない。

しかし、あの男は将軍ではないではないか。

これが、光秀が眠れぬ理由であった。

光秀は、

「おれが、あの男をあそこまでにしてやったのだ」

そう思っている。

戦国の世にあってさえ稀《まれ》な、あのような怪物を作りあげてしまったのはこの自分だ。

そして、今の自分——丹波の領主であり、この坂本城の主《あるじ》である自分を作ったのもあの男だ。

永禄一一年（一五六八）、あの男が上洛《じようらく》して将軍足利義昭と会えるようはからってやったのは自分である。化物《ばけもの》そのもののようなあの男に、人がましい作法を教えてやったのもこのおれではないか。

それを、御成などと——

この自分の手に負えるような人間ではなかったということか。

あの男のために、自分は、牛や馬のように働いてきた。

おれは、何年もかけて、あのややこしい国である丹波を落としたのだ。今でこそ、自分はその領主としておさまってはいるものの、その戦《いくさ》の最中《さいちゆう》でさえ、あの男はあちこちとおれを呼び出して、戦をさせた。それさえなければ、丹波も、二年は早く落とせたはずだった。

そもそもは、みんな、義昭のためにやったことだ。

義昭を、将軍としていただき、この戦乱の世をまとめようとしたのだ。それが、自分がのしあがってゆく方法であると思っていたのだ。

そのため、あの男、信長を利用したのだ。

それがどうだ。

利用するつもりが、利用されたのは、このおれの方だったのか。

義昭を立て、そこで出世をすれば、あの男などは、自分の下にいるべき人間であった。

それがどういうわけか、義昭を立てるためにあの男を助けているうちに、あの男のもとで自分は出世をし、今は城持ちである。

義昭のもとでなるはずだったものに、自分は今、信長のもとでなっている。

ならば、それでよい。

そう思ったからこそ、武田との戦にもわざわざ加わって、結果、三月に武田勝頼を破ったのだ。

その戦勝の祝いを、安土でやることになった。

それはいい。

そのおり、あの男と共に戦をした徳川家康が、安土へやってくるというのもいい。その家康をもてなす、その饗応役《きょうおう》に、自分が任命されたというのもよしとしよう。

自分にはその能力がある。

あの男や家康が、腰を抜かすほどの饗応もしてやろうではないか。他の誰にもできぬことを、この自分はできるのである。

それを、あの男もよくわかっている。

宮中の料理、儀式やその次第《しだい》について、そして武士の饗応について、そのふたつをよく理解している武将が、この世に何人いるか。ただふたりだ。

それは、このおれと、細川藤孝《ふじたか》である。

他にない。

武士の作法についてなら、知る者もあろう。

宮中の作法についてなら、知る者もあろう。

しかし、そのふたつについて知り、どうすればよいかがわかっている者は、おれたちふたりをおいて他にないのだ。

饗応について言うなら、どの食材をどこに求め、それをどうやって安土まで運ぶか。その調理はどうすればよいか、それを誰にさせればよいか、書きつけなど見ずに諳《そら》んじて差配できる者が他にいるか。

おれたちだけだ。

織田家中にあっては、自分だけである。

それを、あの男はよくわかっている。

それは、つまり、このおれ、明智光秀という道具の使い勝手を、あの男がよくわかっているということだ。

見抜かれている。

それが、くやしい。

そもそも、おれは、あの男を利用するために近づいたのだ。それなのに、いつの間にか利用されている。

それが、おそろしい。

義昭は、神輿《みこし》だ。

神輿は自分では歩けない。

それを、おれと、藤孝とで担《かつ》いで、見栄《みば》えのよいところに据《す》えてやればよい。

そのために、信長を操《あやつ》ったつもりだった。

それが、近ごろではそうではない。

あの男のために、おれは働くようになっている。

それは、それでよい。

義昭から、あの男に、担ぐ神輿を替えればよいだけなのだが、信長という神輿は、担がれているだけでは満足しない。独り歩きをしたがる。

あの男のおそろしいところは、人という道具の価値を、見極めるのがうまいということだ。その道具をどう使えばよく働くかがよくわかっている。

人という道具というのは、それが嬉《うれ》しい。

自分という道具が、どれだけの働きができるのかを、世に示したいのだ。

だから、調子に乗って働き、いつの間にか一国一城の主になってしまった。

それでよいではないかと自分に言い聞かせようとはするのだが、そこが、おれには、どこか不満なのだ。

もちろん、義昭と信長を比《くら》べたら、人間としての器《うつわ》ということでなら、あの男のほうが数百倍も上だ。

しかし――

問題は、大義である。

どれだけ、阿呆《あほう》でも、義昭には大義がある。

あの男が将軍だからだ。

だが、信長には大義がない。

大義がない以上、信長を、あの男を天下人《てんかびと》として据えることに、自分は迷いがあるのだ。それを、おれはよくわかっている。

それが、おれの、だめというならだめなところだ。

おれは、教養というものを武器に、ここまでのしあがってきたが、それが、今は自分の邪魔をしている。

できることなら、義昭をこそ、担ぎたい。

そのほうが、自分の心にはしっくりくるし、信長を担ぐよりは担ぎやすいし、操りやすい。義昭を将軍に据えて、この日《ひ》の本《もと》を、おれの思うような国に造り変えてみたい——自分にはその大《たい》望《もう》がある。

しかし——

信長の器量というか、その人間の奥に潜む、怖いものにまで思い至らなかった。

叡山での、あの虐殺《ぎゃくさつ》はどうだ。

秀吉が、うらやましい。

あいつは、なんとも上手に、己れを隠すことができる。

信長を誰よりも恐れ、怖がっている。

だからこそ、己れを徹底して隠している。おそらく、その本性に、自分で気づかぬくらいに。

しかし、信長という箍《たが》がはずれたら——

その時こそ、あの秀吉という男の中から、その本性が姿を現わすだろう。

だが、信長がいる。

その信長を、なんとも上手に秀吉は転がしている。

傍《はた》から見ていれば卑屈なくらいだが、そんなことは、秀吉は思ってもいないであろう。

秀吉のやつは、あの男から、自分の身を守るため、なんと、本気で信長を好きになってしまったようだ。

しかし、本人は気づいていなくても、おれにはわかる。秀吉のあれは、擬態《ぎたい》だ。

信長という重しがはずれた時に、その本性はわかる。

だが――

と、光秀は、琵琶湖を見下ろしながら思う。

今、頭の中をしめているのは、

「御成」

のことだ。

家康を饗応せねばならぬ。

安土の、自分の屋敷で。

しかも、その御成のことを、信長に教えてしまったのは、この自分なのだ。

あれは、永禄一一年、五月――一四年前のことだ。

思えば、その時、岐阜城に信長を訪ねて、初めてあの男と会ったのだ。

信長の上洛をうながすため、義昭の意――というよりは、信長をたよるべしという自分の意を受けた義昭のために、岐阜城へ足を運んだのである。

その時、信長に、

「六月に、武田の秋山信友《あきやまのぶとも》を饗応せねばならぬのだが……」

こう切り出されたのである。

そのいきさつは、光秀も承知している。

信長の子である城之介《じょうのすけ》（信忠《のぶただ》）と、武田信玄の娘である松姫《まつひめ》との婚約の儀がなって、その祝言《しゅうげん》の品を届けに、武田から秋山信友――伯耆守《ほうきのかみ》がやってくるのである。

それを、どう接待するか、ということで、信長は考えをめぐらせているところだったのだ。

「この世で、一番格式ある饗応と言えば、何じゃ」

そう問われて、

「御成でござりましょう」

光秀はそう答えた。

あの時は、正直に答えた。

どういう饗応をしたらよいか――

そう問われたのではなかったからだ。

そう問われたのなら、別の答えをしたはずだ。

何故なら、御成というのは、あくまで将軍に対してなされるものであったからだ。

「それは、いかなるものであるか」

「まず、食事としては、本膳《ほんぜん》料理というものを出し、それに合わせて、能の舞台も用意せねばなりませぬ」

それを、光秀は、ざっくりと説明した。

この本膳料理だが、いったいどういうものかというと、様々な説があり、時代的にも、場所や場合によっても変化しているため、その実態は、今日《こんにち》、定かではない。

本膳料理、基本的なことで言えば、儀式としての食事であり、形式としては、七五三と五五三《ごごさん》とがあって、出される料理や膳の数が違う。

七というのは、膳の数とするものや、菜の数とするものがあったり、五についても同様で、三というのは三献《さんこん》――つまり、三杯の酒のことであり、食事のうちに、三回の乾杯があったらしい。

この三度の酒のたびに、能や狂言などの芸能が披露される。

この時、配膳――つまり、膳の置かれる位置にも決まりがあり、膳を出す順番や、酒を飲む場合でも、誰から飲むかという、儀式としての細かな決まりがあり、所作《しよさ》や、箸《はし》の置き方にいたるまで、様々な約束事があったのである。

その時演ぜられる能にしても、格式から言えば、結崎《ゆうざき》座の観世流、外山《とび》座の宝生《ほうしよう》流、坂戸《さかど》座の金剛《こんごう》流、円満井《えんまんい》座の金春流――演ぜられるのは、その四流のいずれかであるのが、御成の儀式としては望ましい。

しかし、そこまでは、光秀はそこまで細かく信長に語ったわけではない。

そもそも、皇室においては、似たようなことをやっても、御成とは言わない。皇族が同様のことを行なえば、それは、行幸《ぎようこう》と呼ばれるものになる。

したがって、御成というのは、武家社会においては、最高の饗応の儀であり、したがって、将軍以外は、どのような豪華な饗応をしても、御成の名では呼ばないのである。

しかし、信長は、これに近いもてなしを、秋山信友に対して行なったのである。

時に、信長自身が、秋山に対して膳を運んだ。

信玄に対してならともかく、信玄の臣下に対するものとしてはやりすぎの感があるが、それだけ、信長は、信玄に対して畏《おそ》れを抱《いだ》いていたのであろう。

長良川で鵜飼《うかい》見物をした時には、信長は、秋山信友を、自身専用の船と同じ豪華な仕立ての船に乗せているのである。

しかも、信長は、七年後に武田との同盟が決裂したおり、この秋山信友の岩村《いわむら》城を攻めている。

秋山信友は、このおり、城兵の助命を条件に降伏した。にもかかわらず、信長は、城兵を殺害し、信友を捕らえ、自らが鮎《あゆ》の膳を運んでやったその長良川の河原で、信友を磔《はりつけ》にしてしまうのである。

あの時はいい。

光秀は、そう思っている。

あの時、というのは、秋山信友を饗応した時のことだ。

自分が入れ知恵をしたものではあるが、あれは、饗応を自分が仕切ってはいないので、七五三本膳料理が出されたにしろ、儀式としては不完全なものであった。

したがって、〝御成〟の儀は、正式には成立していないし、信長自身も、あれを御成とは呼んでいないからだ。

だが、今度は――

もしも、自分がやれば、それは御成の儀として成立してしまい、したがって、信長は、暗に、自分こそが将軍であると、天下に示してしまうことになる。

しかも、その場所は、あの盆山を、信長自身――神として祭りあげた、あの摠見寺である。

光秀の矜恃《きょうじ》として、これを、成立させてしまうわけにはいかない。

光秀が眠れぬ理由は、まさに、ここにあった。

今、まさに、自分は、信長の臣下としての一生をまっとうするか否《いな》かの、その決心を迫られているのだ――光秀はそう考えていた。

（二）

御成の儀というのは、家臣が主をもてなす儀式としては、最上級の饗応である。

自分は、それを、信長に対してやらねばならない。

しかも、場所はあの摠見寺だ。

その時に、客としてやってくるのが、徳川家康だ。

武田を滅ぼす時に、おおいに働いた家康をねぎらうというのが、表向《おもてむ》きの名目《めいもく》だが、信長の裏の目的は、自身の御成にある。

それに加えて、家康をどうもてなすか、ということにも心を砕《くだ》かねばならない。安土での家康の宿は、光秀自身の屋敷である。戦以上に面倒な作業であるが、困ったことに、その全てを自分はうまくこなせる自信が光秀にはあるのである。

自分の心が馴染《なじ》まないのは、信長の言う通りのことをやっていたら、御成の儀がそれで成立してしまうということなのだ。

こういう時に、熙子がいてくれたら——

熙子は、六年前に、病でこの世を去っている。

自分のやることには、ほとんど口を出さぬ妻であった。将軍義昭を担ぐ時にも、信長に仕《つか》える時にも、何も言わなかった。

かわりに、熙子は、眼でものを言った。

熙子の意に沿《そ》わぬことを自分がしようとする時は、その眼を見ればわかった。

戦に出る時には不安な眼を、たまが生まれた時には、悦《よろこ》びに満ちた眼を――

信長に仕えることを決心して、それを伝えた時の熙子の眼を、光秀は今も覚えている。聡《さと》い女であった。

「これからは、織田に仕えるのが、生きる道じゃ」

そう言った時、熙子は、なんとも複雑で、苦しみにあふれた表情を作り、光秀を見た。

その眼は、怯《おび》えと哀《かな》しみに満ち、今にも泣き出しそうであった。

今、その時のことを思えば、あの時、熙子は、今日《こんにち》のこの時のことを予見していたのではないか。

自分は、信長という男に疲れ果てている。

信長の臣下となる時、自分は、この男に対しては、百の我慢をもって仕えようと覚悟した。今は、その百の我慢を使い果たしてしまった。

自分は、もう、信長のよき道具として機能できぬのではないか。

三年前、八上《やかみ》城を囲んだ時、投降してきた波多野《はたの》の兄弟三人を、約定《やくじよう》を違《たが》えて磔にした。

斎藤利三《としみつ》の一件でも、信長には打擲《ちようちやく》され、織田家臣が集まって酒宴を開いたおりにも、小用に立ったのを咎《とが》められて、人前で折檻《せつかん》をされた。ついこの前のことで言えば、諏訪《すわ》の法華寺《ほつけじ》でも、辛《つら》くあたられた。

このごろでは、四国の長宗我部《ちようそかべ》の件もある。

使えなくなった道具を、信長がどのようにあつかうかは、よくわかっている。

教養、知略、人望、どれをとっても、自分のほうがあの漢《おとこ》よりも上である。

あの漢が自分より優れているのは――

実は、それがよくわからない。

信長が、自分よりも優れているものを持っているのはわかるのだが、それが何かというと、うまく言葉にできないのである。

教養だとか、知略だとか、人望だとかは、百年、千年、人がその生を重ねてきたうちに生まれたこれまでの価値観である。

それでは、信長を量《はか》れない。

信長を量る言葉が、自分にはない。

信長の目方を量ろうとするのは、それは、これまで自分が出会ったことのない生き物、獣にあらたな名をつけるような行為なのではないか。

どうすればよいか——

思案していると、何かの気配があることに、光秀は気がついた。

後ろを振り返る。

そこに、女が座していた。

天守の闇の中に、ひとりの女が座して、こちらを見ているのである。

桔梗《ききよう》の花をあしらった打掛《うちかけ》。

そして、馴染みのある女の肌の匂い。

これは——

外からの月光が、天守の床に当たり、その照りかえしで、ほのかにその姿が見えている。

「熙子……」

光秀は、その女の名をつぶやいていた。

まさか――

死んだはずの熙子が、どうしてここにいるのか。

いるはずがない。

これは、熙子の死霊《しりょう》か。

それとも、妖物《ようぶつ》か。

あるいは、なにかにたぶらかされているのか。

しかし、驚きはしたものの、恐怖はない。

殿、お久しゅう……

その唇が、そう動いたように見えた。

「どうして、ここに？」

光秀が問う。

しかし、熙子は、静かにそこに座しているだけで、何も言わない。

その唇は、微《かす》かに笑っているようにも見える。

「そうか、おまえ、おれが迷うているのを見かねて、やってきたのかね？」

いけない――

そう思いながら、光秀は、熙子に問うている。

妖物と口をきいてはいけない。

妖物に話しかけたり、問うのに答えてしまったら、その妖物に、心の中に入り込まれてしまうからだ。

それは、わかっている。

わかってはいるが、話しかけずにはいられなかった。たとえ、妖物であれ、幽鬼《ゆうき》であれ、それが熙子であるのなら、そこにいてほしかった。

光秀は、当時の武将としては珍しく、妻の熙子の他に、どういう女も持たなかった。生涯、熙子以外に、女の気配も、噂もなかった。熙子の死後も、他に女を身近に置いたという様子はない。

その意味で、戦国武将としては、光秀は稀有《けう》の存在であった。

光秀は、この熙子にだけは、自分の弱さをさらすことができたのである。

「おれが今、迷うているのは、信長のことじゃ。天下を、あの漢の持ちもののひとつにしてはならぬと、おれは、本気で思うているのだ……」

光秀は、二歩、三歩と、熙子の方に歩《あゆ》み寄った。

「しかし、このままでは、天下はあの漢のものになってしまう」

光秀は思っている。

自分は、人を立てるのが上手《うま》い。

たれかを立てて、そのたれかのために働く——だからこそ、本気になれるし、知略も湧くのである。

これが、自分のためであったのなら、知略も湧かなければ、本気にもなれぬであろう。

しかし、信長は、人の上に立ち、君臨するべくしてこの世に生まれた人間である。

「信長に仕える決心をした時、おまえは口にこそ出さなかったが、なんとも哀しそうな顔をした。おお、そうだ。今のおまえのその顔じゃ。おまえは、おれが信長に仕えれば、いつか、今日のような日のくることを、皆、わかっていたのだな……」

熙子は、静かに、微笑を浮かべながら、うなずいているようであった。

いつも、そうだった。

熙子が、おれに、言葉に出してさからったことは、これまでに、一度だってなかった。

「どうすればよい?」

光秀は問うた。

「何くわぬ顔で、あの漢を騙《だま》してくれるかよ。どうせ、信長は、御成のことなどわかってはおらぬ。とどこおりなく、御成の儀が進んでいると思わせておいて、膳の数を変えたりしてしまえばよい。能にしても、何も、天下の四座が舞わぬでもよかろう。四座でのうても、我が丹波には、梅若大夫《うめわかだゆう》がいるではないか。梅若大夫なら、信忠さまとも近いお方じゃ。なれば、梅若大夫に舞わせて、何が悪いのか……」

そうじゃ、そのどこが悪いというのか。

「おう、熙子よ、うなずいてくれるか。さもあろう、さもあろう。ほう、困った時、いざという時の言いわけまで、考えてあるのか。そうか、この知恵を、そなた、今夜はおれにさずけるために来てくれたのだな。おもしろい、あの漢、信長めを騙してやろうではないか……」

光秀にしては珍しく、声に出して、ひとしきり笑った。

笑った後で、気がつけば、眼の前には誰もいなかった。

ただ、熙子が、生前によく身につけていた桔梗柄の入った打掛がひとつ、床の上に落ちているばかりであった。

（三）

「おい、猿よ……」

そういう声がした。

眼を覚ました。

「おい、猿よ……」

また、聴《き》こえた。

開いた眼から、闇が体内に流れ込んでくる。

誰であるかは、もう、わかっている。

飛び加藤だ。

いつものことだ。

あの男が、この闇のどこかにいる。

上半身を起こす。

石井山《いしいやま》の本陣である。

そこで、眠っていたのだ。

外に、四人の見張りの者がいたはずだが、飛び加藤にとっては、そんな見張りなどものの数でないことはわかっている。

視線をめぐらせるが、ほとんど何も見えぬに等しい。

夕刻から降りはじめた雨が、まだ外では降っているらしい。

細い、糸のような雨だ。

今は、その雨が嬉しい。

「これでまた、水が増えるな」

声が言った。

思いがけなく近い。

すぐ右側の枕元だ。

顔をそちらへ向ける。

闇が、枕元に近い床の上に、重く凝《こご》っているようである。

その、低く潰《つぶ》れた闇が、飛び加藤であるらしい。

「飛び加藤どの……」

声を低めて、秀吉は言った。

「もうすぐ、堤《つつみ》ができあがるな――」

声が言う。

「はい」

秀吉がうなずく。

「さすがは、城攻めの達人、羽柴秀吉、名人の術《わざ》じゃな」

珍しく、飛び加藤が、秀吉を誉《ほ》めた。

今、秀吉は、高松城を攻めている。

水攻めだ。

高松城に近い、足守川《あしもりがわ》と、そこに近い川の水を堤でせきとめて、今、高松城を水の中に孤立させてしまおうとしているところであった。

雨が降れば降るだけ、水が増え、やがて、遠からず、高松城は、水に浮いたような状態になる。

高松城には、小早川隆景《たかかげ》の援兵二〇〇〇を合わせて、五〇〇〇人余りの兵と、五〇〇人の農民がたて籠《こ》もっている。

合わせて五五〇〇人——この人間たちが、毎日、城の中の米を減らしてゆくのだ。

ほぼ、勝利は約束されているといっていい。

「たれも、まねることのできぬ、ぬしの特殊な才じゃ——」

「ごらんいただけましたか」

秀吉のその言葉には、やや、得意げな響きが含まれている。

「みごとじゃ、しかし——」

と、飛び加藤が沈黙する。

「しかし?」

「しかし、危うい」

「何が、でござりますか」

「信長じゃ」

「信長さま?」

「高松城の攻略——これは、手柄として大きすぎるのではないか……」

飛び加藤は言った。

「大きい?」

秀吉が問う。

「ぬしなら、それでわかるであろう」

そこで、秀吉は、我にかえったように眸《め》を光らせ、

「なるほど、確かに大きゅうございまするな――」

うなずいた。

何もかもが、理解できた。

高松城の水攻め――

策として、鮮やかである。

こちらの被害はほとんどない。

高松城も、城主清水宗治も、すでに俎板《まないた》の上にのせられた鯉《こい》である。いかようにでも料理ができる。

高松城が落ちれば、備中《びっちゅう》、備後《びんご》、美作《みまさか》、伯耆、出雲《いずも》の五国は手に入れたと言ってもよい。そうなれば、毛利も、もう東へと出てくることはできなくなる。

が――

これを、信長は、悦ぶであろうか。

もちろん、悦ぶであろう。

「猿よ、よくやった」

その声が、耳に聴こえてくるようである。

しかし、問題はその後だ。

この手柄をたてた自分のことを、信長は、やがてうとましく思うようになるであろう。

自分は、この手柄によって、明智光秀、柴田勝家を抜いて、織田家臣団の筆頭の地位にのぼりつめることになる。

これは、信長の道具の域を超えてしまう。

もはや、道具ではいられなくなる。

信長にとって、自分は危険な存在となる。

それを、信長は許すまい。

信長に、いずれ自分は消されてしまうであろう。

それは、間違いない。

かといって、この城攻めに手を抜いたりすれば、それを、信長はすぐに見破るであろう。

これも、危ない。

困った。

「どうしたらよろしゅうござりましょう」

秀吉は、心の疑問を、そのまま飛び加藤に問うた。

心からの声だ。

ここが、秀吉という人間の可愛げのあるところであり、光秀や信長にはないものだ。

「おれは、知らん」

飛び加藤の言葉は、素《そ》っ気《け》ない。

「あとは自分で考えよ」

「ずるい」

秀吉は言った。

「ずるい？」

「また、何か、たくらんでおられるのでしょう」

「──」

「わたしに、どういう役をさせようと考えておられるのですか。それを言うてくだされ──」

秀吉は、泣きそうな顔になる。

か、
か、
か、
と、飛び加藤は笑ってみせ、

「ぬしのその顔を見たら、言うてやりたくなるが、やはり言わぬ」

きっぱりと言った。

「何故《なにゆえ》でござります？」

「それでは、おもしろみがないからよ。おれがやるのは、人の心の中にあるものを育ててやることじゃ。それ以外のことはせぬ……」

「そんなことをおっしゃらずに──」

秀吉は声をかけたが、

「もう、ゆく……」

飛び加藤はそう言った。

秀吉の枕元にあった潰れた闇が、揺れた。

もやもやと、さらにかたちがさだかでなくなってゆき、やがて──

消えた。

飛び加藤の消えた闇を、しばらく見つづけてから——

「はて、どうしたものやら……」

秀吉は、おもしろいなぞなぞを出された子供のように、口元に、あきらかな笑みさえ浮かべて、

「ふうむ……」

闇の中で腕を組んだのである。

(四)

信長が、徳川家康の饗応役として任命していた光秀の任を解いたのは、天正一〇年五月一五日のことである。

家康が、安土に到着する、直前のことであった。さらにつけ加えるなら、この日、到着した家康一行の宿泊地は、安土の光秀の屋敷であったのだが、それも、この一五日に変更されている。

しかも、最初は、光秀の屋敷に代わって、堀秀政の屋敷ということになったのだが、さらにそこから、大宝坊《たいほうぼう》に変更され、結局家康はそこを宿とすることになったのである。

家康到着の、まさに直前のことであり、まことにあわただしいできごとであった。

いったい、何があったのか。

『川角太閤記《かわすみたいこうき》』は、次のように記す。

家康卿は駿河国御拝領の為御礼《おんれいのため》穴山《あなやま》殿を御同道被成《なされ》御上洛之由被聞召付《きこしめしつけられ》、御宿には明智日向守《ひゆうがのかみ》御宿に被仰付候処《おおせつけられそうろうところ》に御馳走のあまりにや肴《さかな》など用意の次第御覧可被成《なさるべく》ために御見舞候處に夏故《ゆえ》用意のなまさかな殊《こと》の外《ほか》さかり申候故門へ御入被成候とひとしく風につれ悪《あ》しき匂い吹来《ふききたり》候其《その》かほり御聞付被成以之外《もってのほか》御《お》腹立《はらだち》にて料理の間へ直《ただち》に御成被成候、此様子にては家康卿御馳走は成間敷《なるまじく》と御腹立被成候て堀久太郎《きゆうたろう》所へ御宿被仰付候

家康の饗応の準備がどこまでできているか、信長が、光秀の屋敷まで様子を見に行ったというのである。

その時、饗応の膳にのせて出されることになっていた魚が、腐っていて、いやな臭いがしたというので、信長が怒って、饗応役から光秀をはずして、宿は堀秀政の屋敷にしたというのだ。

しかし、この日、家康は大宝坊に宿泊したらしいこともわかっているので、結局、堀秀政の屋敷には宿泊しなかったと考えていいだろう。

そうでないと、安土の中で、いったん決まった宿から、さらにまた別の宿へ家康が移動したことになり、それはなかなかたいへんなことであったからである。

家康は、単独で、安土へやってきたのではなく、穴山梅雪《ばいせつ》が一緒であった。当然ながら、このふたりの武将には、供《とも》の者たちが何人もついており、荷の数にしても少なくない。家康が安土にいたのは、五月一五日から、二一日までの六泊七日であり、いったん解いた荷をまた整えて、別の宿泊場所へ移動するのは、そう簡単なことではない。

つまり、家康は大宝坊に六泊したのだとここでは考えたい。

いずれにしろ、宿泊先が、光秀の屋敷から変更になったということでは、間違いない。

その理由として、食事のための魚が腐っていたのであると、『川角太閤記』は伝えるのだが、これは、本当のことであろうか。

このあたり、史料によって様々であり、ちなみに、『信長公記』では、

御宿大宝坊しかるべきの由上意にて、御振舞の事、惟任《これとう》日向守（光秀のこと）に仰付けられ、京都、堺にて珍物を調《ととの》へ、生便敷《おびただしき》結構にて、十五日より十七日迄《まで》の御事なり。


とあって、素っ気ない。

これは、『川角太閤記』にあるような事件のことを、『信長公記』の著者たる太田牛一が、あえて記さなかったと考えるべきであろう。

その考え方からいえば、『川角太閤記』の、魚が腐っていやな臭いがしていたという記述も、どこまで信用すべきか。

『川角太閤記』は、秀吉の伝記であり、江戸時代になってから、様々な人間の伝聞をもとにして書かれたものであり、その内容が、どこまで正確か、ということについては、多少の疑問が残るところがある。

しかし——

もうひとつ、ここに興味深い史料がある。それは、イエズス会宣教師ルイス・フロイスの著わした『日本史』である。

これまでにも何度か書いてきたが、ポルトガル語で書かれたこの本は、日本におけるキリスト教の布教史として書きはじめられたものだが、結局、当時の日本についておそるべき量の情報を

持つ大著となり、信長から秀吉に至るまでの〝日本史〟としては、おそらく世界で一番詳《くわ》しく書かれた書となった。その記述の正確さは、驚くほどである。

その『日本史』にも、安土における家康への饗応についてはきちんと記されている。こうだ。

ところで信長は奇妙なばかりに親しく彼（光秀）を用いたが、このたびは、その権力と地位をいっそう誇示すべく、三河の国主（家康）と、甲斐国の主将（穴山梅雪）たちのために饗宴を催すことに決め、その盛大な招宴の接待役を彼（光秀）に下命した。

これらの催し事の準備について、信長はある密室において明智と語っていたが、元来、逆上しやすく、自らの命令に対して反対意見を言われることに堪《た》えられない性質であったので、人々が語るところによれば、彼の好みに合わぬ要件で、明智が言葉を返すと、信長は立ち上がり、怒りをこめ、一度か二度、明智を足蹴《あしげ》にしたということである。だが、それは密《ひそ》かになされたことであり、二人だけの間での出来事だったので、後々《のちのち》まで民衆の噂に残ることはなかったが、あるいはこのことから明智はなんらかの根拠《フンダメント》を作ろうと欲《ほっ》したかも知れぬし、あるいは「おそらくこの方がより確実だと思われるが」、その過度の利欲と野心が募《つの》りに募り、ついにはそれが天下の主になることを彼に望ませるまでになったのかもしれない。

このルイス・フロイスの『日本史』の記述を読む限り、饗応の時に、信長と光秀との間に、何かがあったということは、ほぼ間違いないであろう。

（五）

「何故じゃ、光秀？」

信長がそう問うたのは、膳の数が七ではなく、五であるのを知った時であった。

家康が安土に到着するというその朝、信長が、ふいに、光秀の屋敷にやってきたのである。

森蘭丸をともなっていた。

家康を、どのように饗応するか、その首尾《しゆび》を確認するためである。それはつまり、信長自身を饗応する〝御成〟の儀が、とどこおりなく進行するかどうかを、確認するためでもあった。

家康をもてなすという表の役目の他に、光秀には、信長を饗応して〝御成〟の儀を成立させるという、裏の役目もあったのである。

これを知っているのは、信長と光秀の他には、森蘭丸がただひとりであった。

だから、他の者たちは庭に控えさせて、光秀がひとりでふたりを案内したのである。

家康たちが逗留《とうりゆう》する部屋や、そこから眺める庭の景色などを確かめた後、次に信長が足を運んだのは、台所であった。

そこで、信長は、光秀から説明を受けた。

すでに、各地から山海の珍味が運ばれている。

安土の地にあって、手に入れるのが困難なのは、新鮮な海のものである。

光秀が学んでいるのは、進士《しんし》流と呼ばれる武家料理である。その作法に従って、海のものも選ばれている。

日本海のものは若狭《わかさ》国から。

瀬戸内海《せとないかい》のものは堺を経由して、安土まで運ばれた。

献立が残っている。

それによれば――タイ、ハモ、スズキ、カザメ（ワタリガニ）、カレイ、タコ、エビ、アワビ、バイ貝、マナガツオ、クジラ――などの名が記されている。

いずれも、光秀が手配して、安土まで運ばせたものだ。

「であるか」

光秀の説明を聞きながら、信長は、そこそこ機嫌がよかったと言っていい。

が――

その説明をしている最中に、ふいに、信長の気配が変化したのである。

信長の感情の動きに、光秀は敏感であった。

だから、すぐに、信長の変化に気がついた。

このあたりの嗅覚《きゆうかく》は、光秀と秀吉は同等であった。しかし、光秀は、秀吉のような、肚《はら》の芸ができなかった。

秀吉であれば、

「うへーっ」

と声をあげ、いきなり信長の足元に土下座をして、

「殿、この秀吉、何やらしくじってしまいましたか」

頭を床にこすりつけるくらいのことはするであろう。

その後、信長の不快の原因が何であれ、その場その場に生ずる空気を読み、瞬間芸の連続で、

その場をのりきってしまうだけの肚も、覚悟も、芸も、秀吉にはある。

しかし、今回ばかりは、秀吉のその芸をもってしても、この場をのりきることはできなかったであろう。いや、そもそも秀吉であれば、このような状況になるようなことはしない。

しかし――

策士でありながら、根が生真面目《きまじめ》な光秀は、

「何か？」

慇懃《いんぎん》に、信長に問うてしまった。

光秀は、もちろん、心にやましいことがある。

それは、信長が望んでいる〝御成〟の儀が成立せぬよう謀《はか》ってしまったことだ。

そのやましさがある以上、信長の雰囲気が変化したことを無視して、話を進めることが、自分にはできまいと判断したのである。これは、とぼけきれない。信長の性格はわかっている。

どこかで、信長に気づかれた時のための言いわけも、考えてきている。その言いわけを、今、この場で口にせねばならなくなっただけのことだ。それを信長に言う肚は、すでにできている。

「膳の数が足りぬように見えるが……」

信長は低く、落ち着いた声でそう言った。

信長は、怒っている――光秀にはそれがわかった。

ただ、理由を聞くまでは、その怒りを面に出さぬよう、自制しているのである。それが声からわかるのだ。

用意された膳を、信長は、眼でざっと数えたのだ。

七五三の本膳料理なら、席についた者たちに、それぞれ料理を載せた膳が、七回出されること

になる。膳は、料理に合わせて、そのたびに替わることになる。

出席する人数と、眼で数えた膳の数が合わないと、信長は見たのである。

「光秀よ、出す膳は、いくつじゃ」

ここは、嘘はつけない。

七膳の用意があると口にして、この場を凌《しの》いでも、料理が出されれば、いずれわかってしまうからだ。

「五膳にござります」

正直に言った。

「七五三の本膳料理ではないのか?」

「はい」

と、光秀がうなずいた時、

「何故じゃ、光秀?」

思いの外《ほか》、静かな声で、信長は問うてきたのであった。

「申しわけござりませぬ。わたしの不手際にて、用意した食材が、七膳に足りませぬため、五膳といたしました」

光秀は、用意してきた言葉を口にした。

口にしながら、
あれ?

と、光秀は思っている。

どうして自分は、こんなことを口にしているのか。

子供を騙すような言葉ではないか。こんな言いわけで、信長は納得するであろうか。

しない。

しないとわかっているのに、どうして自分はそんな言葉を口にしてしまったのか。

よくわからない。

いや、熙子だ。

熙子が、夢の中で、そういう言いわけをすればよいと、教えてくれたのではなかったか。

ああ、そうだ。

熙子が、このおれに、

「その時には、上さまにはこのように申しあげなされませ――」

そう言ったのだ。

夢の中で。

それを、今、思い出した。

しかし、その場は、もっと後のはずだった。

饗応の最中か、終わった後に、信長から指摘され、それについて答える時に言うべき言葉だ。

それを、今、自分は口にしている。

どういう手違いか。

いや、手違いも何も、饗応の後であっても、これは言いわけにならない言いわけだ。

おれは、このような言いわけをする人間ではない。

それが、どうして――

熙子だ。

熙子が、毎晩のように夢に出てきて、今の言葉をおれの耳に囁いたのだ。

「申しわけございませぬ」

光秀は、そこに座して、両手を床につき、板の上に額《ひたい》をこすりつけようとした。

しかし、額が床に触れる前に、後頭部を、強く信長に踏まれていた。

ごつん、
と、額が床にぶつかった。

「あの秋山より、おれのほうが下じゃと言うのか!」

信長の声が、後頭部に注いでくる。

「あの秋山が七膳で、どうしてこの信長が五膳なのじゃ」

後頭部を踏んだ足を、ごじごじとねじり込んでくる。

ここで、光秀は、少し、ほっとした。

信長は、〝御成〟の儀の不成立を怒っているのではないとわかったからだ。

信長は、七膳でも、五膳でも、〝御成〟の膳は成立すると思い込んでいる。

信長が機嫌をそこねているのは、あくまでも秋山よりも膳の数が少ないことなのだ。

秋山――信玄の臣下である秋山信友のことだ。

一四年前、光秀は、信長に乞われて、秋山をもてなすための饗応の儀について、助言をしている。

あの時に、御成の話はしたが、その時に出される料理が、七膳であるか五膳であるかで、御成の儀が成立したりしなかったりするというところまでは、教えていなかったはずだ。

能の件でもそうだ。

〝御成〟の儀では、能を出しものとして饗応せねばならないとは説《と》いたものの、それが、大和四座の流儀でなければならないということまでは伝えていないはずであった。

「ひらに、ひらに——」

光秀は、軽く頭を持ちあげ、もう一度、額を床にこすりつけようとしたのだが、それをすることができなかった。

あげた額と床との間に、信長の右足が入り込んできて、激しく、上に蹴りあげられたのだ。

光秀は、顔をのけぞらせ、床の上に仰向《あおむ》けに倒れ込んだ。

その顔を、さらに信長が踏みつけてきた。

「饗応役はやめじゃ、光秀。この役は、堀秀政とせよ」

しかし、すでに記したとおり、家康の宿も、饗応の場所も、結局、大宝坊となったのは、さすがに、これから饗応を堀秀政の屋敷でやるのは、無理であったからである。

饗応役は堀秀政、光秀は、それを補佐する役となったのである。

（六）

信長のもとに、秀吉からの書状が届いたのは、一七日のことだった。

読み終えた時には、信長は、

「出かける。仕度《したく》せよ」

とだけ言った。

その場にいた者で、この言葉を理解したのは、森蘭丸だけであった。

「ただちに」

頭を下げて、蘭丸はすぐに退出した。

出かける――

というのは、大宝坊のことである。

徳川家康と、穴山梅雪が、宿としているところである。

まだ昼になる前であった。

蘭丸の手配で、信長のやってくることは、あらかじめ伝えられていたため、信長が到着した時には、広間に集まった者たちの身なりはすでに整えられていた。

家康、穴山梅雪、そしてこのふたりを饗応することになった堀秀政もおり、秀政を補佐することになった光秀の顔も、その広間にはあった。

挨拶は短かった。

信長は、自ら上座に座して、懐《ふところ》から書状を取り出し、

「秀吉から、こんなものが届いた」

光る眼で皆々を見廻した。

「猿め、高松城の攻略に手まどっている故、おれに出張《でば》ってこいと援軍を頼んできた」

その書状を、一番近くにいた家康の膝元《ひざもと》に投げた。

「はは」

と、家康は、それを押しいただくようにして手に取り、広げて眼を通した。

「どうじゃ」

と、信長に問われて、

「信長さまに、備中までお出ましいただきたいと……」

家康は、声を高めもせず、低めもせず、そう口にした。

その書状に書かれていたのは、おおよそ次のようなことであった。

――高松城を水攻めにて囲んだものの、なかなか清水宗治も音《ね》をあげない。これはおそらく、この秀吉が、清水宗治に軽く見られているからではないか。ついては、ここで、殿にお出まし願って、その御威光《ごいこう》をもって清水宗治の心をくじいてはもらえまいか。

家康は、秀吉や蘭丸ほど、信長の心を読むことについては、敏《びん》ではない。たとえ想像がついても、それをたやすく口にはしない。それが、家康の処世の術であった。

家康は、信長が口にしたことを、もう一度口にしただけである。

家康が、信長の直接の臣下であれば、今の答えでは、

〝さようなことを訊ねておるのではないわ〟

と、信長に、叱責《しっせき》されるところだが、さすがに信長も、家康に対しては、そのような言い方はしない。

また、それを家康もわかっている。

「可愛いではないか、秀吉め」

信長は言った。

その声の調子から、ああ、これは、信長は自らこの書状の謎解きを披露したがっているのだな、と家康は察した。

竹千代の頃から、信長とは接してきている。

秀吉ほど敏ではないものの、どう打てばどう響くのか、家康も信長についてはある程度は心得

ている。

おそらく、信長は、この話題を、光秀の前で口にし、光秀に聞かせたいのだ。

「水で囲んだ城など、もう、落ちたも同然。それを、秀吉め、わざわざこのおれを呼びよせて、最後の詰めを、この信長にまかせようというわけじゃ。あやつめ、よほどおれが恐いと見える。高松城のことを、己れの手柄とせず、このおれに譲ろうとしておる。あまり、手柄をたてすぎると、この信長にうとまれると思うておるのであろう。そこが可愛《かわゆ》い。しかも、このおれが、自分のたくらみにすぐに気づくであろうということもようわかっておる――」

ここで信長は、
呵《か》、
呵、
と、笑った。

「同じへつらいでも、猿めのへつらい方には、どこか愛嬌《あいきょう》がある――」

ここで、信長は、光秀を見やった。

「おい、光秀、ぬしに足りぬのは、その愛嬌じゃ。そこもとには、この秀吉のような芸はできまい」

光秀は、無言で頭を下げるしかない。

「光秀よ。この信長の先払いをせよ。兵は一万三〇〇〇。先に備中に入り、秀吉と合流しておれを待て。おれは、あとからお濃でも連れて、ゆるりと水城《みずじろ》見物じゃ――」

「はは」

と光秀は、頭を下げる。

その頭の上へ、

「どうした、ゆかぬのか」

さらに信長の声が降ってくる。

「急げ。今日中に仕度し、国へもどって準備せよ」

「はは」

と、またもやあげかけた頭を下げた光秀であった。

（七）

家康への饗応——信長にとっては、御成の儀成立のための重要な日が、天正一〇年五月一九日であった。

この日に、摠見寺において、能が演じられたのである。

能以外には、幸若舞も同じその日に同じ場所で舞われている。

この会には、家康、穴山梅雪は言うにおよばず、公卿《くぎよう》の近衛前久《このえさきひさ》や名だたる茶人も多く招かれていた。

織田家臣では、一七日に安土を出た光秀、遠国《おんごく》で戦をしている秀吉や、柴田勝家などの顔はなかったものの、松井友閑、武井夕庵《たけいゆうあん》をはじめとする主《おも》だった者たちのほとんどがその場に列席した。

最初に舞われたのが、幸若舞で、演者は幸若八郎九郎太夫《はちろうくろうだゆう》である。

演目は、信長の好きな『敦盛』に、『大織冠《たいしよくかん》』、『田歌《たうた》』であった。

この点、この場にはすでにいなかったものの、この日のことを差配した光秀にはぬかりがない。

幸若舞の次が、能であった。

しかし、そもそもこの日には能が舞われる予定はなく、能は翌二〇日の演目であった。

信長が急に能が見たいと言い出して、能の演者が摠見寺に呼ばれたのである。

演者である梅若大夫は、もちろんすでに安土に到着しており、二〇日に舞うはずの演目について、稽古《けいこ》をしていた。そこへ、信長から声がかかり、一日前の一九日に舞うことになったのである。

ところが――

幸若舞が終わって、その能が舞われている最中に、いきなり信長が怒り出したというのである。

演目は『盲目沙汰《もうもくざた》』である。

眼の見えぬ兄の六郎《ろくろう》と、弟の菊若《きくわか》との間におこった家督《かとく》相続にまつわる話で、結局兄の六郎が家督を継ぐというところで終わる物語である。

この演目の最中に、突然信長が怒り出して、演目は途中で中止となり、

「梅若大夫の首を刎《は》ねよ」

とまで、信長は言い出したのである。

さすがにそれは実行されなかったが、しかし、梅若大夫は、すぐに安土から追い出された。

中断した能の演目に代わって、もう一度、幸若八郎九郎太夫が舞い、ようやくその場はおさまった。

幸若八郎九郎太夫には、信長から多額の金一〇枚という褒賞《ほうしょう》が与えられたが、梅若大夫には

いっさいの褒賞が与えられなかった。

しかし、信長は、後になって、

「おれが褒賞を惜しんで、何もくれてやらなかったという噂が立つのもくやしい」

そう言って、梅若大夫にも、幸若八郎九郎太夫に与えたのと同等の金子《きんす》一〇枚という褒賞が与えられたというのである。

このことは、『信長公記』『川角太閤記』『宇野主水日記《うのもんど》』など、多くの書や日記に書き記されている。

ちなみに、信長が梅若大夫の能に怒ったというところ、『信長公記』では、

御能は翌日仰付けらるるべしと御諚 候《ごじょうそうらい》つるが、日高《ひだか》に舞過ぎ候に依《よ》って、其日《そのひ》、梅若大夫御能 仕 候《つかまつり》。折節《おりふし》、御能不出来に見苦敷《みぐるしき》候て、梅若大夫折檻《せっかん》なされ、御（腹）立ち大形《おおかた》ならず。


とある。

『川角太閤記』では、

梅若能不出来故重而《ゆえかさねて》どふわすれなと仕候其頸《くび》を可被成御刎《おはねなさるるべし》と後に宿へ御使被立《たてられ》候。


と記されている。

しかし、『信長公記』にしても、『川角太閤記』にしても、著者がその現場にいたわけではない。

この二書は、後になって、何人かの人間たちから聞き書きするかたちで著述されたものである。

まさに、その時現場にいた人間が記したものとしては、そこに招待されていた堺の茶人、津田《つだ》宗及の『宗及他会記』がある。

そこには、

めくらさたといふ能いたし候、其時、上様御気色《みけしき》あしく候而、直ニしからしられ候

と記されている。

能のでき不できについては記されておらず、ただ、梅若大夫が信長に叱《しか》られたことが記されているだけだ。

ここで間違いなく言えることは、梅若大夫が能を演じている時に、信長がいきなり怒り出したということだけである。

いったい、何故信長は怒り出したのか。

（八）

幸若舞が終わった時、信長の機嫌は、よかったと言っていい。

隣に座していた家康に声をかけ、穴山梅雪にも声をかけた。

どうであった——

とは、信長は言わない。

「みごとであった」

周囲に座していた者たちに、信長はこのように言った。

そして、信長は、すかさず、

「梅若大夫を呼べ。明日に予定していた能を、今、舞わせよ」

このように言ったのである。

「四座の内は珍しからず」

信長は、このようにも言ったと『信長公記』にはある。

四座の能——これは大和四座の能、観世、金春、金剛、宝生の四流派のことである。

大和四座の能では、あたりまえすぎておもしろくない——

信長が口にしたのは、そういう意味のことである。

「今度《こたび》は、丹波は梅若座の梅若大夫を呼んである。梅若大夫に舞わせよ」

ということで、さっそくその舞台のために場が整えられることとなった。

この仕度というのが、突然のことでもあり、すぐにできるわけではない。

座をいったんあらためて、用意が整うまで別間にて、酒が出された。

この席で、信長に呼ばれてやってきた、客の津田宗及が、

「さすがは上様、御器量が大きゅうござりますな」

このように言ったのである。

「器量？　何のことじゃ」

「このあとに舞われる能のことでござります」

「それが何だと？」

「大和四座、観世、宝生、金剛、金春、いずれかを呼んで舞わせれば、御成の儀に匹敵するものとなるところ、わざわざ丹波から梅若座を呼んで舞わせるというところが、まさに妙味《みょうみ》。上様の御器量の優れたるところ……」

ここで、信長の顔から、さあっと血の色がひいた。

「なに?」

信長の声は低い。

ここで、宗及は、さすがに自分がしくじったことに気がついた。

しかし、何にしくじったか、それがわからない。

だが、ことを曖昧《あいまい》にするのは、信長のもっとも嫌うところであるということもよくわかっていたので、

「何か失礼がござりましたか」

手をつき、真顔で頭を下げた。

「よい。宗及殿が、何かしでかしたということではない」

信長の声は、冷たい石のようである。

「宗及殿には、御成の儀のことについては御存じか――」

信長の、静かな声がかえっておそろしい。

「多少のことなれば――」

「今、宗及殿が口にされたことによれば、大和四座以外の能では、御成の儀は成立せぬということか――」

「はは――」

考える時間を稼《かせ》ぐために、宗及は、頭を下げる。

「どういうことじゃ」

言われた時には、すでに宗及の肚は決まっていた。

「大和四座以外では、御成の儀が成立せぬと、いずれかの書に記されているわけではござりませぬ。が、しかし、大和四座をもってせよとは、その道の者たちの間に伝えられていることであり、能であればいずれでもよいというものではないというのが、わたしの理解するところでござります――」

宗及は、正直に、思うところを口にした。

「であるか」

信長はうなずいた。

この時には、すでに能の準備も整っており、その知らせが届いたので、信長も、そして家康も、津田宗及や近衛前久などの客人たちも再び席についたのである。

『盲目沙汰』が始まった。

そして、その演目の最中に、信長は突然立ちあがり、

「やめい、やめい」

叫んで、これを中止させてしまったのである。

その日のうちに、梅若大夫は、安土から追い出され、光秀のいる坂本まで逃げるようにもどってきたのである。

光秀は、梅若大夫から報告を受けて、
全て知られてしまった――

このように思った。

自分のたくらみがである。

梅若大夫は、丹波の者であり、今は光秀の臣下である。

だから、御成の儀を不成立のうちに終わらせようと考えた時、能の舞い手として梅若大夫を選んだのである。

梅若大夫、大和四座の者でこそないが、決して、下手《へた》な舞い手ではない。特にその声の方は、妙音《みようおん》太夫とも呼ばれるほどにいい。信長が怒るような芸を見せるとは思えない。

そこを、信長が怒って演目を途中でやめさせたというのは、自分のたくらみがわかってしまったからだ。

梅若大夫が、この自分の臣下であることは、当然信長もわかっている。

だとしたら——

自分の未来は、消えた。

信長は、このことを一生忘れまい。

今は、微妙な時期故《ゆえ》、すぐに咎めはないにしても、中国がかたづいたら……

光秀の顔から、音をたてて血の気が引いていた。

時は今あめが下しる五月哉《さつきかな》

これは、本能寺の三日前、五月二八日、愛宕山《あたごやま》の西ノ坊で、連歌《れんが》師里村紹巴《さとむらじようは》たちと百韻《ひやくいん》を興行したおりの、光秀の発句《ほつく》である。

終《つい》ノ巻——本能寺《ほんのうじ》

（一）

天正一〇年、六月一日の深夜——

信長は、闇の中で仰向けになっている。

本能寺の、奥のひと間である。

信長が本能寺に入ったのは、五月二九日のことだ。

森蘭丸を含め、小姓衆《こしょう》を三〇人ほど連れただけの、小人数である。

六月一日に、公家衆や僧侶たちが、挨拶にやってきた。

ここで話題になったのは、四国のことと、暦《こよみ》のことであった。

このところ、信長は、暦のことで、朝廷ともめていた。それは、閏月《うるうづき》をいつ入れるかという問題であった。信長に、縁の深い尾張や美濃、関東で使われていた三島暦《みしまごよみ》では、ちょうどこの年の一二月の後に、閏一二月を入れるのであるが、京暦《きょうごよみ》では、翌天正一一年（一五八三）正月の後に、閏正月をおく。信長にとっては、これがややこしかった。

この頃は、ひと月の長さが二九日か三〇日であり、三島方式であれ、京方式であれ、どこかで閏月を入れないと、一年がうまくおさまらないのである。

信長の提案は、あくまでも、三島方式であったのだが、それが通らなかったのである。

そこで、あらためて、信長は、三島方式の暦とするよう、本能寺にいる間に、朝廷と再びこの話をしようとしていたのである。

ともあれ、信長の意気は軒昂《けんこう》であった。

客人たちと話をし、酒を飲み、ようやく寝所に入った時には、深夜となっていた。

信長は、仰向けになったまま、眼を閉じている。

意識の半分は眠っているが、半分は起きている。

聞こえてくるのは、すぐ隣で眠っているはずのお濃——帰蝶の寝息だろう。

すでに、天下は自分のものだ。

朝廷よりも、すでに自分は上だ。

それを世に知らしめるには、暦を尾張や美濃で使っているものに変えることだ。暦などいずれでもよいが、自分が朝廷よりも上の存在であることを天下に知らしめるためには、暦の改変は必要なことであった。

しかし——

この後、この自分はどこを目指したらよいのか。

天下を自分のものにするために、尻から火が出るほど働いてきたが、その先は？

天下人となり、神となって、その後は……

夢を見ている。

自分は高い山の頂《いただき》に立っている。

全てのものが、自分より低いところに見えている。
誰もいない。
自分の周囲にあるのは、天の星だけだ。
自分だけが、山の頂に爪先《つまさき》立ちになって、高い天の風に吹かれている。
もう、どこへも足を踏み出しようがない。
たまらない孤独感がある。
しかし、その孤独感が、それほどいやでもない。
〝高樹悲風《こうじゅひふう》多し〟
これは、曹操《そうそう》の息子の曹植《そうしょく》の言葉であったか。
人とは、もともと、こういうものなのだと信長は思っている。
これは、この風景は、自分に合っているのではないか。
このあたりでよいか。
そういう声がする。
このあたりの景色でどうじゃ、信長よ。
自分の内部からの声である。
自らが、自らに声をかけている。
もう充分にやったではないか。
人も殺したなあ。
数えきれぬほどじゃ。
天罰があるというのなら、何ものかは知らぬが、そいつがおれに下せばいい。

恨《うら》みに思うのであれば、おれに憑《つ》いて殺せばいい。

それが、ない。

人を殺してはならぬ理屈を、おれは探したが、結局それはなかった。

自分の身内は、可愛い。

しかし、戦《いくさ》となれば相手を殺さねばならない。その相手にだって、身内はいるはずだし、誰かの身内だ。

もしも、この世に善《よ》し、悪しというのがあるとするなら、悪しというのは、それは人を殺すことではなく、嘘をつくことではないか。

しかし、戦の相手に対しては、嘘もつく。

結局、何が善くて何が悪いという絶対のものさしはこの世にない。

ならば、好きなように生きた者の勝ちではないか。

ああ——

ひとつあるな。

もしも、悪し、というものがこの世にあるとするなら、それは、理屈の通らぬことだ。

理屈の通らぬことこそが、自分に我慢のならぬことであった。

池に、大蛇が出るという。それを見た者がいるという。池の水を掻《か》い出してみたが、大蛇はいなかった。

河童《かっぱ》が出るという淵《ふち》があった。

いるなら捕らえてくれようと、様々な手を尽くしたが、結局、河童はいなかった。

人に祟るという剣を、頭上にぶら下げて試したが、今もこうして生きている。

この世に不思議はない。

それが、信長のたどりついた場所であった。

どんなに不思議なことでも、その裏には必ず理《り》がある。それが、一見、不思議と見えてしまうのは、その理に人が気づかぬだけなのではないか。

自分たちの立つこの大地が、丸い球体であるというのも、はじめは不思議に思えたが、伴天連《バテレン》の連中から、色々とその事象の理を聞いてみれば、それが正しいとわかる。

神も仏も、この世にはいない。

それが、信長のたどりついた真理であった。

神はいない。

その考えのなんと合理的なことか。

もしいるのなら、必ずやその神は、この世の理の中に存在するものであろう。

その意味で、安土や京でやった幾つかの宗論は、いずれも興味深くおもしろかった。おもしろかったが、しかし、それは、神や仏がいることの証明とは別ものであった。

なれば——

この、寒々とした、山の頂の星の風景が、おれの最後の風景ということでよいではないか。

そうだな。

このあたりの風景、このあたりの眺めをもってして、肯《よし》ということにしてもよいのではないか。

そうだな。

そうだな。

しかし——
いいや、
という声がする。
そうではないぞ。
それでは、つまらぬではないか。
誰か。
誰だ、このおれに話しかけてくるのは。
ああ、これは、このおれ自身の声か。
どうなのだ。
信長よ……
声がする。
信長よ、それが、お前の立ちたかった場所か。
誰の声であろうか。
ああ——
あの漢《おとこ》——飛び加藤か。
おれの首を取りに来たのか。
取りたくば、取れ、
好きにせよ——
そんな風にも思っている。
が——

何だか、騒がしい。
遠くの方で、多くの人声がするようだ。
信長よ――
と、また、声が聴こえる。
信長さま……
信長さま……
そこで、ふいに眼が覚めた。
「信長さま」
はっきり声が聴こえた。
蘭丸の声だった。
そして、人の叫《おら》ぶ声。
これが、どういう騒ぎの、どういう音かはよくわかっている。
信長は、寝床の上に上体を起こし、
「何ごとか⁉」
そう問うた。
襖《ふすま》が開いた。
ゆらりと灯《あか》りが差した。
灯りを手にした蘭丸が、そこに座していた。
「謀叛《むほん》にござります」
なに⁉

とは、信長は言わない。

「相手は?」

「明智十兵衛光秀――」

信長は、しばし沈黙し、

「是非《ぜひ》におよばず」

こう言ってのけた。

是か否かを問わない。

こういう時の信長は、徹底した合理主義者だ。

光秀をののしらない。

ことの善悪を問わない。

言い終えた時には、信長は死を覚悟した。

光秀ならば、よもやこの自分を討ちもらすはずもない。

こういう時、信長は、奥に隠れて震えているような人物ではない。

「弓!」

そう叫んで、もう、蘭丸の横を走り抜けている。

簀子《すのこ》の上に出た。

もう、庭では、闘いが始まっている。

松明《たいまつ》の灯りの中で、きらきらと白刃《はくじん》が躍《おど》っている。

庭で、人が争っている。

蘭丸が、横に座して、

「殿、これを」

矢を差し出してくる。

「おう」

その矢を弦《つる》につがえて、
びょお、
と、放つ。

光秀の手勢の額に、ぶつり、と矢が潜《もぐ》り込んだ。

「次」

差し出された矢をまたつがえ、放つ。

次は、首を貫《つらぬ》く。

おもしろい。

血が沸《わ》き立ってくる。

「次」

「次」

「次」

十人近くを射ぬいたところで、
ばちいん、
弦が切れた。

弓を放り投げ、

「槍《やり》！」

叫べば、蘭丸が、三間半の長槍を差し出してくる。

それで、階段《きざはし》を駆け上ってくる者の胸を突く。

素早く抜けば、そいつは、階段を転げ落ちて、上ってこようとする者にぶつかって、一緒に庭に落ちた。

下から、刀で足をかっぱらいに来た者の顔を、槍で貫く。

三人目の頬《ほお》を突き抜いてやった時に、左肘《ひだりひじ》に、飛来した矢が突き立った。

槍を放り投げ、刺さった矢を、矢尻にからんだ肉ごと引き抜いて、捨てた。

このあたりでよかろう。

「蘭丸！」

叫んで、信長は、駆け出した。

「火を放て。おれの首を光秀にくれてやるなよ」

走りながら言った。

まだ、奥までは、敵もやってこない。

もう、あたりは薄明るい。

しかし、寝所までもどると、まだそこには夜の闇が残っていた。

誰が立てたのか、燭台《しよくだい》に、灯りがひとつ、点っている。

そこに、すでに身なりを整えた帰蝶が座しているのが見えた。

「蘭丸」

信長が言うと、蘭丸が燭台を蹴倒した。

火が、床を舐《な》めて壁を這《は》い登ろうとする。「お濃、蘭丸、舞うぞ」

信長は、懐から扇《おうぎ》を取り出して、開いた。

信長の口から、低い、よく通る声がこぼれ出てきた。

〽人間《にんげん》五十年
　下天《げてん》のうちをくらぶれば
　夢幻《ゆめまぼろし》の如《ごと》くなり

幸若舞の『敦盛』である。

はぜる火と、飛ぶ火の粉《こ》の音が、鼓《つづみ》の音《ね》であった。

もっと長いこの舞を、信長は、この段しか舞わない。この段しか謡《うた》わない。

さすがにみごとな舞であった。

舞い終えて、信長は、壁を這い登りはじめた炎の中に、扇を投げ捨てる。

「お濃、ここで共に死ね。ぬしは、この信長にはすぎた女であった」

信長は、膝をつき、懐剣を取り出して、鞘《さや》を払った。

「お濃、手を合わせよ」

信長は言った。

「さあ、どうした。何を笑《わろ》うておる。手を合わせぬか」

信長の声が、大きくなる。

そこへ――

「信長さま」

蘭丸が、声をかけてきた。

「どうした、蘭丸」

「信長さま、そこに、濃姫さまはおいでになりませぬ」

「なんだと、ここにおるではないか。ここにいて、仏のような顔で、我らを見て笑うておるではないか――」

「いいえ。濃姫さまは、お亡くなりあそばされました」

「まさかよ」

「今、上様が、ごらんになっている濃姫さまは、上様がお心の中で作った幻にございます」

「なんじゃと⁉」

「――」

「言え、どうしてお濃は亡くなったのだ――」

問うているうちにも、炎は大きくなり、天井に届こうとしている。

蘭丸にしては、珍しく、一度、二度、言いよどみ、

「上様がお手にかけられたと、そううかがっております」

両手を突き、床に向かってその言葉を吐き出した。

「おれが？」

「濃姫さまが御懐妊《かいにん》あそばされましたおり、上様が急に――」

「急に、なんだ」

「腹の子が見たいと言い出されて……」

よいではないか。

よいではないか、おれの子だ。

頼む、お濃、腹の子を見せてくれ。

言い出したら聞かない人間であった、このおれは――

それで、逃げるお濃を庭で追いつめ、捕らえて、泣き叫ぶお濃の腹を裂き、見たのだ。

そして――

「上様は、この世のたれよりも濃姫さまのことを愛《いと》しゅう思うておられたと、皆々が――」

そうじゃ。

おれは、この世のたれよりも、お濃のことが愛しゅうてならなかった。

「その後、上様は、激しく御自分をお責めになり、まるで濃姫さまがお亡くなりになったことも、自らの手で殺《あや》めたこともお忘れになり、まるで、いつも濃姫さまがそこにおいでになるように皆の前でおふるまいになられるので――」

「なられるので、どうなのだ」

「皆々も、上様にさからわぬよう、濃姫さまがそこにいらっしゃるかのように、ふるまうようになったのでござります――」

「蘭丸、おまえもか?」

「はい、わたくしも」

なんと――

信長は天を仰いだ。

むろん、そこに天はなく、もう、半分を炎が舐めている。

「ゆけ」

信長は、炎を見つめながら言った。

「もう、もどらぬでよい」

「は」

蘭丸が、立ちあがって走り出した。

その背を、炎が隠してゆく。

（二）

信長は、眼の前に座している帰蝶を見やった。

帰蝶は、微笑しながら、信長を見あげている。

何もかも承知しているというような顔であった。

よろしいのですよ。

あの時は、本当に、痛《いと》うございましたよ。

でも、よろしいのです。

ここに、こんなにはっきり、帰蝶の姿が見えているではないか。

これが、幻というのか。

おれの心が、見せている幻と——

「信長さま、あれを、ごろうじなされませ……」

帰蝶が言った。

信長の知っている、帰蝶の声、抑揚《よくよう》である。

帰蝶の示す方を見る。

そこに、次の間との境になっている襖があり、その襖が、するすると開いてゆく。

そこにあったのは、巨大な蛇の頭であった。

大樽《おおだる》よりも大きな頭が、ずるりずるりと、こちらへ這い込んできた。

いたのか、あの大蛇は⁉

「あれを――」

帰蝶が言う。

柱にからみついている炎の横で、河童《かっぱ》が、両手をひらひらさせて踊っているではないか。

「これを――」

帰蝶へ眼を転ずれば、帰蝶が両手に握っているのは、今は熱田神宮にあるはずの、あの刀あざ丸ではないか。

天井近くを舞っているのは、人の頭に翼を生やしたものであった。

あれは、天狗《てんぐ》か。

あちらは、鬼か。

こちらに、高野の大元帥明王《だいげんすいみようおう》。

こなたに、高野の大威徳《いとく》明王。

「おう、おう……」

「信長よ……」

「信長よ……」

声のする方を見れば、そこにある炎は、いずれもみな人の顔ではないか。

おう、築山殿。

おう、その自らの首を抱えて歩くは、今川義元。

そこで並んで笑うておるのは、浅井、朝倉ではないか。

きさまは、信玄か。

その横に、並んで踊り狂うている連中は、いずれも荒木村重の郎党か。

信長が、殺してのけた皆々が、炎の中で踊っているのである。

なんとも嬉しそうに舞っているのである。

彼らは、もう、信長を見ていない。

ただ踊り、ただ、舞っている。

「さあ兄者よ、兄者もこれから我らの仲間入りじゃ」

おお、ぬしは信行ではないか。

炎が、すでに天井一面を這っている。

外の合戦の音は、かすかに届いてくるだけだ。

「こい、兄者」

信長が謀殺した弟の信行が、信長の手を引こうとする。

「こい、信長」

松永久秀が、高笑いして、炎を吐き出しながら、信長の袖を引く。

帰蝶だけが、静かに座して微笑んでいる。

「お濃、まだいたか」

帰蝶は、うなずかない。
ただ、笑っている。
これまでと、少し違っているのは、低く、かすかに、笑いを声に出しているところだ。
く、
く、
く、
か、
か、
か、
その声が、少しずつ大きくなってゆく。
その声の質、張り——
幻ではなかった。
「おぬし、飛び加藤——」
信長は言った。
帰蝶ではない。飛び加藤の顔が笑っていた。
痩《や》せて、衰《おとろ》え、もう肉などどこにも残っていない。
もはや、死人の顔であった。
「このこと、皆ぬしがやったのか？」
く、
く、

く、
と、飛び加藤が笑った。

楽しそうな笑みであった。

「違うな、信長よ。わしがやったは、人の心の内にあるものを育てることじゃ。育てて喰ろうたのよ……」

飛び加藤が纏《まと》うている、帰蝶の衣の袖が、燃えかけている。

「光秀のことも……」

「おう、喰ろうてやったわ」

「うまそうな顔で、言うわ――」

信長は、少しだけ笑った。

信長の着ているものの裾《すそ》にも、火は燃え移っていた。

「どうじゃ、信長よ、おもしろかったであろう」

「何がじゃ」

「ぬしの生涯がじゃ」

「ぬしこそ、どうなのだ」

「おもしろかったわい」

「どうしてここにあらわれた」

「ぬしの、死に目につきおうてやろうと思うてな」

「おれに?」

「そうじゃ。それにな。我がなした芸を、誰かに言うておきたくてな……」

「たれかに知られずには、死ねぬか？」

「おう、それが、わしがまだ人を捨てきれぬところじゃな」

「妖物《ようぶつ》になりそこねたか――」

「ぬかせ」

この時にはもう、めらめらと、飛び加藤の髪は、燃えだしている。

「逃げぬのか？」

「ぬしにつきあうと、言うたろう」

「くだらぬ」

この時にはもう、信長の髪も、燃えだしている。

「舞え、信長」

舞え。

舞え。

狂うたように舞え。

「舞わいでか」

〽人間《にんげん》五十年
　下天《げてん》のうちをくらぶれば

もはや、扇はない。

燃えさかる袖が、信長の扇がわりだ。

全身を燃えあがらせながら、炎と化した信長が、舞っている。

〽夢幻《ゆめまぼろし》の如《ごと》くなり
夢幻《ゆめまぼろし》の如《ごと》くなり

謡っているのは、燃えている飛び加藤である。

舞う信長の周囲を、大蛇が踊っている。

信行が、簗山御前が、比叡山の僧たちが、河童が、天狗が、炎と化して舞いながら踊っている。

謡い終えて、飛び加藤の声が途絶《とだ》えた。

この時には、どの炎が信長であるか、どの炎が河童であるのか、もうわからない。

無数の炎が、さらに大きな紅蓮《ぐれん》の炎となって、めらめらと狂ったように燃えさかるばかりであった。


（完）

注　本書は、月刊『小説ＮＯＮ』（祥伝社発行）二〇一三年四月号から二〇二一年五月号まで掲載され、著者が刊行に際し、加筆、訂正した作品です。

――編集部

あとがき

1

新緑だ。

世界が美しい。

世界は、かけがえのないもので満ちている。

一瞬、一瞬の連続で、世界はできあがり、おそらく、神はいなくとも、まごうかたなき法《ダルマ》のようなものは、この宇宙にはあるのだろう。

その、世界や新緑や調和が、かけがえがないと思うのは、ぼくが生命体であり、しかも人間という生物に生まれついたからであろうともわかっている。

おそらく、宇宙や法というものは、人の意志に、美や、醜《しゅう》に関係なく存在しているのだろうということは、少し悲しい結論ではあるのだが、それはどこか潔《いさぎよ》いかたちでもあるような気もする。

ただ、正直、ぼくが今思うのは、生命というか、人の意志というものが、どこかでこの宇宙や自然の生々流転《せいせいるてん》に、わずかながらでも関わっているのであれば、嬉《うれ》しいということだ。そうであってほしい。

2

というわけで、織田信長《おだのぶなが》のことだ。

信長が、〝蛇替《じやが》え〟というものをしたというのを知ったのは、いつであったか。一五年は前であろうか。

尾張《おわり》の清洲《きよす》から五〇町（約五・五キロメートル）東に、あまが池という池があり、そこに、大蛇が棲《す》んでいて、見た者もいるという。顔は鹿のようであったともいうから、これはもはや蛟《みずち》か竜ではないか。

この噂《うわさ》を耳にした信長は、わざわざ近在の村から人を集め、数百の桶《おけ》を用意して池の水を掻い出して、その探索をした。

これが〝蛇替え〟である。

このことは『信長公記《しんちょうこうき》』にも記《しる》されている。

これはもう、信長、ＵＦＯやＵＭＡ（未確認動物）の探索者であり、実証主義者であり、合理主義者ではないか。

しかも、神も仏も信じなかったくせに、安土《あづち》や京で、〝キリスト教の神〟対〝仏教の仏〟とでもいうべき宗論《しゅうろん》を開かせて喜んでいる。

しかも、相撲《すもう》大好き。

安土では、何度も相撲の大会を開き、強い者どうしを闘《たたか》わせて喜んでいる。

この信長を書きたいと思ったのである。

合理主義者信長に対するは、不思議代表の飛び加藤《かとう》こと加藤段蔵《だんぞう》である。

これで、おもしろいものにならなかったら、物語作家失格である。

信長は、苛烈《かれつ》で、凄《すさ》まじい。

現代にいたらとんでもない人物であるのは間違いないが、ほのかな憧れのようなものを、彼の生き方に対して我々が抱《いだ》いてしまうのは何故《なぜ》だろう。

不思議というなら、たぶんそこが一番不思議だ。

その不思議について、書いた。

二〇二一年四月二四日

小田原にて——

夢枕　獏

あなたにお願い

この本をお読みになって、どんな感想をお持ちでしょうか。次ページの「100字書評」を編集部までいただけたらありがたく存じます。個人名を識別できない形で処理したうえで、今後の企画の参考にさせていただくほか、作者に提供することがあります。

あなたの「100字書評」は新聞・雑誌などを通じて紹介させていただくことがあります。採用の場合は、特製図書カードを差し上げます。

次ページの原稿用紙（コピーしたものでもかまいません）に書評をお書きのうえ、このページを切り取り、左記へお送りください。祥伝社ホームページからも、書き込めます。

〒一〇一―八七〇一　東京都千代田区神田神保町三―三
祥伝社　文芸出版部　文芸編集　編集長　金野裕子
電話〇三（三二六五）二〇八〇　www.shodensha.co.jp/bookreview

◎本書の購買動機（新聞、雑誌名を記入するか、○をつけてください）

＿＿＿新聞・誌の広告を見て	＿＿＿新聞・誌の書評を見て	好きな作家だから	カバーに惹かれて	タイトルに惹かれて	知人のすすめで

◎最近、印象に残った作品や作家をお書きください

◎その他この本についてご意見がありましたらお書きください

100字書評

JAGAE

住所

なまえ

年齢

職業

夢枕獏（ゆめまくらばく）
1951年、小田原市生まれ。東海大学卒。77年「カエルの死」でデビュー。84年『魔獣狩り』三部作で伝奇小説の金字塔を打ち立てる。89年『上弦の月を喰べる獅子』で日本SF大賞、98年『神々の山嶺』で柴田錬三郎賞、2012年『大江戸釣客伝』で吉川英治文学賞を受賞。さらに17年より連続して、菊池寛賞、日本ミステリー文学大賞、紫綬褒章に輝く。安倍晴明を主役とした“陰陽師”シリーズは、晴明ブームのきっかけとなった。公式Blog「酔魚亭」は、http://www.yumemakurabaku.com/

JAGAE《ジヤガエ》　織田信長伝奇行《おだのぶながでんきこう》

令和3年6月20日　初版第1刷発行
令和3年7月5日　第2刷発行

著者――夢枕《ゆめまくら》 獏《ばく》

発行者――辻 浩明

発行所――祥伝社《しょうでんしゃ》
〒101-8701 東京都千代田区神田神保町3-3
電話　03-3265-2081（販売）　03-3265-2080（編集）
03-3265-3622（業務）

印刷――堀内印刷

製本――ナショナル製本

ISBN978-4-396-63610-4　C0093
祥伝社のホームページ・www.shodensha.co.jp